JN318722

PSYCHO-PASS
サイコパス 上

深見 真

角川文庫
18723

目次

〈思考犯罪〉は死を伴わない。〈思考犯罪〉が即ち死なのだ。

ジョージ・オーウェル『一九八四年』

プロローグ

虚飾の街に屹立《きつりつ》する巨塔の頂点に彼がいる。

屋上から伸びる鉄骨に、槙島聖護《まきしましょうご》が座っている。

強い風が吹いて、長めの髪の毛と洋服がヨットの帆のようにはためく。風は見えない手でその男をつかんで、地上に引きずり落とそうとする。しかし彼に、風を気にしている様子はない。一歩間違えれば真っ逆さまに落下して即死の高さであるにもかかわらず、顔には一切の恐怖心がない。

システムに支配された東京を、実験を行う科学者の視線で見下ろしている。

「人間について知りたいと思ったら、人間を見ているだけではいけない。人間が何を見ているのかに注目しなければいけない……」

目を細め、槙島は独りごちる。

「……きみたちは何を見ている？」

眼下の街――東京中心部のあちこちで火の手があがっている。サイレンの音が遠くから微《かす》かに響いてくる。

——僕は、きみたちを、見ている。

——信じられないかもしれないが、僕は、きみたちのことが、好きだ。

——昔からよく言うだろう？　愛の反対は憎悪ではなく無関心だ。興味が無いのなら、わざわざ殺したり痛めつけたりはしないんだ。

——余計なことばかり考える。緊張しているのか？　やっぱりやめておけばよかったかな。


「……なんてね」

槙島は微笑し、立ち上がった。不安定な高所で、両手を広げておどけたようにふらつきながら、巨塔の内部に入っていく。

＊

——なんだか頭がおかしくなりそうだった。迷宮の出口を探して忙しく走り回るモルモットみたいな気分だ、と狡噛慎也《こうがみしんや》は胸のうちでつぶやく。出口だと思って飛び込んだら、だいたいそれはいつも別の地獄の入り口なのだ。いつになったら自分は本物の狩人《かりうど》になれるのだろうか？　その瞬間をずっと夢見ているのだ。

鉄骨の階段を駆けのぼる。

狡噛の手にはドミネーター《Dominator》が握られている。

もう、塔の頂上に近いはずだ。

最上階にあがったところで、横合いからヘルメットを被《かぶ》った男に襲われた。わかっている。狡噛にはわかっている。このあたりにはあの男の手下がうろついている。昔からこういうものだ。下っ端を整理しないとチェックメイトはできない。狡噛は冷静そのものだ——そういうのは別に嫌じゃない。たとえばトレーニングで汗を流せば流すほど、そのあと飲む冷たい水は美味《うま》く感じるように。あの男はショートケーキのイチゴに似ている。

この街は最初から幻影によって装飾されていた。迷宮に似ていたし、砂上の楼閣でもあった。ホログラムで彩られた、鮮やかな完璧《かんぺき》都市。首都、東京——。神殿にも似た巨大なビル群、モニタリング装置によって監視される住宅地。その健全さはまるでテーマパークのようだ。しかもこの都市の完璧さは、いくつもの「失敗」を抱え込むことによって成立している。たとえ失敗に見えても、それが都市を運営する側の計算に組みこまれているのならば、完璧さに傷をつけることはない。

街には巨大な塔が建っていた。厚生省本部——ノナタワー。人間の心理や犯罪傾向を数値化する「シビュラシステム」の完成によって、厚生省には絶大な権力が与えられた。「与えられた」というのは正確ではないかもしれない。

シビュラシステムに勝手についてきたのだ、権力が。

ノナタワーは新世界秩序のシンボルだった。大混乱の二一世紀をやっとのことで乗り越えた西暦二一一三年。西暦、という言葉にどれほどの意味があるのかすでに怪しくなっている時代。


狡噛慎也はノナタワーの最上階で闘犬同士牙《きば》をかち合わせている。不意打ちを仕掛けてきたヘルメットの男は、工事用のレーザー・チェーンソーを振り回す。堂々たる体軀《たいく》、とてつもない怪力。あのチェーンソーは本来、無人機《ドローン》に装着させるためのものだ。その切っ先が、狡噛の左上腕部や腹の一部を切り裂く。傷口は一瞬で炭化して出血は少ない。ただ、激痛が生じる。

「……くっ！」

ヘルメットの男が、光るチェーンソーで立て続けに斬りつけてくる。狡噛は足を使う。闘牛士のように刃をかわす。かわした直後に、狡噛は男に前蹴《まえげ》りを打ち込んで突き飛ばし、間合いをとる。そうやってから、ドミネーターの銃口を男に向ける。

『犯罪係数・二四・執行対象ではありません・トリガーをロックします』

狡噛は舌打ちした。

やはり、ヘルメットのせいだ。ドミネーターが作動しない。狡噛はドミネーターを苛立《いらだ》たしげにホルスターに突っ込んだ。ヘルメットの男は調子に乗ってチェーンソーを突き出し、左右に大きく払い、そして振りかぶる。ギリギリでかわす狡噛。的を外したレーザーの刃が、パイプや付近の鉄骨を次々と破壊していく。美しい火花が散った。破片が粉雪のように舞う。

狡噛は、軽やかなフットワークでヘルメットの男の懐に飛び込んだ。トリガーがロックされていても、頑丈なドミネーターは棍棒《こんぼう》のかわりになる。狡噛はドミネーターの先端で男の鎖骨のあたりを思い切り突く。「！」たしかな手応《てごた》え。ヒビを入れたかもしれない。狡噛はそこから肘打《ひじう》ちで男の胸部——心臓——にダメージを与える。鈍い打撃音。よろめくヘルメットの男。彼のみぞおちに、狡噛は機械のように正確に膝《ひざ》蹴《げ》りを突き刺す。男の体が「く」の字に折れる。レーザー・チェーンソーを取り落とす。床に落ちたチェーンソーの刃はしばらく激しい火花を散らしていたが、やがて自動的に安全装置が作動した。

狡噛は渾身《こんしん》の力をこめて右足を振るった。腰の回転をきかせた、バットのフルスイングにも似たハイキックだ。凄《すさ》まじい打撃音が響く。狡噛の足と建物の壁が男の頭部を挟みこみ、ヘルメットの装甲が音を立てて割れる。蹴りで歪《ゆが》んだ素顔が外気に触れる。ふらついた男は、最上階の縁まで追い詰められる。

狡噛は再びホルスターからドミネーターを抜いた。銃は即座にエリミネーターに変形。躊躇《ちゅうちょ》なく引き金を絞る。

殺人用の強力な集中電磁波を浴びた男は内側から爆発し、地上に血と肉片の雨を降らせる。

「…………」狡噛は、虚《うつ》ろな目つきで周囲の気配を探った。人を殺すことに慣れた人間の虚脱がそこにあった。

硬質な足音が近づいてきた。最後まで残っていたショートケーキのイチゴ。最上階のホログラム発生装置ドームにいたあの男が、らせん状の階段を降りてくる。

「その傷でよくやるもんだ」

悠揚迫らざる態度。まるで舞台に上がる大物役者のような足取りだった。彼が姿を現し、狡噛の中で、時間が止まる。相手を見つめたまま、硬直した時間の中で狡噛の思考が加速する。――やつは微笑んでいる。まるで宗教画のモデルになった聖人みたいに微笑んでいる。

狡噛の人生は、一度、この男に奪われていた。しかし、この男は「そんなつもりはなかった」と言うかもしれない。狡噛のことなんて気にしていなかっただろう。ここまできたら向こうの考えなんてどうでもいい。奪われたものは取り返さねばならない。彼は狡噛をモルモットから猟犬に変えてくれるものであり、迷宮の出口でもある。

「お前は、狡噛慎也だ」彼が口を開いた。時間が動き出す。

「……お前は、槙島聖護だ」

人体の生体場《せいたいば》を解析するサイマティックスキャンにより、人間の精神状態は機械装置で測定されるようになった。善人か悪人か、数値を見ればわかる。犯罪係数の概念。犯罪係数が規定値を超えれば、いわゆる潜在犯として逮捕、隔離される。犯罪を未然に防ぐことができる。しかしそこに矛盾が生じた。犯罪係数が高い人間を処理するためには、同じく犯罪係数が高い人間のほうが適しているという、矛盾。毒をもって毒を制す――。執行官の誕生。

その一人、狡噛慎也。

潜在犯の摘発、登録住民の徹底的なストレス管理、メンタルケアを行う厚生省の巨大監視ネットワーク――シビュラシステム。

測定された精神状態の通称――サイコ《PSYCHO》＝パス《PASS》。

シビュラシステムが確立して以降、犯罪による死傷者は激減。この街はまさに理想郷になったと人は言う。狡噛にいわせればこの街は理想郷に似た迷宮だった。槙島にいわせれば、この街は理想郷のパロディにすぎなかった。

第一章　犯罪係数

1

常守朱《つねもりあかね》が子どもから少女に成長しつつある時期、二二世紀が始まった。テレビでは繰り返し「今世紀『海外』は崩壊し、世界人類の運命を切り開いていくのは我々日本人の務めです」とキャスターが言っていた。人類文明の土台そのものが老朽化していた。労働価値の異常なまでの減少と福祉国家の解体。たった一パーセントの富裕層が、他の九九パーセントの庶民よりも多くの財を有していた二一世紀。社会主義よりは長命だったが、資本主義もただそれだけでは崩壊は避けられなかった。まともな国はここだけになってしまった、という話だ。

子どもの頃から「この国は完璧なのだ」と教えられて育った。その完璧さはもちろんシビュラシステムによるものだ。

システムがもたらすもの——完璧性・永遠性・不変性。「私たちは完全な社会に生きている」という大人たちの教えは、朱たちの世代には心地よいものだった。完全な社会に生きている。サイコ＝パスさえ大丈夫なら、何も心配することはない——そんな考え方が、朱たちの内側には無意識のレベルで構造化されているのかもしれない。自分の望みどおりの人生を送ることができるかどうかはわからない。しかし、シビュラシステムから逃れようと思わない限り、悲惨な人生は回避できる。

公安局監視官刑事としての初日。朱は本部に出勤するつもりだったが、突然先輩の監視官から電話がかかってきて、「直接現場に来い」という指示を受けた。事件発生。本部に顔を出しても同じ係の人間は誰もいないし、どうせ遅かれ早かれ「実戦」には参加することになるのだから現場で初顔合わせでちょうどいいだろう、と。朱はタクシーで移動して、現場の近くで徒歩に切り替えた。冷たい雨が降っているが、傘をさすほどではない。雨の日の東京は、屋根がある場所以外、ほとんどの外観装飾ホログラムが停止しているので、いつもよりやや寒々とした印象を受ける。

高繰り返し高強度、超高出力の特殊集光レーザーを使った三次元立体ホログラムシステム。それによる「メンタルに優しい都市環境開発」。発表された当初は誰もが「環境ホロなんて流行《はや》らない」と言っていたが、いつの間にか完全に定着していた。

ファッションから室内装飾にいたるまで、今では立体ホログラム技術は生活の隅々にまで浸透している。

こんなに廃棄区画に近づいたのは、朱にとって初めてのことだった。そこが、事件発生現場だ。この街の完全性は、不完全な要素を「なかったこと」にして成立している。その程度の矛盾は、この街の治安や暮らしやすさを考慮すれば許容範囲というわけだ。そもそも廃棄区画は、シビュラシステムの管理を嫌がる人間が集まって形成されていったような一面がある。政治家たちはそういう人たちを援助しないことについて「自業自得」だと公言してはばからない。

朱は廃棄区画の現状について完全に納得しているわけではないが、かといってシビュラシステムの運営に不具合が生じても困ってしまう。「シビュラ」は朱が生まれたときから存在している、社会の枠組みを決めるための堅固な構造なのだ。その枠からこぼれ落ちた廃棄区画の人々のことを考えると、朱は模糊《もこ》とした哀感に襲われる。

生臭く、汚穢《おわい》にまみれた足立《あだち》区の廃棄区画。無秩序に建築物を積み重ねた感のある、古い工場にも似た住宅密集地——いや、昔は本当に何かの工場だったのかもしれない。場所によっては配線やパイプ類がむき出しだ。女王のいない蜂の巣のように雑然としていて、常にどこかから食べ物のにおいが漂ってくるのは外の区画ではありえないことだ。

そんな廃棄区画の一部を、公安局の記章をつけた無数のドローンが封鎖している。全長一六〇センチほどの合金製の筒にカメラアイつきの頭部をのせたような、いわゆる巡査ドローンだ。一部の巡査ドローンは、公安のマスコットキャラクターである「コミッサちゃん」のホログラム・コスチュームを被《かぶ》り、通りの中央に立ってアナウンスをしている。

『こちらは公安局刑事課です。現在、この区画は安全のため立ち入りが制限されています。近隣住民の皆さんは、速やかに退去してください。繰り返しお伝えします。こちらは――』

朱は平均的な身長で、髪は短い。教育課程のころは、(屈辱的なことに) よく少年と間違えられた。今日は初日ということもあってはりきってホロではない本物のスーツを着てきたが、雨に濡《ぬ》れて早くも後悔している。

廃棄区画の住人や市民の野次馬が、現場を封鎖した巡査ドローンの群れを胡乱《うろん》な目つきで眺めている。何度も不器用に肩をぶつけながら、なんとか人の波をかきわけて、朱は事件現場に入ろうとする。巡査ドローンに止められたので、ホログラム表示の身分証を出した。

『確認しました・公安局刑事課・常守朱監視官・お通りください』

朱は落ち着きなく周囲を見回しながら、やがて巡査ドローンたちの間に停車している覆面パトカーと、その傍らに佇《たたず》む公安局刑事らしき人物を発見し、近づいていく。

その人物は明らかに人を待っているように見えた。

「あの、こちらに監視官の宜野座《ぎのざ》さんは——」

「俺だ。いきなり現場に呼びつけて悪かったな」

宜野座伸元《のぶちか》。先任監視官だ。朱は敬礼する。

「本日付で刑事課に配属となりました常守朱です。どうぞよろ——」

しく、と言う前に割り込む宜野座。

「悪いが、刑事課の人手不足は深刻でね。最初から、戦力として働いてもらう」

「は、はい……」

宜野座は長身。手足もすらりと長い。厚生省エリートコースにのった男性のイメージを具現化したような姿だ。最近には珍しくメガネをかけている。今では視力回復手術は簡易化、義眼も高性能化し、ファッション以外の理由でメガネを見かけることはほとんどない。

宜野座は、左手首に携帯情報端末のリングを巻いていた。同じものを、朱もつけている。

公安局の刑事には、高性能な携帯情報端末が支給される。てのひらを上に向けてから指を動かすとホログラムキーボードが投影されるので、どんな場所でも使用可能。通話機能はもちろん、データやメールの送受信と表示、公安局コンピュータや監視システムとの情報リンク、公安局ドローンのリモートコントロール、証拠記録、簡易鑑識――数え上げていけばきりがないほどの多機能だ。

宜野座は手首の携帯情報端末を慣れた手つきで操作して、事件の情報を立体ホログラムで表示した。朱はそれをのぞきこむ。冴《さ》えない中年男の顔と経歴が浮かんでいる。

「対象の名前は大倉信夫《おおくらのぶお》。ヴァーチャル・スポーツ運営会社勤務。街頭スキャナで色相チェックに引っかかり、セキュリティドローンがセラピーを要求したが、拒絶して逃亡。スキャナの記録したサイコ＝パス色相はフォレストグリーン、高い攻撃性と強迫症状が予想される」

サイマティックスキャンによる精神の「健全度」の測定。そのもっともわかりやすい目安が色相だ。街頭カメラや体温計のような機械で簡単にチェックできる。精神の状態が安定していればいるほど色相は透明な白になり、不安定になれば濃く濁る。

「そんなに色相が濁るまで治療を受けなかったなんて……」

「肉体強化アスリート用の薬物に手を出した可能性もある。何にせよ、犯罪係数を測定するまでもない潜在犯だ」

肉体強化アスリート――一〇〇メートル走を七秒台の記録で争う極限の世界。その選手たちに使用される遺伝子ドーピング剤や合成ステロイドホルモン、脳内報酬系促進剤は、一般での流通は違法、使用も禁止されている。

色相チェックは瞬時に可能だが、犯罪係数の測定には時間がかかる。色相——精神状態に比べて、犯罪係数はその人間の真価に関わる数値であり、職能診断や健康管理のタスクに圧迫されたシビュラシステムの即時処理が追いつかないのだ。

シビュラシステムが行うのはあくまで「データの解析」のみであって、そのデータを収集するための「測定」そのものは各地のスキャナの仕事であり、またすべての監視システムがシビュラと直結しているわけではない。

「厄介なのは、大倉が逃げ込んだこのブロックだ。廃棄区画で中継器がないためドローンが進入できない。それと、逃亡の途中で大倉は通行人を拉致《らち》して人質にしているらしい」

「人質……？」

「目撃者の証言によれば、若い女性だそうだ。身元の確認はまだ取れていない」

宜野座は、覆面パトカーの助手席から刑事用のレイドジャケットとホルスターを取り出し、朱に向かって投げた。レイドジャケットは防刃、耐衝撃仕様。朱はホルスターを服のベルトに装着し、ジャケットに袖《そで》を通す。

「住民の退去は？」

「登録上は無人区画だが、おかげでホームレスの巣窟《そうくつ》だ。覚悟しておけ」

そこへ、新たな車両がやってきた。異質な重厚感を漂わせた、窓が鉄格子で封印された装甲バンだ。それを見た朱は「……護送車？」と率直な感想を漏らした。

「これから会う連中を、同じ人間と思うな」

装甲バンの到着を見ながら、厳しい口調で宜野座が言う。

「……奴らはサイコ＝パスの犯罪係数が規定値を超えた人格破綻《はたん》者だ。本来ならば潜在犯として隔離されるべきところを、ただひとつ許可された社会活動として、同じ犯罪者を駆り立てる役目を与えられた」

宜野座の覆面パトカーに並んで、装甲バンが停まった。

「奴らは猟犬――獣を狩るための獣だ。それが執行官。君の預かる部下たちだ」

潜在犯である執行官は、たとえ事件捜査中でも野放しにはできない。彼らを制御するのが、厚生省キャリア監視官の仕事だ。

装甲バンの後部ドアが開いた。カバの口に似た、大げさなほど分厚いドアだ。そこから億劫《おっくう》そうに、四人の男女が降りてくる。男性三人、女性が一人。一様に緊張がなく、横柄《おうへい》なほどにマイペースな足取りで、ぞろぞろと宜野座のもとに集まってくる。

彼らの動き、表情には共通点があった。「生きることにだいぶ疲れているが、それでもやるべきことが残っている」――そんな、倦怠《けんたい》と義務感がせめぎ合っているかのような気配だ。

もう一つの共通点は、手首の携帯情報端末だ。彼らの端末はかなり太めで、リングというよりは腕輪だ。逃亡時に追跡するために、そう簡単には取り外せないようになっている。

男性の執行官三人は、見た目も年齢もバラバラだった。

まず、初老という感じの男性が一人。唇に刃物傷があり、しかも左腕が機械化されているのでかなり目立つ。

もう一人は、若い。少年のような見た目だ。しかしその表情に甘さや愛らしさはなく、ぎらついた目つきや大きめの口は凶暴な山猫を思わせた。

三人目は、朱より数歳上といったところだろうか。不機嫌そうな顔だ。今、たまたま虫の居所が悪いのか、それとも常にこんな顔なのか、会ったばかりなのでどちらかはわからない。無造作な髪型、白刃のような眼光、しなやかな身のこなし——。少し、鋭すぎる感じがする、と朱は思う。彼がもしも刀だったなら、鞘《さや》まで切ってしまいそうな気がする。

執行官のなかで唯一の女性は颯爽《さっそう》としていて、パンツスーツがよく似合っていた。強い目、引き締まった口。服の上からでもよく鍛えていることがわかる完璧《かんぺき》なスタイル。同じ女性として見ても「かっこいい」としか言いようがない。

「……そっちの可愛《かわ》い子ちゃんが噂の新入りさんっすか？　ギノさん」

少年のような執行官が軽く言った。

「常守朱監視官だ。今日から貴様らにとって二人目の飼い主になる」

「よ、よろしく……お願いします……」

朱の挨拶《あいさつ》は、誰の耳にも届かず、ただ執行官たちの間をすり抜けていった。

「全員、対象のデータには目を通してあるな？　今から袋の鼠を締め潰《つぶ》す。二手に分かれて順繰りにいく。制圧したエリアは中継器を配置してドローンに引き継がせろ」

装甲バンから、二台の装備運搬ドローンが分離した。そのドローンは大型バイクくらいのサイズで、全体的に四角く、外観のデザインはカメラに似ている。近付いてきて、まず一台が宜野座たちの前でコンテナ部分のカバーを開けた。中には、三挺《ちょう》の特殊拳銃《けんじゅう》が収納されている。

犯罪係数の測定には時間がかかる――が、一つだけ例外がある。

それがこの特殊拳銃――「ドミネーター」だ。

「六合塚《くにづか》と縢《かがり》は俺と来い。あとの二人は――常守監視官に同行しろ」

「了解」唯一の女性が六合塚。一番若いのが縢。

「うえぇ？　俺はカワイコチャンと一緒がいいっすー」

宜野座は縢の軽口を無視。装備運搬ドローンからドミネーターの一挺を抜いて、真っ先に廃棄区画へと踏み込んでいく。

「ギノさんは真面目だねえ」

「縢は不真面目すぎるのよ」

縢と六合塚が、自分のドミネーターを取って宜野座の後に続いていく。

「えっ、と……」監視官は自分だけになってしまった。二人の執行官の威圧感に、朱は動揺を禁じ得ない。「……あの……どうすれば……」

「こいつは狡噛慎也、でもって俺は征陸智己《まさおかともみ》。よろしく頼むよ、お嬢ちゃん」

初老の執行官が微笑とともに名乗った。しかも、もう一人の名前まで教えてくれた。

朱は覚えるために、心の中で二人の名前を繰り返した。――初老で義腕の征陸さん。鞘まで切ってしまいそうなほど鋭い雰囲気の狡噛さん。

「あんたが『ここで宜野座の帰りを待つ』とか命令してくれれば、それで何の問題もないんだが」

征陸が言った。あまりに自然な口調だったので、朱はしばらく冗談だと気づかなかった。

「給料泥棒はやめときな、とっつぁん」

狡噛が、もう一台残っている装備運搬ドローンに歩み寄って、ドミネーターを抜いた。

「ちょ、あの……」

「まぁそう緊張しなさんな。お嬢ちゃん、ドミネーターの扱いは解るよな？」

言いながら、征陸も自分のドミネーターを手に取る。

「い、いちおう研修は……」

「こいつは、照準した相手のサイコ＝パスを読み取る銃だ。相手が潜在犯だった場合のみセイフティが解除される。撃てるやつをさっさと撃てば、まあ大丈夫だよ」と征陸。「基本モードならパラライザーだ。撃たれても動けなくなるだけだから、それで身柄確保して一件落着。簡単だろ？　難しく考えることは何もない」

「はあ……」

朱はぴんとこないまま、装備運搬ドローンに残った最後のドミネーターを恐る恐る手に取った。グリップを握って引き抜いた次の瞬間、ドミネーターのインターフェイスが起動した。早口の合成マシンボイスで語りかけてくる。銃が語りかけてくる。

『携帯型心理診断・鎮圧執行システム・ドミネーター・起動しました・ユーザー認証・常守朱監視官・公安局刑事課所属・使用許諾確認・適正ユーザーです・現在の執行モードは・ノンリーサル・パラライザー・落ち着いて照準を定め・対象を無力化してください』

「それは、指向性音声だから握ってるあんたにしか聞こえんよ。気にするな。最初は小うるさいだろうが、そのうち慣れる」

なるほど。慣れるしかないのだろう――朱はホルスターにドミネーターをさしこんだ。

「ブリーフィングは……段取りの打ち合わせとか、しないんですか？」

「俺たちが獲物を狩り、あんたが見届ける。それだけのことだ」

狡噛が、身も蓋《ふた》もない言い方をした。

「いや、もうちょっと具体的に……」

「まぁ任せとけ、ってことだ。俺たちもこう見えて専門家だからな」

征陸が笑顔で何かをごまかした。その「何か」が朱の胸をざわつかせる。

「俺たちには俺たちの流儀がある」狡噛が冷たく言い放った。「だがその責任を負うのは監視官であるあんただ。だから俺のやり口が気に入らないときは、そいつで俺を撃て」

「な……」

「俺たちも対象と同じ潜在犯だ。ドミネーターは作動する」

と、狡噛は勝手に廃棄区画へと踏み込んでいく。

「さて、じゃあ行くかね。あいつを放っとくわけにもいかんしな」と征陸は苦笑。

「そ、そうですよね」朱は、執行官たちのマイペースに戸惑うばかりだ。

「態度は悪いが、狡噛は間違ったことは言ってないよ。何かあったら、お嬢ちゃんは俺やあいつを撃たなきゃいけない。それが監視官の仕事なんだからな。無事に監視官の任期を勤め上げげて昇進したいのなら、これだけは肝に銘じておくといい——自分の身は自分で守れ。手に負えない厄介事の予感がしたら、どうやってそれを避けるかに専念するんだ」

2

廃棄区画にあるかつてのオフィスビルの四階。放棄され、薄汚れたビルの一室で、ぐったりと床に横たわる下着姿の若い女性——島津千香《しまづちか》。その隣には、胡座《あぐら》をかいている大倉信夫がいる。泣きはらした千香の顔は、何度も殴られた末に赤黒く腫《は》れ上がっている。大倉は取り憑《つ》かれたような眼差《まなざ》しで、手にしたナイフをライターであぶっている。

「……私はね、今日まで誰よりも真面目にやってきたつもりですよ」

大倉は、抑揚のない声で言った。

「誰も怒らせないように、誰の迷惑にもならないように、怯《おび》えてビクビクしながら精一杯やってきたんです。なのに……たった一回、街頭スキャナに引っかかっただけで、もう犯罪者扱いなんて、あまりにひどいじゃないですか。ねぇ、そう思いません？」

「や、やめて……」千香が弱々しくうめいた。

「最後くらい、好きにやったほうがいいですよね」

大倉は、千香の腹を蹴《け》った。悲鳴があがる。大倉はそのまま足の裏で千香を踏みつける。そうやって動けなくしておいてから、腰を曲げて、熱したナイフの刃で千香の脇腹を浅く斬る。皮膚が裂け、肉が焼ける。異臭が漂う。悲鳴はどんどん大きくなる。

大倉は何度も満足げにうなずいて、ナイフを持っているのとは反対の手で自分の股間《こかん》を撫《な》でる。

3

廃棄区画の路地裏を進んでいく征陸。そのあとについていく朱。どちらも小型の無線通信装置を装着している。先にいった執行官――狡噛は完全に見失ってしまった。

「狡噛さん、どこ行っちゃったんでしょう……」

「……………」征陸は『静かに』と唇に指を当て、それから手信号《ハンドシグナル》で捜索するエリアの分担を示した。

征陸の指示に素直にしたがったあと、朱は「ん？」と首をひねった。これでは、どちらが上司なのかわからない。たしかに征陸のほうが年上だが、潜在犯の執行官と厚生省キャリアの監視官では立場が違うはずだ。――いやいや、待て待て。人質の命がかかっているのだ、立場のことなんか考えている場合ではない、と朱は自分自身に言い聞かせる。

朱は、そっと曲がり角から向こう側をうかがう。

「！」路地の片隅に転がっている人影を見つけて、慌ててドミネーターを向ける。――が、相手は居眠りをしているホームレスだ。

『犯罪係数・アンダー六〇・執行対象ではありません・トリガーをロックします』

ドミネーターの指向性音声。

「……ふぅ……」朱はドミネーターの銃口を下ろし、肩の力を抜いて深呼吸した。反対側のエリアを一回りしてきた征陸が合流し、再び朱の先に立って奥へと進む。

ふと、朱はドミネーターを征陸の背中に向けてみた。

『犯罪係数・オーバー一二〇』

「――あっ」

『刑事課登録執行官・任意執行対象です・セイフティを解除します』

嫌なものを見てしまった、と朱はすぐに銃口を下げた。

――本当に潜在犯なんだ、征陸さん。優しく笑って、普通に喋《しゃべ》ってたのに……。

「お嬢ちゃんの噂は聞いてるぜ。訓練所じゃ首席だったそうじゃないか」

前を向いたまま、征陸が言った。

「ええ、まぁ」ちょっと照れて、自分の頭をかいた。しかし――。

「あそこで教わったことは全部忘れた方がいい。現場じゃ何の役にも立たん」

征陸は「これは誰でも知っていることだが」という調子で断言した。

「そんな――」じゃあなんのための訓練だったんだ？　と朱は思う。

「理不尽だと思うかい？」

「はい」

「ところがな、そもそも俺たちの仕事ってのは理不尽の塊なんだ。……誰が何を想い、何を願うのか、人の心のすべてが機械で見通せる。たしかに犯罪はシビュラシステム導入以前に比べて激減したが、それでも誰かを憎んだり騙《だま》したり、傷つけようとする連中がわんさといる。刑事の数も激減したから結局は人手不足だ。この街は理想郷になるはずだったのに、犯罪はなくならないし、俺たちみたいな人間が今でもこき使われている。これが理不尽じゃなくて何なんだ？」

「…………」朱は何も言えなかった。事件現場でこんな話をされるなんて、想像すらしたことがなかった。

「あんたが教わってきた事柄はすべて理詰めのセオリーだ。それがどれだけ無意味なもんか、すぐにも思い知る羽目になるだろうさ。まぁ、覚悟だけはしておくんだね。ああ、とはいえ……訓練所でたっぷりやらされたはずの逮捕術や基礎体力トレーニングはちったあ役に立つかもな。『全部忘れろ』は言い過ぎだった」

「私は――」朱が言いかけたところで、無線機のイヤホンに着信があった。

二人は足を止めて通信に集中する。発信者は縢だ。

『こちらハウンド4、対象を発見。どうします？』

捨てられたビルの四階。手足をばたつかせて必死の抵抗をする女性と、それを押さえつける大倉を、縢はおよそ八メートルほど離れた物陰から確認した。人質となっている女性の顔を携帯情報端末で撮影することに成功。殴られてかなり顔が腫れていたが、それでも公安局データベースとの画像照合の結果、彼女が「島津千香」だと判明する。その情報は、ただちに監視官、執行官の全員に共有される。

『よし。そのまま目を離すな。ハウンド2と俺で包囲する』と、イヤホンから宜野座の指示。ハウンド2が六合塚、ハウンド4が縢だ。

「……包囲を待つ時間ありますかね。大倉はナイフで武装。殴《なぐ》る蹴るの勢いが凄《すさ》まじくて、人質の子が限界っぽいっすよ？」

膝の言葉を裏付けるかのように、鼻を蹴られた千香の絶叫が響く。

宜野座の舌打ちが縢の耳に入る。

「俺一人でどうにかなると思うんスけどね……いっちゃいます？」

『……よし。しくじるなよ』

「りょーかい」と、ドミネーターの銃口を大倉に向ける。

『犯罪係数・オーバー一九〇・執行対象です・セイフティを解除します』

「おやおや、悪い子だぁ」

狙いを定めて、縢はトリガーを引く。ドミネーターの銃口から大倉に向かって、ほんの一瞬電光が閃《ひらめ》く。パラライザー。中枢神経系を麻痺《まひ》させるビームが大倉に炸裂《さくれつ》。

「があッ！」獣のような叫び声をあげて悶絶《もんぜつ》する。

だが——気絶はしない。

「——えっ⁉」

異変を察した縢は、すかさず駆け出す。しかし大倉はぐったりした千香の体を軽々と振り回して盾にしつつ、逃走を開始。千香に射線をふさがれて手が出せない縢。大倉は千香を抱えたまま、窓ガラスを割って外に飛び出し、跳躍する。落下しつつ必死に空中を泳いで、隣のビルの非常階段へと飛び移る。

『ハウンド4ッ、何やってる！』

「パラライザーが効かねぇ！　野郎、やっぱり何かクスリをキメてやがる！」

そのとき、滕の手にしたドミネーターが警告音を発する。

滕のドミネーターと情報を共有。路地裏を捜索する朱と征陸のドミネーターからも警告音。そして、変形を開始する。驚いた朱は、自分の銃が何か小動物にでもなったかのように感じる。

『対象の脅威判定が更新されました・執行モード・リーサル・エリミネーター・慎重に照準を定め・対象を排除してください』

ドミネーターの装甲が展開。それに合わせて放熱板や電磁波放出装置が広がる。それまで大型拳銃《けんじゅう》だったドミネーターは、一瞬で硬い岩山も切り抜く削岩機のような厳《いか》つい外観に変わる。

「こ、これって……」朱は戸惑う。

「シビュラシステムのご託宣だ。大倉信夫はもう、この世にいらない人間なんだとさ」

「そんな……ただ街頭スキャナに検知されただけなのに……」

「自分で自分を追い込んじまったんだろうな。たぶん犯罪係数はもう三〇〇をぶっちぎってるよ。今更セラピーも何もない。更生の余地なし……そう判定されちまったのさ」

「…………」朱は無言になって、手の中で変形したドミネーターを見つめる。

「初陣《ういじん》で嫌な事件に当たっちまったな。お嬢ちゃん」

4

飛び移った先のビルの廊下で、大倉はポケットサイズのサイコ＝パス色相計測装置を取り出した。自己診断すると、色相が真っ黒に濁っていることがわかる。大倉は、大事なことを諦《あきら》めたように寂しく笑う。

「見てくださいよ、私の色相……こんなに濁っちゃって、もう泥みたいですよ」

大倉は続いて千香に計測装置をあてがい、彼女のサイコ＝パス色相を表示させた。

判定はダークカラー。それを見て、新たな恐怖に千香は目を見開く。

「あなたのサイコ＝パス色相だってもう、私のとそっくりじゃないですか！」

大倉は歓声をあげた。

「……そんな……いやぁ……」

千香は現実から逃げるように首を左右に振る。

「もういやぁ……帰して……家に、帰りたい……」

「帰らないほうがいいんじゃないですか？　刑事たちは、犯罪係数が限度を超えた人間は生かしておきませんよ。運良く生きたまま逮捕されても、サイコ＝パスが治癒しない限り監禁生活が続く。表向きは治療と言いながら、奴らは閉じこめた潜在犯をずっと拷問し続けるそうです」

　大倉の言葉遣いは丁寧なままだったが、その声は小さなひびが入ったように震えていた。双眸《そうぼう》には血走った狂気が宿り、肉体強化薬物のせいで全身の血管が不自然に太く浮かび上がっている。

　泣き喚《わめ》く千香を引きずりながら、大倉は笑って先を急ぐ。


　朦からの情報。携帯情報端末が表示する立体ホログラムの電子地図で位置を確認。どうやらこのビルの上らしい――。まだ電気系統が生きていたので、朱と征陸はエレベーターに乗り込んで移動した。メンテナンス不足のエレベーターが、荒れ地を走る車のように揺れて、黒板を引っかくような音をあげて軋《きし》む。朱はエレベーターの状態に思わず顔をしかめるが、征陸は平然としている。

「とっとと片付けないと、人質の娘がヤバいことになる」

「サイコ＝ハザード《PSYCHO HAZARD》、ですか？」

「ああ。犯罪係数は伝染する。今時の若いモンはストレスに耐性がないから、暴力衝動や強迫観念の影響を受けやすい」

「私、そのテーマで論文書きました」

「言っとくが、明日は我が身だぞ。お嬢ちゃん」

「――え？」

「そもそも俺たちが、なんで執行官なんぞにされたのかといえば――」

征陸が言いかけたところで、エレベーターの扉が開いた。そこから長く伸びる通路の奥を、大倉信夫と人質の女性――島津千香――が通りすぎていく。「ドンピシャ……！」と征陸が走りだして、朱も慌ててついていく。

廃ビルの一角で、朱と征陸はとうとう大倉を追い詰めた。ドミネーターを照準する。

大倉は、千香の首筋にナイフの刃を押し当てる。

「銃を捨ててください……捨てろ……」

「…………」生まれて初めて直面する、人の命が失われるかもしれない瞬間に、朱は冷静ではいられなかった。吐き気がする、膝《ひざ》が笑う――。たまらず、すがるように征陸に目をやる。征陸は、信じられないことに汗一つかいていない。彼がそっとドミネーターを床に置いたので、朱も緊張の生唾《なまつば》をのみこみつつ、同じようにする。

「退《さ》がれ！」さらに恫喝《どうかつ》してくる大倉。その指示に従う征陸と朱。二人が十分離れたところで、大倉は千香を突き放し、ナイフも捨てて、征陸が床に置いていったドミネーターに飛びついた。

拾ったドミネーターを征陸に向け、大倉は引き金を引く——だが、作動しない。

『ユーザー認証・エラー・不正ユーザーです・トリガーをロックします』

「な……？」

「ご愁傷様」

廃ビルの外枠を構成する鉄パイプの隙間から、魔術師のようにもう一人の執行官——狡噛慎也が姿を現した。大倉の動きを予測して、先回りし、ずっと物陰に身を潜めていたのだ。狡噛は、大倉に狙いを定めたエリミネーターモードのドミネーターを躊《ちゅう》躇《ちょ》なく発砲。千香を手放したのが彼の命取りだ。処刑のための集中電磁波が、大倉の体液を瞬時に沸騰させる。巨大で強力な電子レンジに人間を放り込んだら、たぶんこういうふうになる。皮膚が、多数の水風船のようにボコボコと膨れ上がる。大倉の上半身が、内側から破裂する。肉片が細かく飛び散り、半分に折れた脊《せき》柱《ちゅう》が露出する。血飛沫《しぶき》が千香の顔にもかかる。

千香が絶叫する一方で、狡噛は眉《まゆ》一つ動かさない。

呆《ぼう》然《ぜん》としていた朱が、ようやく事態を把握する。「こ、狡噛……さん？」

無視して、狡噛は無線のマイクに向かって報告する。「ハウンド3、執行完了」

征陸はやれやれ、とため息をつきながら自分のドミネーターを回収する。

「年寄りと新入りをオトリにするとはいい根性してるじゃねぇか。え？　コウ」

「給料分の仕事だよ、とっつぁん」

全員のドミネーターが、一斉にパラライザーモードに戻った。

朱も自分の銃を拾ってから、千香の様子をうかがう。返り血を浴びた千香は虚《うつ》ろな目つきで震えている。完全にパニック症状だ。そんな千香を落ち着かせようと、用心深く歩み寄る。

「公安局です。もう大丈夫、安心してください」

「こ、来ないで……！」

「お、落ち着いて！　あなたを助けに来たのよ！」

「嫌、もう嫌……放っておいてよぉ……」

千香は、床を這《は》って少しでも朱から離れようとする。

そんな彼女に、征陸がドミネーターを向けた。

「ま、征陸さん⁉」

「お嬢ちゃん……自分の銃で確かめてみろ」

言われて、朱もまた嫌な予感を覚えて、ドミネーターを千香に向ける。

『犯罪係数・オーバー一六〇・執行対象です・セイフティを解除します』

サイコ＝ハザード。恐れていたことが現実になった。犯罪係数は伝染する。

「まあ、仕方ないわな」と、征陸はドミネーターの引き金を引こうとする。

「やめて！」朱は、咄嗟《とっさ》に征陸の腕をつかんだ。

「ひっ」その隙に千香は飛び起きて、建物の奥へと逃走する。

「何をする⁉」

「あの人は保護対象です！」

「そのためのパラライザーだろうが！　今すぐ眠らせて確保するんだ！」

「パラライザーでもダメですよ！　彼女は、一時的に混乱しているだけです！　ちょっと待って落ち着かせれば、そんな乱暴なことしなくても……」

「いいか？　ドミネーターはシビュラの目だ。この街のシステムそのものが彼女を脅威と判断したんだ。その意味を考えろ」

「だからって、何もしてない被害者を撃つなんて……そんなの納得できません！」

朱と征陸が言い争っている間に、狡噛は無言のまま、千香の後を追って建物の奥へと向かう。それを見て、朱も慌てて彼を追いかける。

千香、狡噛、そして朱、征陸の順番で、廊下を駆け抜ける。

ガラクタがひしめく倉庫らしき部屋が行き止まりだった。真っ先に駆け込んだ千香は、液体の入ったタンクを見つけたのでそれをひっくり返した。中身が床一面に広がって、たちまち強烈な臭気を放つ。

「この臭い……？」と、朱は眉間《みけん》にしわを寄せた。

「ガソリンじゃねえか……」と征陸。電気自動車が主流になった今、街なかではほとんど見かけることのなくなった燃料だった。「これだから廃棄地区は！」

千香はさらに逃げようとするが、背後にはもう壁しか無かった。

狡噛は無造作に間合いをつめていく。

「……来ないで……もう近寄らないで……」

千香が狡噛を威嚇するように両手を突き出した。いつの間に拾っていたのだろうか──。そこには、大倉の持っていたライターが握られていた。

「もうやめて！　こっちに来ないで！」千香は、自分自身が何をしているのかもよくわかっていないのだろう。恐怖に追い詰められて、破滅を回避しようとして、逆に破滅に向かって全力で突っ走っている。ガソリンは気化しやすいから、あとは千香がライターを点火するだけで爆発する可能性がある。それは、執行官・監視官に対する重大な脅迫・抵抗行為だ。

全員のドミネーターから警告音が鳴り響く。

銃がエリミネーターに変形し、朱は最悪の展開を想像して目を丸くする。エリミネーターが発砲されたらどうなるのか。その結果は、さっき大倉信夫が教えてくれた。

『対象の脅威判定が更新されました・執行モード・リーサル・エリミネーター・慎重に照準を定め・対象を排除してください』

「そんな……」朱は震える声でつぶやいた。涙腺《るいせん》が決壊しそうだった。

狡噛はエリミネーターの銃口を千香に向ける。

「やめてッ！」

朱が叫んでも聞いてくれない。まるで、住む世界が違うかのようだ。次元の軸がずれている。こちらの世界で何を叫んでも、向こうの世界には届かない。

朱は、ドミネーターの銃口を狡噛に。

狡噛が千香を撃つよりも早く――モードがパラライザーに切り替わると同時に発射。

神経ビームを浴びた狡噛は驚きの表情で、痙攣《けいれん》しながらその場に昏倒《こんとう》する。この瞬間、ようやく二人の世界は重なった。少なくとも、朱はそう感じた。

「なッ……」征陸が低くうめいた。

続けて朱は、錯乱する千香にもドミネーターを向けた。銃は再びエリミネーターに変形。

「もうやめて！　そのライターを捨てて！　でないとこの銃があなたを殺しちゃう！」

取り乱して懇願する朱の声に、ようやく千香は興奮がさめて我に返る。人間の心は、自分より必死な人間を見ると不思議に落ち着くものだ。それに、朱が狡噛を撃ち倒したことも信頼する材料になった。

「お願い！　あなたを助けたいの！　だからライターを捨てて！　早く！」

「あ……」千香は、忌まわしいもののようにライターを捨てた。

数秒後——ドミネーターのモードもパラライザーへと移行する。

『対象の脅威判定が更新されました・執行モード・ノンリーサル・パラライザー・落ち着いて照準を定め・対象を制圧してください』

「……ふう」安堵《あんど》し、銃口を下ろす朱。まだ怯《おび》えている千香に、微笑みながら手を差し伸べようとしたそのとき——朱の背後から発射されたパラライザーの神経ビームが、千香に命中。

「ひぐッ」苦しげにうめいて千香が昏倒《こんとう》する。

朱が振り向くと、そこには撃ったばかりのドミネーターを構えた宜野座が立っていた。

「常守監視官、君の状況判断については、報告書できっちりと説明してもらう」

宜野座は朱を見下ろした。教師が、出来の悪い生徒を咎《とが》めるときの視線だった。朱は、相手が先任であるにもかかわらず睨《にら》み返した。納得できない——なぜ撃った？千香を撃たないために執行官を撃ったのに。

途中から半ば傍観していた征陸は、苦笑し、それでいてどこか期待するようにつぶやく。

「こりゃあ、とんでもない新人が来ちまったもんだな……」

第二章　成しうる者

「…………」

狡噛が目を覚ますと、真っ白い天井に視界を占拠された。この光景を目にするのは初めてではない。負傷するたびに——何度もお世話になっている。公安局の医務室だ。清潔なベッドに寝かされている。枕元には体調や色相のモニタリング装置。窓の外には早朝の空の薄明かり。

狡噛は手を持ち上げようとする、が、身体がまともに言うことを聞いてくれない。弱々しく震える自分の手を、狡噛は冷めた眼差《まなざ》しで見つめる。

1

朱が目を覚ました直後、真っ暗闇の室内に起床アラームが鳴り響いた。起床アラームをセットしても、朱はその時刻よりもほんの少し早く起きることが多い。次いで、クラゲのような妖精《ようせい》のような少女の姿が、ぼんやりと輝きながら虚空に浮かび上がる。ホロアバターの「キャンディ」だ。正式名称は「立体ホログラム表示サポート人工知能・ホームセクレタリー・アバターユニットシステム」。このホロアバターを間に通すことで、各家庭のスマート家電や住人の携帯情報端末を統合管理する人工知能と直接対話が可能になる。

『おっはよー！　一月五日、八時一五分！　今朝の常守朱さんのサイコ＝パス色相はパウダーブルー。健康な精神で素晴らしい一日を楽しんでネッ』

朱のホロアバター、キャンディはやや子ども向けのデザインかもしれなかった。朱が可愛いタイプのアバターを好むのは、きっと大昔に祖母と一緒によく観ていた古いテレビアニメの影響だろう。祖母は、ブルーレイディスクを使っていた最後の世代だった。

「……ん……」

頭が冴《さ》えてくると、昨晩の失敗が脳裏によみがえってくる。――配属初日に執行官を撃ったなんて監視官は、自分の他にどれくらいいるのだろうか？　朱はたまらず毛布をかぶって柔らかい殻を作り、その内側で身悶《みもだ》えする。

「はぁ……やっちゃった……」そして、毛布越しにキャンディに訊《たず》ねる。「スケジュール管理はホロアバターの大事な仕事の一つだ。「今日って日勤じゃないよね……？」

『一一時から船原《ふなはら》ゆきサマ、水無瀬佳織《みなせかおり》サマと曙橋《あけぼのばし》駅で待ち合わせ。一四時三〇分より公安局で第二当直勤務でーす』

「あ……そっかぁ……んー」生まれて初めて学校をサボる人間の気持ちがわかった。朱は健康な体が自慢で、教育課程は無遅刻無欠席だったが、公安局に足を運ぶかと思うと大きくもない体を重く感じる。

『今日のお部屋はどーしますぅ？』

「ヴィクトール・オルタでホテル・タッセル」

『はぁい。ライブラリ参照しまーす』

部屋の照明が点《つ》くと同時に内装ホログラムも作動した。わずか一瞬のノイズを挟んで、一気に塗りかえるようにアールヌーヴォー調の豪奢《ごうしゃ》な内装に変わる。絢爛《けんらん》たる内装に、だが朱は気分を同調させられず、しばらくぼんやりと天井を眺めていた。ホログラムの再現度・画素密度は完全に人間の認識能力を超えていて、本物と区別はつかない。

「はぁ……」いつまでもベッドの上にいるわけにはいかない。腹も減っている——そういえば、事件のあと何も食べていなかった。「キャンディ、朝食用意。シャワーを浴びてから食べる」

『昨日の食事摂取量は合計二二〇〇キロカロリー。今日の朝ご飯は二四〇キロカロリーが適正です』

「じゃあ二〇〇キロカロリー」がっつり食べたい気分でもなかった。「テイストはチャイニーズで」

『かしこまりましたー』

シャワーを浴びてさっぱりした朱は、髪を乾かし、ミネラルウォーターを飲みながらダイニングキッチンに向かう。タンクトップにスポーティな下着だけというだらしない格好で食卓につく。クッキングマシンの細いロボットアームが、自動的に食事を配膳《はいぜん》する。中華風とは名ばかりの、ブロックのような機能食。食卓の隣には、メイド服姿のキャンディが浮かぶ。

『ニュースサイトはブラウズしますかぁ？』

「いつもの巡回で。経済は飛ばしていいや」

『はぁい。アクセス開始しまぁす』

朱の周囲に、複数のニュースサイトからの映像が次々とホログラムで出現する。もそもそと食事を進めながら、それらを漫然と眺める。見た目はさておき、味はたしかに中華風だ。

『今日の天気は晴れ。降水確率はゼロパーセント。新宿区で予測される集団ストレスはレベル三。心理汚染の予防サプリがオススメです。牡羊座《おひつじ》の運勢は学業に大吉、金運に小吉。ラッキーカラーはモンザレッド。思わぬ出会いが期待できるかも！　シャネルの新作ホロアバター「エキゾチカ」は今夜一八時から配信開始。最新のスタイルに乗り遅れないで！』

食事を終えて再び寝室へ。朱は、仕事用のスーツ姿で姿見の前に立った。手にはコンパクトミラー型のコスチューム・デバイス。今日のように、私用のあと仕事場に向かうようなときはホログラムを身にまとうのが便利だ。着替える手間を減らせる。コスチューム・デバイスのタッチパネルを操作し、「Formal」「Sports」「Evening」など並んでいるメニューの中から「Holiday Casual」を選択。途端に朱の全身が外出着のホログラムで覆われる。んー、と小首を傾げながら、朱は手にしたデバイスをシェイクする。一振りするたびに衣装の組み合わせがランダムに変化する。次々とポージングしてコーディネイトを確認する朱。やがて満足できる組み合わせが出たところで――。

「こんなとこかな……」

朱は、コスチューム・デバイスを畳んでブローチのように胸元に留めた。

「じゃ、行ってくるね」

『お気をつけてー』

カバンの中身を確認してから、朱は部屋をあとにした。玄関のドアが閉まり、施錠音。同時にキャンディは消え、続いてアールヌーヴォー調だった部屋の内装ホロが消失。まるで病院の無菌室のような、味も素っ気もない真っ白い虚ろな室内。

今日は晴天なので、都市環境ホログラムもフル稼働だ。この都市が完璧《かんぺき》であるために、少なくとも完璧に見えるように、汚点や瑕疵《かし》を幻影で覆い隠す。ビルの谷間で、数十メートル級の美女が和服でうどんをすする――ホログラムの巨大広告『とても安く買える』『絶対にやばい。待ったなし』『緊急で重大なストレスケア。一刻も早く』『このヴァーチャル・スポーツはえぐい』。エンターテインメント化されたニュース番組は、今日もシビュラシステムの恩恵で溢《あふ》れている。シビュラ判定の結果によれば、次の総理大臣に最も相応《ふさわ》しいのは、アイドルをやっている都内在住の一〇代の少女だという。国民もそれを歓迎ムードらしい――。

駅で待ち合わせた後、朱は教育課程同期の友人二人と、商業ビルの屋上にあるオープンカフェに移動した。明るくて運動神経抜群のゆきと、事務仕事に強い佳織。テーブルを囲んで、甘いものとドリンクを注文。今でもこの三人が集まると、放課後のような雰囲気が漂う。

「で、やらかしちゃったわけだ」

という、ゆきの言葉に朱はこくりとうなずく。

「公安局の仕事なんで、詳しいことは言えないけど……ともかく、仲間にひどいことをしちゃって」

「よくわかんないけどさ、それはあんたの役職に許されてることなんでしょ？」佳織が言った。「制止が必要な状況だったんでしょ？」

朱は少し考えて、「だと……思う」

「じゃあ、気に病むことないじゃない。サイコ＝パスだってそんなに曇ってないし。案外本当は平気なんじゃないの？」

「ええー、そんなあ……ひどいよ佳織。ゆうべは全然眠れなかったんだから」

「それだけ悩んでおいて色相チェックはクリアカラーなんだもんねぇ、朱は」と、ゆき。

「感情ケアなんてほとんどやってないくせに、凄《すご》いメンタル美人。あんたって何でそんなに健康でいられるの？」と佳織。

「まぁ、その、鈍感なのかな……」

自慢にならないよう、この話の流れを朱は照れ笑いでごまかそうとする。

「はぁ、神様ってほんと不公平」ゆきはやや大げさなため息をついた。「……あたしなんて先月のカウンセリングに楽しくもない仕事の給料の半分が飛んでったのに」

「そうそう。シビュラ判定で適性もらった仕事なんだからさ。ちょっとしくじったくらいでくよくよすんなと言いたい」

「で、でもさ……」朱は、審判に抗議するスポーツ選手のような態度で言った。「シビュラシステムを疑うわけじゃないけど、公安局のキャリアなんて、本当に私に向いてるのかな……」

それを聞いたゆきと佳織の表情が固まる。一瞬、時間が停止したように感じる。そして――。

「ッかぁぁぁ、贅沢《ぜいたく》な悩み！」ゆきが叫んだ。

「天然でそういうこと言うかなあ、まったく」佳織は少し呆《あき》れたように笑う。「大体さ……朱ってば、経済省や科学技術省の適性だって出てたのに、それ全部蹴《け》って公安局を選んだんでしょ？」

「あたしなんてＣ判定しかもらえなかったのに」

「いいじゃん、ゆきは身体動かす仕事は得意なんだから。――私なんか、かなり人使いが荒い会社のシステム・エンジニアよ。もー肩凝ってしょうがないんだから」

「でも、身体動かすのがどんなに得意でも、それが仕事となると話は変わってきてさ……。えっと、あたしらの話はさておき……朱は、最終考査でポイント七〇〇ちょいを叩《たた》き出した優等生じゃない。どんな仕事だって楽勝でしょ」

「うん……」

落ち込む朱の肩を、ゆきと佳織は励ますように交互に叩く。

「ごめんね。ちょっとからかいすぎた。でもね、朱ならきっとやり通せる仕事だと思うよ、それは。システムが出した適性だけじゃない、友人としての直感」

佳織のそんな言葉に、ゆきはうんうんとうなずき、少し付け足す。

「『成しうる者が為すべきを為す。これこそシビュラが人類にもたらした恩寵《おんちょう》である』――なんてな」

2

朱は公安局の前までやってきた。これから出勤というところで、ホロの衣服を解除した。外出着モードではなく、本来着ているスーツ姿になる。友人たちと何を話しても、昨晩の失敗が消えるわけではない。

公安局本部ビルは、上から見ると八角形のタワービルだ。地上六〇階、地下八階構造。憂い顔でビルを見上げたあと、朱は両手で軽く自分の頬を叩いて意識を切り替えた。警備ドローンが両脇を固める正面エントランスへと入っていく。エントランスホールの床面には、シビュラシステムと厚生省公安局のマークが大きく広がっている。

総合受付で、局内のどこに行けば狡噛に会えるのか訊《たず》ねる。

公安局内、執行官隔離区画、分析官ラボにたどり着く。総合分析室、というドアプレートを確かめてから、朱は生体認証のドアを開けようとする。だがドアは内側から開き、退室しようとした六合塚と鉢合わせする。

「あ……」

男性的なパンツスーツ姿の六合塚は、なぜか襟元が乱れていて、ネクタイを締め直している。彼女は表情が乏しく、何かあったのか、何を考えているのかがよくわからない。昨晩も顔を合わせたはずだが、ほとんど会話は交わしていないし、まだ互いに簡単な自己紹介さえしていない。かろうじて名前を知っているというだけの「同僚」。反応に困って、朱はとりあえず愛想笑いで会釈する。しかし六合塚は、無言のまま朱の横を通り抜けて去っていく。なんなんだろう……。

「すみません……」

朱はおっかなびっくりラボの中を覗《のぞ》き込んだ。最初に目に入ったのは、ハイパワーなパソコン類と、様々な分析装置。奥には機密扉で仕切られた検査室もある。人が見当たらない。朱は首を傾げた――六合塚が出てきたのに、留守だったのだろうか？

ところが、マルチパネルディスプレイの前に設置された大きなソファからにょき、と脚が生えてきた。背もたれに隠れていただけで、そこに人が寝転がっていたのだ。長く真っ白い美脚が、するするとストッキングをはいていく。

「……分析官の唐之杜志恩《からのもりしおん》さんは、こちらに？」

「はいはい、どちらさま？」

唐之杜はよっと体を起こした。体にフィットするツーピースに白衣という服装。胸は大きいのに腰はくびれていて、服の上からでもヒップが引き締まっているのがわかる。あまりに完璧なプロポーションに、朱は思わず感嘆のため息をつきそうになった。

顔を見れば唐之杜は、寝不足のような目つきで、気怠《けだる》い雰囲気だった。長いまつげとうっすらと濡《ぬ》れた唇が扇情的だ。艶《なま》めかしい、艶めかしすぎる——整形か、人工のパーツでも多用しているのだろうか？　朱は美容手術の可能性を考えたが、彼女からはそれほど人工的な美という感じはしなかった。同性には、なんとなく「造り物」がわかるものだ。いじっているとしても、ほんのちょっとだろう。とにかく、朱は敬礼した。

「昨日付で刑事課に配属になりました、常守朱です」

「ああ、慎也くんを撃った新任監視官って、あなたね」唐之杜はにんまりと笑った。

「へぇ、思ってたよりずっと可愛い子。それに、ちっちゃいし……。見た目とは裏腹に思い切ったことするものねぇ。何があったの？　慎也くんにお尻《しり》でも触られた？」

「いえ、その……狡噛さんの容体、ここに来ればわかるって聞いて」

「ああ、それね。いくら医師免許持ってるからって、分析官に健康管理まで任せるお役所ってどう思う？　そりゃあ私も潜在犯ですけど？　だからっていくらでも便利にコキ使っていいって法はないでしょ？」

「はぁ……」

「えぇとあなた、朱ちゃんだっけ？　監視官なら公安局の出世コースでしょ？　さっさと偉くなっちゃって組織改革してちょうだいよ。まずは刑事課専用のプールとバーラウンジを拵《こしら》えるところから、お願い」

「……いやその、ですね、狡噛さんの治療って……」

「あ、そうね」

唐之杜はソファからオフィスチェアに移り、デスクのコンソールを操作した。マルチパネルディスプレイのひとつが切り替わり、医務室の映像に。

ベッドの上で、狡噛が死んだように眠っている。

「今朝方、意識は取り戻したんだけどね。まぁパラライザーの直撃だから、まだ本調子ってわけにはいかないわ。立ったり喋《しゃべ》ったりはちょっとね。もちろんセックスも無理。まさに役立たずってやつね……」

唐之杜の下品な軽口を無視して、朱はモニタの狡噛を見つめる。安らかとは言いがたい狡噛の寝顔に、朱の罪悪感がちくちくと刺激された。

「顔だけでも見ていきたいっていうんなら面会ぐらいは大丈夫だけど、どうする？」

「いいえ。それなら別に……」

「今日一日安静にしてれば後遺症も抜けるわよ。また明日の朝にでもいらっしゃい」

「はい……」

明日も憂鬱《ゆううつ》な朝になりそうだ、と朱は微《かす》かに肩を落とす。


朱はラボから、公安局の刑事課オフィスAに移動した。刑事たちが詰める大部屋だ。上座にあたる位置に並んで据えられている宜野座と朱のデスク。宜野座は空席。整然とした宜野座のデスクとは対照的に、まだ赴任したばかりの朱のデスクは荷解《にほど》きも終わっていない。若くてチャラチャラした執行官——縢は携帯ゲーム機をプレイ中。最近はヘッドマウント・ディスプレイを使ったヴァーチャル・ゲームや、ホログラムと三六〇度全方位トレッドミルを組み合わせた体感型ゲームデバイスが主流だが、ごく普通の2D画面のゲームもまだまだ根強い人気がある。

六合塚は電子書籍リーダーで雑誌を読んでいた。音楽雑誌をダウンロードしたらしい。事件が起きていないときはこんな感じなのか……と朱は思う。

朱と宜野座が預かるのは刑事課一係。オフィスAは一係専用だ。他に刑事課には、二係と三係が存在する。刑事課全体では監視官七名、執行官一三名という態勢だ。

朱の私物はほとんど段ボールのなかだが、デスク上には仕事に必要なツールが備え付けになっている。つまり、荷解きはしなくても仕事はできる。

なんとなく私物を整理したり披露したりする気分にはなれなかった。朱はホログラムキーボードと空中入力可能なインターフェイスを使って、報告書の作成を始める。

「……あれ？」

朱は作業を中断した。指の動きを立体的に検知する、空中入力デバイスの調子がおかしい。かなり反応が遅れている。困惑し、自分で少しオプションをいじってみても状態は改善せず、朱は意を決して縢と六合塚に声をかける。

「あの……すみません、浮かすタイプのデバイスって他にあります？」

「備品の予備は狡噛執行官が使用中でーす」

縢が、携帯ゲームから視線も上げず、軽い調子で答えてきた。

朱はその態度に軽く顔をしかめて、重ねて問う。

「でも、その……狡噛さんって今日は……」

「誰かさんにパラライザーで撃たれて療養中でーす」

なめられている――縢の態度にどう対応するべきか、朱は頭を働かせた。階級で考えれば、厳しく叱責《しっせき》するべきだろう。しかし、朱は強い態度に出ることに慣れていない。それに階級は朱が上でも、現場慣れし、経験豊富なのは縢のほうだ。不協和音が生じれば一係全体の捜査能力が低下する可能性もあり――。いよいよ困り果てて朱が拳《こぶし》を握りしめたそのとき、六合塚が立ち上がり、いきなり縢の背中をゴスと蹴《け》った。

「いってぇ！　なにすんだよ！」

大袈裟《おおげさ》に苦しみ悶《もだ》える縢を余所《よそ》に、六合塚は小型のダンベルに似た空中入力デバイスを朱のデスクの上に置いた。

「これ、使ってください。あたしは自前のデバイスがあるので」

「あ……ありがとうございます」

顔立ちは整っているが、口数が少なく、表情の変化も少ない六合塚。どんな人間なのか朱はつかみかねていたが、今のやり取りで「悪い人ではなさそうだ」と思う。朱がデバイスを交換して作業を再開し、しばらくしてから征陸が入ってきた。

「わりぃわりぃ遅くなって……てあれ？　今日の当直監視官ってお嬢ちゃん？」

「あ、はい」

「昨日の今日で大変だねぇ。まぁ平和な一日になるよう祈って……」

そこへ、室内に届く通報のアナウンス。

『足立区伊興《いこう》グレイスヒル内部にて規定値超過のサイコ＝パス色相を計測。当直監視官は執行官を伴い、直ちに現場へ急行してください』

「……言ってる側からこれかよ」

「狡噛の穴、あたしが埋めます？」征陸に申し出る六合塚。

「いやなに、それにゃ及ばんさ。……さ、出動だぜ。監視官どの」

3

ショッピングモール『グレイスヒル』。全八層、吹き抜け構造の複合商業施設が、夕方の人出に賑《にぎ》わっている。シビュラシステムがもたらす安定と平和。生活に不必要なものを売り買いする豊かさが許されている国は、もう数えるほどしかない。ストレスケアに余念がない買い物客たち。そのなかで、一際幸せそうな笑顔を浮かべる男女がいた。後期教育課程（一般的には一七歳から二〇歳。シビュラ判定による例外あり）と思われる若い男女だ。やや野暮ったいファッションの地味な青年と、小柄だが胸が大きいミニスカートの彼女。容姿的にはやや不釣り合いだったが、二人はシビュラシステムの相性適性診断に祝福されたカップルだった。色相チェックと心理分析で「長期間の交際、結婚生活にも耐えられる」という結果が出て、付き合い始めた。

女のほうは、男の顔があまり好みではなく、地味で不器用という印象があったし、あまり乗り気ではなかったが、恋人同士になってみると驚くことばかりだった。

　彼女は自分には「好み」があると思っていた。職業適性や犯罪係数はともかく、「好きな相手」くらいは自分で選べると思っていた。しかし、本当に正しいのはシステムのほうだった。今まで顔で選んだ彼氏は、付き合い始めこそ楽しいものの、やてストレスの要因になっていく。新しい彼氏は違う。頭がよく、話が面白い——彼のそんな単純な魅力に、彼女はすっかり夢中になっている。

　——幸福そうなそのカップルを、やや距離を開けて尾行する青年——山根《やまね》——がいる。二人を映すその目は、明確な怒りに満ちている。今つけているカップルの女は、ちょっと前まで山根の恋人だったのだ。それが、ちょっと不満があるからといって、シビュラシステムの適性を理由に別れ話を切り出してきた。山根としては、「ふざけるな」という話だ。

　無論、システムの相性適性診断は「絶対」ではない。自由恋愛は許されている。だが、ここ最近は恋愛や結婚における重要な選択もシステムに頼るケースのほうが圧倒的に多い。診断を受けて初めて自分が同性愛者だと気づき、そのままカミングアウトすることもあるという（システム導入後の法律改正で今のこの国では同性婚も可能だ）。

　山根は強く奥歯を噛んだ——システムのことはさておき、問題はあの女だ。とにかく、自分を捨てたことが許せない。何か、法に触れないように、あの女を心底後悔させることはできないか。あの女の新しい男を、ひどい目にあわせることはできないか——考えながら、尾行する。まだ、どうするかは思いつかない。

装備運搬ドローンとともに、護送車で駆けつけた朱と征陸は、ショッピングモールの従業員用通路を使って移動した。内装ホロもかかっていない、殺風景なバックヤードだ。

「モールの出入り口は警報直後から警備ドローンが監視してる。そっちに引っかかった獲物はナシ。つまり、色相チェックに引っかかったやつは、まだモールの中にいる」

「ドミネーター、使うんですか?」朱は不安げに訊《たず》ねた。

「用心のために運ばせはするが……まぁ、抜くほどの相手じゃなさそうだぜ」言いながら、征陸は運搬ドローンの荷台カバーを軽く叩《たた》いた。「そんじゃま、行こうか」

征陸は、襟元に留めた刑事用コスチューム・デバイスを起動させ、全身をホログラムで包み込んだ。苦みばしった顔つきの、たくましい彼の体が、公安局の愛らしいマスコットキャラクター「コミッサちゃん」の姿に上書きされる。朱もデバイスを起動しコミッサちゃん姿に。見た目は着ぐるみをかぶった状態になるが、ホロなので重さは感じない。一方で運搬ドローンは透明迷彩を起動し周囲の風景に溶け込む。二人と一台は従業員用通路を出てモールの中へ。

並んで歩く二人のコミッサちゃん。そのファンシーな容姿とにこやかな表情は、賑やかなショッピングモールによく馴染《なじ》む。親と一緒に遊びにきた子どもに指をさされて、愛想よく手を振るコミッサちゃん――征陸。後に続く朱はそこまで器用に振る舞うこともできず、気もそぞろだ。

「落ち着かねぇか？　お嬢ちゃんぐらいの歳なら、ホロスーツで遊ぶのなんて慣れっこだろ」

「全身アバターになりきるってのは、ちょっと……」

「ま、公共スペースじゃフルフェイスホロは違法だからな」

モール一階中央の噴水広場まで来て、ふと立ち止まる征陸コミッサ。

「……あー、あれだ。右手前の柱の陰」

朱は、征陸に言われて初めて気づいた。噴水前のベンチで談笑中のカップル。それを物陰から監視している淀《よど》んだ目つきの青年がいる。

「そんな……スキャナも使わずに、どうして？」

「だから俺は、執行官なんだよ。じゃあ、お嬢ちゃん。挟み撃ちでいこう」

二手に分かれて、朱が対象の右側から、征陸が左側から接近することになった。気づかれないようにといくら気をつけても、コミッサちゃんは目立ってしまう。しかし、こういった人通りが多い場所では、できる限り周囲にストレスを与えないように行動しなければいけない。廃棄区画ならともかく、大立ち回りの末にエリアストレスが上昇したりすれば始末書ものだ。

そして、まずいことに朱は気づかれた。カップルをストーキングしていた青年は、それとなくこの場から立ち去ろうとする。そんな青年の前を、征陸コミッサがふさぐ。

「失礼しまーす。サイコ＝パス測定にご協力お願いできますか？」

コスチューム・デバイスに付属するボイスチェンジャーによって、そう言った征陸の声はアイドル声優のように可愛らしいものになっていた。

「え……そんな……」

すぐにみっともないほど狼狽《ろうばい》した青年は、あろうことか征陸コミッサを突き飛ばそうとした。

征陸は冷静に青年の手をつかんで、ひねりあげる。苦痛に顔を歪《ゆが》める青年。征陸は素早く体を密着させ、右腕一本で青年の肘《ひじ》と肩を固定したあと、左手で青年の頭部をつかんで振り回す。そうやって床に押し倒してから、膝《ひざ》で押さえつけて完全に動きを封じる。朱も公安局の訓練所で逮捕術の講習を受けたが、征陸の動きは教官のものとは違った。逮捕術というよりは、実戦的な格闘技の動きだ。

征陸はポケットから携帯スキャナを取り出し、青年のサイコ＝パス色相を測定した。

結果はターコイズブルー。

「あらら―、濁ってますねー。緊急セラピーを要するものと診断します。ご同行願いますね」

「え……俺、まだ、何も……法律に違反しないように気をつけて……」

「気をつけても、濁るときは濁っちゃうんですよねー」


従業員用通路からショッピングモールを出て、青年を護送車に乗せた。朱と征陸はコミッサちゃんのホログラム・コスチュームを解除する。

「……本当に、潜在犯の見分けがつくなんて」

「良からぬことを考えてるヤツは、一目見ただけでピンとくるもんさ。昔はそういう勘働きがなきゃ、刑事なんて務まらなかった。罪を犯すか、取り締まるか、どっちにしても犯罪に関わる才能であることに違いはない。だから俺なんかの犯罪係数もドエライ数値になっちまうのさ。おかげで今じゃ、汚れ仕事を承る猟犬の扱いだ」

と、征陸は自嘲《じちょう》する。

「私、何の役にも立てなくて……」

今日、ここにきて朱がやったのは、接近中に対象に気づかれてしまったこと――それだけだ。

「いや大助かりだぜ？　監視官同伴じゃなければ執行官は外を出歩けねぇ。なんせ俺だって歴《れっき》とした潜在犯なんだ。執行官を現場まで連れてきて、あとはサボったり逃げ出したり、世間様にご迷惑がないようしっかり見張る。お嬢ちゃんの仕事は、それだけで十分なんだ」

でも、と朱は征陸を真っ直ぐ見つめ返す。

「……それって……監視官は、刑事って言えるんでしょうか？」

4

公安局に戻った朱は悄然《しょうぜん》として、そういえばすっかりお腹が空《す》いていて、食堂で自動配膳《はいぜん》された高機能バイオうどんを食べている。中途半端な時間なので他に利用者はいない――かと思いきや、トレイを持った人物が朱の真向かいの席に腰掛けた。縢だ。

「ご一緒していいッスか？　監視官どの」

「……どうぞ」

縢のトレイには、コーヒーしかのっていなかった。

「今日はもう非番なんじゃゃ……」

「もう、知ってるくせにー」とにやつく縢。「俺ら執行官は囚《とら》われの身。オフだって、監視官の同行なしじゃ外出禁止。刑事課フロアと宿舎の他には、行き場所なんかねーの」

「あ……」そうだった。うっかりしていた。自分とは違うのだ。

「常守監視官って堅苦しいよね。朱ちゃんって呼んでもいい？」

「……別にいいよ」

気を許すというより、縢の態度に関してはもうどうでもいいや、という無気力さから承諾する。

「しっかしまぁ、公安局監視官なんてまたとんでもない就職したもんだね。何でまた？」

「何で、って……変かな？」

「だってさ。朱ちゃん、自分が監視官に向いてると思うわけ？」

「向いてない……かな？」

「昨日のアレを見た限りじゃ、ね。誰だってそう思うんじゃない？」

ため息をついて、朱は食事の手を休めた。

「シビュラ判定の職能適性、公安局の採用基準に、パスできたから」

「そこんとこ不思議なんだけどさ……」

縢は椅子の背にもたれかかり足を組んで、

「公安局の基準を通ったんなら、もっと他の適性もいい判定もらえてたんでしょ？　別の仕事だって選べたんじゃね？」

「うん……」話すかどうか、やや逡巡《しゅんじゅん》してから、結局朱は先を続ける。「私ね、一三省庁六公司、ぜんぶA判定出たんだ」

「へ……」驚いた縢が椅子から落ちそうになった。「ま、マジ？」

「うん。でもね、他の仕事はどれも同じ判定もらった子が私以外にも一人か二人はいたの。公安局のA判定が出たのは、私だけだった。五〇〇人以上いたクラスの中で、ただ一人、私だけ。だから公安局にはね、私にしかできない仕事がきっとあるって、思ってた。そこに行けば本当の私の人生が……この世界に生まれてきた意味が見つかるはずだ、って」

いつの間にか、縢の顔から軽薄な笑いが消えている。真顔で黙り込んでいる。

「私の考え方、間違ってるかな？」

「わかんねぇよ。俺なんかにわかるわけねぇじゃん」縢は苛立《いらだ》ちを隠しもせずに言った。「あんたは何にでもなれた。どんな人生を選ぶことだってできた。それで悩みさえしたんだろ？　スゲェよな。まるでシビュラができる前の昔話みてぇだ」

「…………」

棘《とげ》のある縢の口調に、朱は沈黙するしかない。

「大昔はさ、自分の人生は自分で決めて、それに責任を持たなきゃならなかったんだとさ。ぞっとするよな。今じゃシビュラシステムがそいつの才能を読み取って、一番幸せになれる生き方を教えてくれるってのに」縢の口調は、だんだんと攻撃的になってくる。「本当の人生？　生まれてきた意味？　そんなもんで悩むヤツがいるなんて考えもしなかったよ。誰だってシビュラが決めた未来を疑いもせず、鵜《う》呑《の》みにして生きるのが当然だとばっかり思ってた。……でなきゃやってられねぇじゃん。俺なんてさ、五歳でサイコ＝パス検診に弾《はじ》かれて、以来ずっと潜在犯だぜ。治療更生の見込みゼロ。だからいま俺は、ここにいる。一生、隔離施設で過ごすより、公安局の猟犬になって殺し屋稼業を引き受ける方がまだマシだから。俺にはそれしかなかったからさ」

朱はこういう空気に耐えられない。自分は恵まれているのだ、そしてそれはここ公安局では罪なのかもしれない、と思う。

「俺、別にあんたに意地悪するつもりはなかったんだけどさ。でも気が変わったわ」

そして縢は身を乗り出し、

「――あんた、やめるなら今のうちだと思うぜ」

5

翌日——公安局、医務室。朱は、狡噛が入っている個室のドアの前に立つ。

「狡噛さん……構いませんか？」

インターホンで話しかけると「ああ」という素っ気ない言葉が返ってきた。ドアが開いて、中に入るなり朱は「すみませんでした！」と頭を下げる。

「……執行官に謝る監視官は珍しい」

感情が薄い狡噛の声。その真意を読み取れず、朱はおずおずと顔を上げる。

「……やっぱり、怒ってますか？」

「あれがあんたの判断だった。俺が文句を言える筋合いじゃない」

「……私の判断、間違ってたんでしょうか。ただチームの足を引っ張って、みんなを危険に晒《さら》しただけだったんでしょうか」

「あの女性は俺たち全員を道連れに死のうとしていた。そんなのは御免だと思った俺と、それでも彼女を救おうとしたあんたと……どっちが刑事として正しいか、考えるまでもないだろう」

「……え？」思いもよらぬ狡噛の言葉に、朱は目を丸くする。

狡噛は乾いた眼差《まなざ》しで、じっと自分の手を見つめている。

「……もう長いこと、執行官をやっている。迷うことなく、疑うことなく、命じられたままに獲物を仕留める猟犬の習性が、俺の手には染みついちまってる。あの銃の言いなりになって、何人も潜在犯を撃ってきた。……それがこの社会のためになると、小綺麗《こぎれい》な理屈を鵜呑みにして、いつの間にか考えることとさえなくなった。自分がやっていることが何なのか、顧みることとさえ忘れてた」

狡噛はふっ、と淡い笑みをこぼし、

「馬鹿な話だ。刑事ってのは、誰かを狩り取る仕事じゃなくて、誰かを守る仕事なのに」

「狡噛さん……」

「あんたは、何が正しいかを自分で判断した。役目より正義を優先できた。――そういう上司の下でなら、俺はただの犬でなく、刑事として働けるかもしれない」

「え、あ……」優しい言葉――なのだろうか？　意外で、上手《うま》く処理できない。

狡噛は続けて言う。

「普通はな……一度犯罪係数がエリミネーターで撃てるくらいまで上昇すると、滅多なことじゃ下がらないものなんだ。人質――島津千香は、ライターを捨てたから助かったんじゃない。常守朱監視官。あんただ。あんたの説得が、ちょっとした奇跡を起こしたんだ。誰にでもできることじゃない。誇っていい」

「あ……ありがとうございます」

再び、朱は狡噛に頭を下げた。ちょっとだけ泣きそうだ。

初めて、自分は公安局にいてもいいのだ、と思えた。

「執行官に礼を言う監視官も珍しい」

「もっと落ち着いて考える時間があったら、狡噛さんだって、彼女を撃とうとはしなかったですよね」

「どうだかな……あのとき、俺は迷わなかった。迷えば死ぬと思ってた。こんなところで終わりたくない。絶対に死ぬわけにはいかない……それだけで頭が一杯だった」

いつしか狡噛の眼差しは、執念に取り憑《つ》かれた凶暴さを滲《にじ》ませている。

「俺には、やり残したことがある。どうあっても始末をつけなきゃならない役目が……」

「……狡噛、さん？」


その日の昼には、狡噛も刑事課のオフィスに顔を出した。朱は、宜野座に大倉信夫と島津千香の事件に関する報告書を提出。宜野座は携帯情報端末で内容に目を通す。

「つまり、あの場における判断に間違いはなかったと……それが君の結論か？　常守監視官」

「はい」厳しい声音の宜野座に対し、朱は毅然《きぜん》たる態度で答えた。

「ドミネーターに記録された島津千香の犯罪係数は最大三二八。しかも君と二人の執行官を生命の危機に晒していた」

「彼女の犯罪係数上昇は一過性のものでした。事実、保護された後のセラピーも経過は良好で、サイコ＝パスは回復に向かっています」

宜野座は目の前の朱から、やや離れた席の狡噛に視線を移す。

「――狡噛、何か言いたいことは？」

「ない」狡噛は顔も上げずに即答する。

「俺の軽率な判断が状況を悪化させた。常守監視官は義務を果たした。それだけだ」

第三章　飼育の作法

違法行為にたずさわった以上、安全は基本的にカネで買うことになる。

槙島聖護が幸運なのは、早い段階で強力なスポンサーを見つけることができたことだった。

そうやって確保した都内数十箇所のセーフハウス。

システム運営下でも貧富の格差は生じる。数値化できるほどではないが、街頭スキャナの数が少ない地域ほど住人のストレスがたまりにくい、という。人は無意識的にでも「監視されている」ことを嫌がるものだ。そこで、富裕層の多い地域には非公式に配慮がされている。槙島のセーフハウスは、非人間的なシステムの人間的な隙間を突くポイントだ。

槙島がリビングのソファでくつろいでいると、部下のチェ・グソンがやってきて
「お待たせしました」とディスクを手渡してきた。

「ドローン・ハッキング用のやつです」

それを受け取った槙島は満足げに微笑み――

「このディスクが小石になる」

「小石？」グソンは小首を傾げた。

「池に投げ込んで波紋を広げる。ドミノ理論やバタフライ効果みたいな、ね……これはドミノの最初の一枚、北京で飛んだ蝶のはばたき。迷える子羊に『きっかけ』を与えてあげるんだ」

槙島は続けて言う。

「ただのモルモットかもしれないし、もしかしたら狼に化けるかもしれない。結果がわからないからやるんだよ。とにかく、準備は整った。あとは、どんな『摩擦』が発生するか……」

「摩擦？」と、グソン。

「クラウゼヴィッツだ。彼は、戦場ではどんなに緻密な計画でも些細《ささい》な要因で遅延する可能性を指摘した。机上の作戦はどんなに練っても机上のものでしかない。偶然のトラブル、天候などのコントロール不可能な要因によって、作戦が直面する障害――これが戦場の摩擦だ」

「なるほど……」

「もちろん、僕たちがこれからやることにも当然摩擦が発生するだろう。それが少しも楽しみじゃないと言ったら嘘になる。有能な指揮官ほど摩擦への対処能力が高い……

……ある意味、腕の見せどころだからね。犯罪の摩擦はどんな形として現れるのか。それは偶然なのか。シビュラシステムの意思なのか。組織なのか。個人なのか……個人だとすれば、それは僕たちにとてもよく似ているはずだ」

1

公安局内――隔離区画、執行官宿舎。狡噛の自室。

ホログラムの装飾など一切ない、倉庫のような内装。クラシックなトレーニング設備がそろったジムでもある。上半身裸で下はジーパンの狡噛。脂肪率の低い鍛えられた肉体。時代遅れの古びたサンドバッグに、パンチ、掌底打《しょうていだ》、肘打《ひじう》ち、膝蹴《ひざげ》りを高速で打ち込む。その動きは、刑事の逮捕術のものではない。公安局で教えてくれるレベルの技術では、狡噛が想定する事態には対応できない。狡噛は無理をして、今では絶滅寸前と言っていい軍隊式の格闘技を身につけた。シラットという格闘技をベースにして、発展させたものだ。

汗だらけになってトレーニングを終え、冷蔵庫からペットボトルの水を取り出し、一口のんで、残りは頭からかぶる。髪の毛に水を滴らせながら、自宅ジムの奥にある資料部屋に移る。その部屋も殺風景だが、デスクがある壁の一面にだけは、過去の未解決事件の資料が大量にはりつけられている。

狡噛はジーパンのポケットからタバコとライターを取り出し、一本くわえて、火をつける。

「…………」

壁の資料――その中心にある写真をじっと見つめる狡噛。ピントのぼけた人物像。衝動的に、狡噛はタバコの火を自分の鎖骨あたりに押しつける。ジュッと皮膚の焼ける音。狡噛はタバコをひねって、肉にまで火を通す。わずかに眉《まゆ》を歪《ゆが》める。

「お前は、どこにいるんだ……」

2

「……宜野座さん。私、執行官のみんなと上手くやっていけそうな気がします」

覆面パトカーの助手席で、朱は言った。

運転席には、同僚監視官の宜野座が座っている。運転席といっても、車は都市機能とリンクした高性能AIによる自動化が進んでいるので、何か非常事態が起きない限りハンドルを握る必要はない。たいていのことは、AIに音声で指示をするだけで片付く。

「それは同僚としてやっていけそう、という意味か？　それとも調教師としてやっていけそう、という意味か？」

宜野座は冷たい目をして言った。彼の態度に朱は反感を覚えるが、何も言い返しはしない。微《かす》かに眉間《みけん》にしわを寄せただけだ。

宜野座は続けて言う。

「愚か者は経験に学び、賢者は歴史に学ぶという。……常守監視官。きみが愚か者でないことを祈ろう」

覆面パトカーが停止した。まず宜野座、次に朱が降車する。

やや遅れて、執行官たちと装備運搬ドローンを乗せた装甲バンも到着した。後部のドアが開いて狡噛、征陸、六合塚、縢が姿を現す。二台のドローンから六挺《ちょう》のドミネーターを取り出し、ホルスターにさしこんでいく。

「また廃棄区画だ……」と、うんざりしたように宜野座がつぶやく。

廃棄区画といっても、三日前、大倉信夫が逃げ込んだのは足立区。今日は八王子《はちおうじ》市だ。場所はだいぶ離れているが、雰囲気は似通っている。

まだ、巡査ドローンによる現場封鎖は行われていない。廃棄区画にいるはずの容疑者に気づかれて、警戒されるのを防ぐためだ。そのため、覆面パトカーと装甲バンは、民間車両を装うカモフラージュ・ホログラムで覆われている。

「もともと、このあたりは本仮屋《もとかりや》重工業のドローン工場だった」と宜野座。「しかし、逮捕者が出るほどの事故が起きて、化学汚染も発生。そのまま廃棄区画となった」

「化学汚染……」朱は、思わずその言葉だけを不安げに繰り返した。

「安心しろ。大雑把ではあるが除染済みだ。人体に影響が出るほどじゃなくなってるそうだ」

言いながら、宜野座は自分の携帯情報端末を操作した。執行官たちにも周囲の状況、容疑者の情報を送る。今回の捜査対象は金原祐治《かねはらゆうじ》。元ドローン工場勤務で、現在は短期アルバイトで食いつないでいる――そういうことに、なっている。

「数日前、巡査ドローンがヴィジュアル・ドラッグの中毒者を保護した。強力なやつが流行《はや》り始めているらしい」

ヴィジュアル・ドラッグ。昔のドラッグと違って、これはヘッドマウント・ディスプレイを使って摂取する。視神経から直接脳に作用するのだ。強烈な光刺激と特殊なパターン図形によって、脳内物質の分泌をある程度コントロールできる。これが違法なのは、事故や中毒の副作用で脳が破壊されることがあるからだ。

ヴィジュアル・ドラッグの存在は、一般にはほとんど知られていない。恐ろしく厄介な犯罪なので、報道管制がしかれている。厄介なのは、このドラッグを使うと犯罪係数は上昇するが、ストレスは大幅に軽減できるという点だ。違法行為が即サイコ＝パス色相の悪化にはつながらない一例。犯罪係数――シビュラシステムとリンクした端末による直接診断やドミネーターの目――はごまかせないが、街頭スキャナではそこまで測定しない。ごく普通の生活を送るぶんには、犯罪係数を測定されることは滅多にない。大事なのはストレスケア、そして多数の人の目に触れることの多いサイコ＝パス色相の美しさ。廃棄区画と同じだ。この都市が完璧《かんぺき》であるために「存在しないこと」にされている瑕疵《かし》、矛盾。

「今回も俺と常守監視官のチームに分かれる」宜野座が言った。「縢、六合塚」

「はい」露骨に嫌そうな顔をする縢。「またギノさんとですかぁ？」

「嫌なら護送車でお留守番してるか？」

「へーい、泣く子と権力にゃ勝てませんや」

金原は、ここ数日廃棄区画にこもりっきりで、街頭スキャナにも映っていない。上空から無人の小型航空機で調査した結果、容疑者は寂れた映画館を拠点にしている可能性が高いらしい。この区画でまだ多くの工場が稼働していた頃の、主に工場労働者向けに営業していたシネマ・コンプレックスだ。八階建ての建物に、一八のホログラム・スクリーン。地下には駐車場。これを六人で捜索するとなれば、そこそこ骨が折れる作業になるのは間違いない。

宜野座のチームが正面に、朱たちはシネコンの裏手に回った。

「また、廃棄区画なんですね」朱は、半ば独り言のようにつぶやく。「ある意味、街づくりの失敗なわけじゃないですか……子どもの頃から、不思議だったんです。すぐに閉鎖して、再開発プランを立てればいいのに、って」

「もしもこれが『失敗』ではなく、『成果』だとしたら？　どうするね」

征陸が軽い口調で言った。

「……え？」

「一種のガス抜きだな」狡噛が言った。「廃棄区画があるおかげで、シビュラシステムの監視下でもホームレスが存在できる。街頭スキャナに引っかかるほどじゃないが、一般の社会では暮らしにくい人間……そういう層への受け皿も必要だ」

「善良な市民もさ」と、さらに征陸。「蔑《さげす》む相手が必要だしな。『真面目にやっている私たち』という実感が成立するには、比較対象が必要だ。廃棄区画と、その住民が役目を果たしてくれる。マスコミは、ホームレスを潜在犯のさらに『予備軍』として扱い、市民の恐怖を煽《あお》る」

たしかに、朱も似たようなことを考えたことはある。——たとえ失敗に見えても、それが都市を運営する側の計算に組みこまれているのならば、完璧さに傷をつけることはない。身も蓋《ふた》もない言い方をすれば、それは「ガス抜き」「成果」「蔑む」ということになるだろう。朱には、この社会をそこまでネガティブに解釈することはできないが。

　シネマ・コンプレックスの正面玄関前で、宜野座は透明迷彩のドローンに建物の一階を赤外線とレーザーでスキャンさせた。廃棄区画なので、見取り図の更新をしておく。他にも建物内に、未登録の防犯センサーや監視カメラが仕掛けられているのがわかる。

「恐らく……容疑者が自前で監視システムを組んでますね」

　ドローンからの情報をチェックして、六合塚が言った。

「生意気なやつだなー」と滕。

「ジャミングを開始。敵の監視システムを停止させろ」

　宜野座がドローンに指示を出す。それから通信を公安局の分析官ラボにつなぐ。ラボには安楽椅子探偵のように唐之杜志恩がいる。

「唐之杜。できることなら電力の流れをつかんでそれもシャットダウンだ」

『了解了解。発電機持ち込んでるんじゃなければ、どうにかなるはずよ』

3

シネマ・コンプレックスの広い館内ロビー。そこは金原祐治が勝手に自宅代わりに使っている場所であり、最近は生活感が漂い出した。金原が機能食の空容器をゴミ袋に片付けていると、携帯情報端末から異変を告げるアラーム音が響く。慌ててこのシネコンに仕掛けた監視カメラの映像をチェックしようとすると、何も映っていなかった。砂嵐が流れて、そのまま回復しない。妨害電波だ。

「公安局の手入れか……！」

金原はいつかこの日が来ることを覚悟していた。自分で予測したのではなく、スポンサーにそう注意されていたのだ。そのスポンサーは、しがない一工員でしかなかった金原にヴィジュアル・ドラッグの作成ソフトを与えてくれた。身を守るための手段も与えてくれた。

ドラッグは金になる。中毒にして洗脳すれば、相手の人生を奪うことができる。こちらの言いなりで預金を全額引き出させて、携帯情報端末のデータや戸籍情報までいただく。スポンサーには、そのうちの何割かを献上しなければいけないが、世話になっているので不満はない。

「さて……」

金原はロビーから通路に出た。そこには、六人のヴィジュアル・ドラッグ中毒者が床に寝そべったり壁に寄りかかったりして休んでいる。

特に体格のいいチンピラを飼い慣らしておいた。ドラッグがもたらす脳内物質の過剰分泌のためなら、自分の親でもレイプするような連中だ。ある意味リアリティを喪失しているから、相手が公安局でも果敢に戦いを挑んでくれることだろう。

「――ッ！」

その六人は、金原を見るなり濁った目を輝かせ、よだれを垂らした。彼らは神を崇《あが》めるように金原にすがりつく。ヴィジュアル・ドラッグ用の記録ソフトは暗号化されている上に、数回の使用で自動的に消去される。

彼らの感情は、完全に金原のてのひらの上だ。

「商品はたっぷり用意してある。早い者勝ちだぜ」

早い者勝ち――その言葉に、六人は敏感に反応した。

中毒者たちに武器を持たせて送り出し、金原は本当の「ボディガード」のもとへ向かった。古代ローマの円形闘技場に似た、シネコンのホログラム・スクリーンに足を踏み入れる。そこには、民間用の作業ドローンが二台並んでいる。廃棄される予定のドローンをいただいたもので、これもスポンサーからの提供だ。作業ドローンは小型ブルドーザーに似た外観で、全長四メートルほど。ハイパワーで、燃費も抜群。機体上部からは四本のロボットアームが伸びている。アームの先端には、それぞれ掘削用のレーザードリルや切断用の糸鋸《コーピング・ソウ》がついている。

「……いよいよだな。よし……」

金原は、ドローンの制御卓に空いたスロットに、ポケットから取り出したメモリーカードを挿入した。感光性ポリマー、標準的なホログラフィックメモリ方式。カードの表面には、これを作成した人間が書いたらしい『Johnny Mnemonic』という文字。直後にドローンが起動。そのカメラアイが獲物を探すように点滅する。

4

朱は、狡噛、征陸とともにシネマ・コンプレックスを捜索中――。停止したエスカレーターを上がって、特に大きなスクリーンが集まった六階へ。途中、あちこちに中毒者の死体や、もう少しで死体になりそうな糞尿《ふんにょう》垂れ流しの廃人を見かけたが、売人――容疑者・金原祐治は今のところ見当たらない。

「容疑者が逃げるとしたら――」朱が狡噛に向かって話しかけると、

「しーーッ」それを遮るように、唇に指を当てる「静かに」のジェスチャーが返ってきた。丁字路の手前で、三人は足を止める。左右の曲がり角から、人の気配と足音。ドミネーターをホルスターから抜いて、構える。狡噛と征陸が一歩前に出て、朱は執行官たちをバックアップする態勢――しかし、これが裏目に出た。

「――ッ！」敵は、背後からも近寄ってきていた。体格のいい若い男性ジャンキー。金原に命令されて、物陰に身を潜めてずっと奇襲の機会をうかがっていたに違いない。そのジャンキーが、最後尾に回った朱の後頭部めがけて鉄パイプを振り下ろす。

朱は振り返りながら体の軸をずらして、冷静に鉄パイプを避《よ》けた。思い切り振り下ろしたので、逆にジャンキーの体勢が大きく崩れる。朱は訓練所で学んだ逮捕術の動きで、左手でジャンキーを突き飛ばし、距離を確保してから右手のドミネーターを発砲。モードはパラライザー。三日前の事件で大倉が使っていたアスリート用の違法薬物と違って、ヴィジュアル・ドラッグは肉体を強化するわけではない。朱を襲ったジャンキーは転倒し、痙攣《けいれん》する。――以前の朱では、ここまで冷静に暴漢に対応することはできなかっただろう。これはある意味、配属初日の「洗礼」の成果だった。初めての事件で朱はエリミネーターによる殺人を間近で目撃し、人を――執行官の狡噛を――撃った。あのとき、朱のなかで何かが変わったのだ。

さらに、正面からも二人きた。そのうちの一人は、征陸がドミネーター・パラライザーで仕留める。しかしもう一人は、撃たれた仲間を盾のかわりにして、一気に間合いを詰めてくる。それを狡噛が迎え撃つ。狡噛は凄《すさ》まじい速度の下段蹴《げ》りで、まず突っ込んできたジャンキーの足を止めた。それから足の底を押し付けるような前蹴りで敵を遠くにやり、パラライザーで射撃。三人目の意識を刈り取る。

そして、丁字路から四人目のジャンキー。

ただし、その敵は今までに片付けた三人とは違った。

ドミネーターが警報を鳴らす。

『警告・爆発物・構造解析開始します・解析終了まで脅威度更新を保留――』

「爆弾ベストだ！」征陸が叫ぶ。「何かの切っ掛けで吹っ飛ぶぞ！　ふざけやがって！」

四人目のジャンキーは、棒状のプラスチック爆弾が何本もさしこまれた黒く分厚いベストを着用していた（――どこでこんなものを手に入れた？）。すべての爆弾がワイヤーで接続され、ベストの裏では正体不明の装置が光っている。

パラライザーで撃つ――いや、駄目だ、と朱は自分の考えを否定した。対象の気絶、あるいは神経ビームが切っ掛けで爆発するかもしれない。現時点では爆発の威力もどれほどのものになるのか想像がつかない。――どうすれば。

「任せろ」と、狡噛が飛び出した。

朱は目を丸くして、「狡噛さん⁉」

狡噛は、爆弾ベストのジャンキーの腕をつかんで、肘《ひじ》を押し当てて関節を極《き》めた。そうやってジャンキーの上半身の自由を一時的に封じてから、振り回し、足をかけて窓ガラスに向かってぶん投げる。「！」ガラスを破って、驚愕《きょうがく》の表情で外に飛び出していくジャンキー。地面に落下し、その衝撃で爆発。轟音《ごうおん》――爆風で周囲の建物の窓ガラスまで吹き飛ぶ。シネコン全体が小さな地震のように揺れる。

「無茶苦茶です……投げる途中で爆発したらどうするつもりだったんですか⁉」

朱は、思わず狡噛に詰め寄った。彼は平然として言う。

「どうせ、ぼんやり眺めてても爆発したさ。こういうのは一瞬の決断に生死がかかってるんだぜ」

「犯罪係数も測定してない人間を殺すなんて……」

「こっちが殺されるよりはいいだろ」

「…………」

朱は、狡噛の横顔を凝視した。双眸《そうぼう》に、ぎらついた凶暴性を湛《たた》えている。信じられないことに、唇は微《かす》かに笑っているようにも見える――。猟犬でなく、刑事でありたい、と前に狡噛は言ってくれた。朱はその言葉を喜んだ。しかし今の彼の表情は、獲物を追い詰めることに喜びを見出《みいだ》す肉食獣のそれだった。

5

宜野座たちのチームは七階に到達した。その途中で、二人のジャンキーを縢と六合塚がそれぞれ一人ずつパラライザーで処理していた。爆発音とともに建物が揺れたと思ったら、朱から無線連絡がきて、「狡噛が、爆弾ベストを着たジャンキーを窓から投げ捨てた」という話だった。それを聞いた縢が我慢できずにふきだして、宜野座は眉間《みけん》に彫刻刀で刻んだかのような深いしわを寄せた。

「ちょっと、監視官、縢」

六合塚がドミネーターを構えて、鋭い声を発した。

彼女の銃口を延長していくと、その先には一台の作業ドローンがあった。通路の奥から、カメラアイでこちらを見つめているように感じる。

あんなところにドローンがあるのは、明らかに不自然だ。

「ドローンには厳重な安全装置がかかってる……」と宜野座。「……元工員がどうこうできるもんじゃない。ハッキングに成功した前例はない」

四本腕の作業ドローンが動き出した。六輪で猛然と走りだす。

すると——。

『対象の脅威判定が更新されました・執行モード・デストロイ・デコンポーザー・対象を完全排除します・ご注意ください』

六合塚のドミネーターが変形した。装甲板が、禍々《まがまが》しい生き物の翼のように広がる。鋭い牙《きば》を持った動物が、口を開けて獲物をのみこもうとする光景に似ている。

「後部は撃つな！　カードスロットとＡＩのブロックがある！」と宜野座。「手がかりだ！」

「了解」

ズン、と重い銃声が響いた。ドミネーターの最終形態、デコンポーザーの直撃。作業ドローンの前部が、綺麗《きれい》な球状に消失した。分子分解砲。公安局刑事のみに許された壮絶な破壊力。狙った部分はかけらも残さない。縢が口笛を吹いて喜ぶ。

「……相変わらずシビれるねぇ、ドミネーターの本気は」

金原祐治は、もう一台の作業ドローンとともに、別方向から逃亡中だった。爆弾ベストを着せたジャンキーを使っても、刑事をただの一人だって仕留めることができなかったようだ。聞いていたよりも、はるかに手強《てごわ》い。こんなはずじゃなかった、と金原は思う。

――これじゃあ、俺はだまされたようなもんじゃないか。そこへ、デコンポーザーの銃声。

壁と床の一部を丸くくりぬきつつ、作業ドローンの大部分が瞬時に消える。

撃ったのは狡噛だった。朱と征陸もいる。ラボの唐之杜から「スキャンの結果、まだ生きている非常用のエレベーターがある」と聞いて、恐らく容疑者はそれを使うはずだと予測。エレベーターホールで追いついたのだ。朱が、愕然《がくぜん》とする金原をパラライザーで撃つ。

「とりあえず……一件落着かね」征陸が言った。

「こっちにはけが人なし。容疑者もパラライザーで気絶。文句なしだろ」と狡噛。

「待ってください……」

朱は、追い込まれた表情で言う。

「私は、さっきの爆弾の件、まだ納得してません」

「だろうな」狡噛はうっすらと笑う。「納得できないことは、これからもたくさんあるさ。——だからこそ、俺たちは執行官。あんたは監視官なんだ」

第四章　誰も知らないあなたの仮面

1

人間は夢をみる。「夢の世界」という言葉をたまに使う。しかし、正確には夢の世界などというものは存在しない。脳が眠っている間に見せる幻覚のようなものだ。それに比べれば、ネット上に構築されたヴァーチャル空間ははるかに「世界」としての体裁は整っている。二一一二年、この空間のことは「コミュニティフィールド」と呼ばれている。誰もが電子の代理人《アバター》を立てて、目には見えないだけでたしかに「そこ」にある世界。

そこはコミュニティフィールドの一つ『タリスマン・サルーン』。サーカスのテントを思わせる円形劇場。その中央に据えられた華美なテーブルに、道化師風の管理者アバター「タリスマン」と、朱のアバター「レモネードキャンディ」が向かい合って腰掛けている。照明が当たらない周囲の暗い客席には、無数の観客アバターたちの姿がうっすらと浮かんでいる。

「さあ、それじゃあ君の話を聞かせてくれ。レモネードキャンディ、素敵なアバターを使ってるね」

客席から、ゲストアバターたちの拍手が沸く。

「……卒業してすぐに大変な仕事に就いて……」朱は考えながら語る。

このときになってようやく、自分がここ最近の出来事を整理できていないことに気づいた。

「それは世の中にとっても大事な、すごくやりがいのある仕事なんだけど、そのぶん責任重大で……ううん、それはいいの。後悔はしてない……と思う。困ってるのは……人間関係、なのかな。その職場で、部下っていうか、先輩っていうか……ちょっと説明の難しい同僚がいて。仕事をやっていく上で、彼のこと避けては通れないんだけど……」

「うまくいってないのかな？」

「その人、やることが滅茶苦茶で……でもね、正しいことを言ってるなって思うときも、あるの。だから信用できるかな、って思ったりもしたんだけど……」

「ふぅん。君はその同僚さんを怖がっているのかな？」

「うーん、そうかも。ちょっと怖い人かな」

「同僚さんから危害を加えられることは？」

「それは……ない、と、思うけど……たぶん」

「それでも、怖い？」

「……わからない。ううん、きっと……わからない、ってところが怖いのかもしれない」

不意に沸き起こる荘厳な効果音。タリスマンの頭上にスポットライトが降り注ぐ。光を浴びたタリスマンは、にこやかな道化師の顔から、威厳のある賢者の顔に変化している。

「タリスマンがお答えします。お二人はまだまだ相互理解が足りていないのでしょう。仕事だけでなくプライベートでも共有できる時間を増やして、お互いのことをもっとよく知るべきです」

周囲の客席から沸き起こる拍手と喝采《かっさい》。方々にお辞儀をするタリスマン。

「ここは英知の殿堂、タリスマン・サルーン。お悩みごとのご相談、ご用命は二四時間受け付け中！　シー・ユー・ネクスト・タァイム！」

——朱の部屋。ベッドに寝ころんだまま、ヴァーチャル・インターフェイスセットのヘッドマウント・ディスプレイを外し、朱は深々とため息をつく。

「……噂のタリスマンだったら、もうちょっといいアドバイス貰《もら》えるかと思ったんだけどなぁ」

ホロアバターのキャンディが朱の真上に浮かぶ。

『コミュフィールドがセッションの評価を求めています。返答なさいますか？』

「んー……『良かった』に入れといて」

仰向《あおむ》けに天井を眺めながら、独りごちる。

「相互理解、か……」

思い出す。爆弾ベストをつけた男を投げたあとの、あの凶暴な表情。あのときの狡噛慎也は、そこはかとなく楽しそうでもあった。

「……あの人のこと、理解しちゃっていいのかな」

2

朱は事件現場に呼び出された。文京区の高層マンション。葉山公彦《はやまきみひこ》、という男の部屋。先に、宜野座、狡噛、縢が到着していた。六合塚と征陸は非番で、公安局本部ビル内の執行官宿舎にいるという。

葉山の部屋は、ホロ内装が展開されていなかった。家具は必要最低限で、無味乾燥。床にはうっすらと埃《ほこり》が積もっている。朱は、この部屋をなんとも居心地悪く感じた。そういえば、と教育課程の講義の一つを思い出す。現代人は内装ホロに慣れすぎて、驚くべき割合で一種の空間恐怖症にかかっているとか。

「で、いったい何事だ？」狡噛が言った。どうやら、彼も着いたばかりらしい。

宜野座が説明する。

「ホームセキュリティの一斉点検で、この部屋のトイレが二ヶ月前から故障していたことがわかった。なのに住人からの苦情が一切無い。それで管理会社が不審に思い通報してきたんだそうだ」

「失踪《しっそう》事件か。そいつはまた近頃にしちゃ珍しい」と、感心したように狡噛。

「葉山公彦、三二歳独身。無職な上、近隣住民との交流もなかったせいで今まで誰も気付かなかったようだな」と宜野座。

「無職って……いるんですか？　今時そんな人」驚く朱。廃棄区画ならともかく、ここは住宅街だ。

「口座を洗ってみたが、こいつはアフィリエイト・サービス・プロバイダから多額の報酬を受け取っている。暮らしには何一つ不自由なかっただろう」

宜野座の言葉に、滕が口笛を吹く。

「へぇ。ネットの人気者ってだけでがっぽり稼げるんなら、そりゃ外に出て働くのも馬鹿らしくなるわなぁ」

「どこかで長期の旅行中、とか」朱はあえて楽観的な見解を述べた。

「ないな」宜野座に、すかさず否定される。「部屋の外に出れば街頭のスキャナに記録が残る。今日日《きょうび》、何の痕跡《こんせき》も残さず市内を移動することなど不可能だ。そもそも……口座からの引き出しも、二ヶ月間途絶えている」

「死んでるな。葉山だっけ」と狡噛。

膝がうなずき、

「だね。『殺されるほうが消えるより簡単』」

宜野座は神経質そうにメガネの位置を正しつつ、

「……結論を出すのが早いぞ」

狡噛が猟犬の目で室内を見回した。家具の位置を念入りにチェックしてから言う。

「この部屋の内装ホロ、再起動できるか？」

「ああ」宜野座が壁のパネルを手動操作してホロ・システムを起動させると、一気に部屋が豪華になる。厚い絨毯《じゅうたん》に立派なシャンデリア。だが、味気ないデザインのソファがホログラムに上書きされないまま部屋の中央に残される。それとは別に、少し離れた場所にホログラムのソファが。

「あれ？　これ……」と、朱は小首を傾げる。

「ホログラムの椅子には座れない。だから普通はホロと本物の家具の位置を合わせる」

言いながら、狡噛はホロ投影された豪華なソファに被《かぶ》さる形で立った。狡噛の体が、ソファを通過し、ホロにノイズが走る。

「そこのソファ、本当はこの位置にあったはずだ。それを誰かが動かした」

「なるほど……」宜野座がホロを消した。再び元の殺風景な部屋に。

さっそく、動かされた形跡のある中央のソファを狡噛と膝で動かす。ぱっと見、何の変哲もないフローリング仕様の床面。狡噛は身を低くして注意深く観察する。「これだ」と指差す狡噛。床面に目立たない引っかき傷がある。「こいつを隠したかったんだろうな」

「こんな小さな傷がどうした？」と宜野座。

「鑑識ドローンにスキャンさせてみろ。こいつが乱闘……被害者が抵抗した痕跡だとしたら、人間の皮膚か爪の微小片が出る」狡噛は部屋の隅に移動して今度は壁を調べる。粘着テープの断片がほんの少しだけ残っている。「やっぱりだ。テープの跡だな」

宜野座は不愉快そうに軽く顔をしかめて、

「……どういうことだ？」

「この部屋の中から葉山公彦を影も形も残さず消しちまった手品のタネ、さ。まずは絞殺か毒殺、電気ショックでもいい。出血のない方法で被害者を殺し、それから部屋にビニールシートを敷く。部屋を汚さないように気をつけながら、遺体を細切れに分解する。風呂《ふろ》やトイレの排水溝から流せる程度にまで粉々に」

想像しただけで気分が悪くなり、朱は吐き気をこらえるために口元を押さえた。

「俺の推測だと……」と狡噛。「絞殺だな。背後から。床に倒れこみながら、被害者が抵抗。自分の背後にいる犯人をつかもうとするが、上手《うま》くいかない——しかし、床には傷を残した。気持ちはわかるが、犯人はソファを動かすべきじゃなかった。ビニールシートを固定したときのテープの跡も残しちまった。そこそこの知識、度胸と根性はあるが素人の殺し、だな」

「証拠が出るまではまだなんとも言えないだろ」

宜野座は、狡噛の推測をすんなり受け入れることをよしとしないようだ。

「征陸のとっつぁんならこの程度、部屋に踏み込んだ途端に嗅《か》ぎ当てるぜ。ギノ、猟犬の嗅覚《きゅうかく》を舐《な》めるなよ」

征陸の名前が出た途端、宜野座の顔色が変わった。眉《まゆ》を吊《つ》り上げて言い返そうとするが、狡噛はそれを手で制し、

「下水管の血液反応をチェックしてみろ。話は、それからだ」

「…………」宜野座は怒りの表情のままましかし沈黙し、ドローン操作のために携帯情報端末をいじりながら部屋の外に出て行く。その間に、縢が葉山のパソコンデスクに向かい、パソコンを起動させる。モニタに表示されるコミュニティフィールドの設定画面。

狡噛はその画面を縢の肩越しに覗《のぞ》きこみ、

「……葉山がネットで使ってたアバターは……こいつか」

「アフィリエイトで食っていけるんだから、相当な人気者だったんでしょうねぇ」

さらに朱もその画面を覗きこんで——はっと息をのみこんだ。

「タリスマン……」

「何？」

「私……今朝、このアバターと会ってます」

行方不明。狡噛によれば「すでに殺されている」というこの部屋の主《あるじ》、葉山公彦。彼がコミュニティフィールドで使っていたアバター——タリスマン。

3

公安局、総合分析班ラボで、唐之杜志恩の前に刑事課の面々が集合している。征陸と六合塚は非番のはずだったが、事件がにわかに凶悪化の様相を呈してきたので急遽《きゅうきょ》駆り出されることになった。

「そんなわけで」唐之杜が切り出す。「ウチの可愛い鑑識ドローンが頑張った結果、葉山さんちの排水溝からは目出度《めでた》く遺体の断片が見つかりました。はーい拍手」

縢だけがパチパチと拍手。宜野座が縢と唐之杜を交互に睨《にら》みつける。

「……なのに、誰かがネット上で葉山のコミュフィールドを運営し、葉山のアバターでうろつき回ってる、と」と六合塚。

「怪談だね。成仏できずにネットを彷徨《さまよ》う幽霊、ってか」と縢。「まあ、常識的に考えて誰かが成り代わってるんでしょうけど。それを追跡して事件解決、じゃないスか？」

「どうだかねぇ」と、唐之杜はホログラム・モニタに葉山と、そのアバターの情報を表示する。「葉山は失踪する以前から、様々な目的に応じて偽装ＩＰを使ってた。アバターも各種アカウントも複雑化・暗号化ずみ。おかげで一体誰がいつから彼のアバターを乗っ取ってるのか、確かめようがない。そりゃもちろん時間をかければできるだろうけど……それが事件の手がかりになるかどうかは、ちょっと保証できないかも」

「アクセスルートの追跡は？」と、宜野座。

「試してみてもいいけどさ……」

パソコンを片手で操作し、もう片方の手で他人事《ひとごと》のようにタバコを吹かす唐之杜。

「なんか明らかに胡散《うさん》臭いプロキシサーバを経由してるからねー。まぁ間違いなく逆探知対策は講じてるだろうね。下手に追跡かけると相手にも感づかれるよ」

「でもさ」滕がニヤ、と笑う。「少なくとも葉山のアバターを使ってる奴は、自分が怪しまれているなんてまだ気づいてないんだろう？　それってチャンスなんじゃない？」

「ある意味、今回の容疑者は逃げも隠れもせずに目の前をほっつき歩いているわけだ」と狡噛。「上手く誘導すれば、正体を摑《つか》む手がかりになるようなボロを出すかもしれない……」

「よし。こちらも身分を偽って、ネット内でタリスマンのアバターに接触してみよう」

宜野座が方針を決めた。

「手としちゃ悪くないが……誰がやる？」

征陸の言葉に、刑事たちはそれぞれ顔を見合わせる。

公安局内にある医務室の一つ。二つ並べられたベッドの各々に腰掛けている朱と宜野座。ヴァーチャル・インターフェイスセットのヘッドマウント・ディスプレイとグローブを装着。脳の視覚入力処理機能を介して、装置の電気刺激と脳波をシンクロさせる。ベッドサイドのモニタ・コンソールには唐之杜が待機している。宜野座はいたって無表情だが、朱は不安を隠しきれない。

「私と……宜野座さんで？」

「潜在犯――執行官がプロフィール非公開のアバターでネットにアクセスするのは違法だ。俺たちが、やるしかない」

「だからって、囮《おとり》捜査にプライベートアバターを使うなんて……」

「『いかにもできたてほやほやのアバター』で妙な動きをしたら間違いなく警戒される。規則通りにいくと、囮捜査用の偽装プロフィールの作成には時間がかかる」

「まぁまぁ。何かあったらこっちでちゃんとサポートするから。心配ないって」

軽い口調の唐之杜に、朱は「他人事だと思って……」と抗議の視線を送った。

「それじゃ繋《つな》ぐよ。お二人さん、良い旅を」

聴覚と視覚に強烈な刺激。

指先の神経に人工的なパルス。没入感が一瞬で高まる。

感覚的には、プールに潜ってから、水中で目を開けるのに似ている。微調整のノイズが走ったあと、朱と宜野座はソーシャルネット内部、コミュニティフィールド・ロビーにいた。朱は自分のアバター「レモネードキャンディ」となり、宜野座は彼のアバター「N・G」に。

レモネードキャンディは、デフォルメした朱とクラゲと妖精《ようせい》を組み合わせたようなデザイン。宜野座のN・Gはシンプルなコイン型。中年男性の厳しい横顔が彫り込まれた大きな金貨が宙に浮いている。

ロビーには有名企業の広告が多く、目が痛いほどだ。チカチカと消費を訴えてくる。

『絶対にもてる整形パーツ、処置は五分！』『あなたは自分の体に満足していますか？足首とかかとの機械化で誰にも気づかれずに身長一〇センチアップ！』『最高のハードコア・ゲーム体験！　脳に与える負担は合法のギリギリ！』

広告エリアを抜けると、各ユーザーが運営するコミュニティフィールドへの入り口が無数に並ぶエリアになる。朱がユーザー検索をかけると、凄《すさ》まじい勢いで入り口の順番が入れ替わっていく。

「ここです。タリスマンのコミュフィールド」

検索結果が出た。朱と宜野座の前に『タリスマン・サルーン』への入り口が出現。

さっそく二人は足を踏み入れる。

コミュニティフィールド――タリスマン・サルーン。夜のサーカスを思わせる、猥《わい》雑《ざつ》さと神秘性が同居する仮想空間。朱と宜野座以外にも、多種多様なアバターたちが行き来して賑《にぎ》わっている。数歩進むたびに、目の前にネオンサインのような企業広告がポップアップしては、消える。

「なるほど……この広告に、この人気。アフィリエイトだけで稼げるわけだ」宜野座が言った。正確には、彼のアバターであるコインに彫られた男の口が動いた。

「実際、人を惹《ひ》きつけるコミュフィールドを運営するのって大変なんですよ。誰にでもできることじゃない。それを思うと……」

「いまタリスマンに成り済ましている偽者は、本物と遜色《そんしょく》ない手際で、このコミュフィールドを二ヶ月間運営しているわけか……興味深いな」

「あれです。タリスマン」

タリスマン・サルーンの最奥に、圧倒的な存在感を放つ道化師がいた。その余裕のある立ち姿から、彼がこの空間の王であると推測するのは容易だった。彼は客のアバターたちに軽い挨拶《あいさつ》をしながら、ゆっくりと朱たちの視線の先を横切っていく。

「どうやら余所《よそ》のコミュフィールドに移動するみたいですね」

「よし、追うぞ」

タリスマンのアバターがフィールド内から消える。——と同時に、朱と宜野座のアバターは自動追跡をかける。一瞬のノイズ。一瞬で変貌《へんぼう》する風景。そこは墓地、そして古城だ。昔の風習——ハロウィンの雰囲気。ゲストのアバターは墓の下からゾンビの復活のように出現する。その悪趣味に二人は苦い顔をする。新たなコミュニティフィールドの名前が目の前に表示される。

『ブーギーガーデン』

「スプーキーブーギーのコミュフィールドですね。ここもかなりの大手ですよ」

墓地の道を、タリスマンが進んでいくのが見える。スプーキーブーギーがいるであろう古城に向かっている。

「気をつけてくださいね。ここの管理人、アナーキストで有名なんです。刑事だってバレたら厄介なことになるかも」

「葉山――タリスマンと交流があるのか？」

「そりゃ、どっちも有名ですし……いや、中の人が顔見知りかどうかは別ですけど」

「アクセスログを洗おう。お互いが相手のコミュフィールドに頻繁に出入りしているようなら……」

宜野座が言いかけたところで、ふいに朱のアバターの姿が消える。

「……常守？」

朱の周囲の地面が、突如箱のように折り畳まれた。朱を閉じ込めた箱のなかに、次々とインテリアが出現し、バロックな密室――チャットルームとなる。

「ぎ、宜野座さん……!?」

慌てる朱のアバターの前に、何者かのアバターが出現する。それは右目に眼帯をつけた猫のキャラクターだ。頭部だけが猫で、体は人間。服装は華美――いわゆるロリータ・ファッション。

「ようこそ、レモネードキャンディさん」猫人間のアバターが名乗る。「私はこのコミュフィールドのホスト、スプーキーブーギー。ちょっと珍しいお客さんだからチャットルームにお招きしたの。ご迷惑だったかしら?」

「いえ、あの、その……」朱は戸惑う。「私なんかを、どうして?」

「噂には聞いてたけど、あなたって本当に自分がどれだけ有名人か自覚してないのね。レモネードキャンディ。それとも常守朱さんって呼ぶべきかしら?」

いきなり本名を当てられて、朱は腰が抜けそうだった。「な……何で……」

「職能適性で学年トップのスコアを叩《たた》き出しておきながら、よりにもよって公安局なんか選んだ変人ともなれば、同期生の間じゃ語りぐさになるに決まってるでしょ。つまりあたしは、レモネードキャンディを見るのが初めてじゃない……」

「じゃ、あなた、もしかして……」

「ま、あたしの正体は、卒業アルバムとでも睨《にら》めっこして探してごらんなさい。上手《うま》く当てたら同窓会で奢《おご》ってあげるわ。……で、刑事課の監視官サマが私のコミュフィールドに何の用？　どうにも遊びに来た風には見えないんだけれど」

　相手の正体はわからないが、かなりの情報通であることは疑いようがない。朱が公安局に進んだことは確かに同期の間では有名かもしれないが、「監視官」という職種については誰にも口外していないからだ。公安局には刑事課以外にも多数の部署がある。スプーキーブーギーは、朱ほどの成績なら監視官しかないと推測したのだろうか？　それとも、情報を不正に入手したのだろうか？　どちらにしても、ただものではない。さすがは大手コミュニティフィールドの管理者、といったところか。

「ええと、あのね」朱は慎重に言葉を選ぶ。ここは相手の縄張り。有利なのは向こうだ。「……あなた、タリスマンとは懇意にしてる？」

「そりゃあ、まあね。お互いアクセスランキングのライバル同士だし」

「あの人のフィールドやアバターに、最近何か変わったところってない？　そう、ここ二ヶ月ぐらいの間に」

「そうねぇ。最近はこれといって別に……むしろ二ヶ月前の方が、彼、ちょっとどうかしてたと思わない？」

「……え？　そうだっけ？」

　朱は、そこまでタリスマンに詳しいわけではなかった。

「あの頃のタリスマンってさ……空気読めない発言とか露骨なアフィ稼ぎのイベント

とかやらかして、結構アンチも増えてたじゃない。古株の人気アバターもそろそろ落ち目かなって、皆で噂してたものよ」

「……でも今は、そんなことないよね」

「ええ。今日も相変わらずクールでジェントルなタリスマン。本人は心を入れ替えた、とか言ってたけど。一度落ち目になったアバターが持ち直すのって、結構難しいんだけどね……。で、これって何かの捜査なの？　タリスマンが何かやらかした？」

「……まだ何とも言えないんだけど……どうにかして、タリスマンのアバターを使ってる本人を捜さなきゃならなくて……」

「ふぅん、何だか面白そう。ちょっと協力してあげようか」

「え？」

「公安局の幹部候補に恩を売っておくってのも悪くないじゃない」

「アナーキストのスプーキーブーギーが、なんだか意外……」

「本音と建て前ってやつよ。同期のよしみもあるしね。まぁ任せておいてよ」

4

朱と宜野座は、生身の世界に帰還した。刑事課の大部屋に移って、何が起きたのかを説明する。

「オフ会？」朱の話を聞いた宜野座が、怪訝《けげん》な顔つきで言った。

「ええ」朱はうなずく。「普段ネット上のコミュフィールドに集まってるユーザー同士が、皆でソーシャルネットと同じアバターのホロスーツを被《かぶ》ってパーティーするんです。貸し切りのイベントスペースでなら、フルフェイスのホログラムも違法じゃありませんから」

「妙なことを思いつくもんだな……」と征陸。

「で、そのイベントには、間違いなくタリスマンも参加するのか？」と狡噛。

「余興として、スプーキーブーギーがタリスマンにホログラム・ゲームでの対決を申し込みました。あれで欠席したらタリスマンの人気はガタ落ちです。葉山公彦の代わりにタリスマンを演じているのが誰にせよ、あれだけ熱心にコミュフィールドの運営を続けてるんです。きっとオフ会にもタリスマンに成り済まして出てくるはずです」

「そこを取り押さえれば、一件落着――か」

征陸は、そう簡単にいくかな、と言いたそうに見えた。

「どんなホログラムを被っていようと、サイマティックスキャンは誤魔化せない。そいつがどんな形で葉山公彦の失踪《しっそう》に関わっているにせよ、執行対象になるだけの犯罪係数が計測できれば、こっちのもんだ」と宜野座。

「で、場所は？」狡噛の問いに、朱が答える。

「六本木《ろっぽんぎ》のクラブ『エグゾゼ』です」


クラブ『エグゾゼ』。外から見ると、窓のない、棺桶《かんおけ》によく似た黒い建物だ。しかしその内部では大音響が鳴り響き、ホログラムの美術品やインテリアが刻々とその姿を変えている。音楽と映像は連動している。そのダンスフロアに、大量の客。虫、あるいは蛇のようにうごめく。誰もが、奇抜なホロスーツで自分を飾り立てている。ネット上、コミュニティフィールドでの奇妙な浮遊感が、この空間では持続している。

バックヤードに身を潜め、客たちを監視している刑事たち——朱、征陸、狡噛。

征陸が小声で、

「表は宜野座たちが、裏口はドローンが固めてる。後は奴が現れるのを待つだけだ」

「実際にホロスーツを被ってもらうまで、誰がタリスマンだかわかりませんもんね」

と朱。

「しかしこいつは……当世風の仮面舞踏会、ってな趣か？」征陸は呆《あき》れ顔だ。「誰が誰だかわからない状況でこんな狭い場所に押し込められて、こいつらは不安じゃないのか？」

「ここはコミュニティフィールドじゃない。殴れば血が出るし、ナイフひとつで命を奪えるリアルの空間だ。なのに隣にいる奴の正体すらわからない……正気の沙汰《さた》とは思えんな」と狡噛。

「そんな考え方してるから、犯罪係数が上がるんですよ」

言ってから、朱は口を滑らせたと後悔した。

「……あの、ごめんなさい。そんなつもりじゃ……」

「いいや、まったく正論だ」

狡噛は涼しい顔で言った。

「……おい、奴だ」

征陸に促されて、朱と狡噛はダンスフロアに目をやる。ちょうどクロークルームから、タリスマンのホロアバターで身を包んだ人物が現れる。

「……ここからじゃ狙えんな」征陸が顔をしかめた。「他の客が邪魔だ」

「私が接近してみます」

朱はホルスターからドミネーターを抜いた。

『鎮圧執行システム・オンライン』

銃の起動を確認してから、朱は常時携帯しているコスチューム・デバイスを操作する。客に紛れ込むために、全身がレモネードキャンディのホログラムに覆われる。そのままなるべく自然な態度を心がけて、ダンスフロアへと踏み出していく。

5

クラブ『エグゾゼ』の奥の個室――VIPルーム――に、やけに目の細い男がいる。薄暗い場所でしか生きられない吸血鬼的な風貌《ふうぼう》。酒を飲みながら、時折かすれた笑い声をあげる。立派な革張りのソファに深々と腰を沈めて、左右に薄着の美女をはべらせている。二人の女はどちらも娼婦《しょうふ》だ。本当は女に興味はないが、暇つぶしのために呼んだ。

男の手元で、勝手にホログラム・モニタが開いた。携帯情報端末のウィンドウには、公安局の電波信号を示すアラートが表示されている。

「……あらら、やっぱりね」と男はつぶやき、心底邪魔そうに左右の女を払いのけた。それから立ち上がって廊下に出て、携帯で電話をかける。「御堂《みどう》さん？」

『チェ・グソン。トラブルだな。警察か？』

他人から奪ったアバターを使う男――御堂。

細目の男――チェ・グソン。

「お察しの通りです。フロアでドミネーターの信号が出てる。ダンスフロアに、公安局の刑事が紛れ込んでますよ」

『やはり罠《わな》だったか……スプーキーブーギーめ』

「もちろん、逃げますよね？　つかまってもらっちゃ困りますんで……」

『こっちにだって、まだやりたいことが残ってる』

「援護します。裏口からどうぞ」

『外はドローンに押さえられてるはずだ。どうする？』

「途中で男子トイレに寄ってください。電磁パルス・グレネードを渡します」

6

クラブのダンスフロア。耳に当てていた携帯情報端末を下ろすホロアバター・タリスマン。レモネードキャンディ＝朱は、彼に向かって慎重に距離を詰めていく。何かあったときのために、狡噛と征陸はいつでも飛び出せるようにバックヤードで身構えている。

――そのときだった。唐突にダンスフロアの音楽が止んだ。かわりに、警告音のように耳障りなノイズが反響する。その音があまりに不快だったので、思わずまぶたを閉じ、耳もふさいでしまう刑事たち。そして次にまぶたをあけると、異変が起きている。

ダンスフロアの客が、すべてタリスマンの姿になっている。

「え……」朱は愕然《がくぜん》とした。自分のホロアバターも、いつの間にかタリスマンになっている。

「ホロスーツへの同時ハッキングだ！　ホンボシが逃げるぞ！」征陸が飛び出した。

「くそッ、ドミネーターだ！　犯罪係数で被疑者を捜せ！」

征陸に続いて、狡噛もドミネーターを抜いてダンスフロアに躍り出る。二人の刑事の出現、ホロスーツの異常。全員がタリスマンに。パニックに陥り、逃げまどう客たち。刑事たちは思うように前に進むことすらできない。片っ端からドミネーターで犯罪係数を測定する。――誰が本物のタリスマンなんだ？

標的を捜す征陸。その背中に、他の客に突き飛ばされたタリスマンが倒れかかってくる。背後からの攻撃かと思った征陸は、瞬時に振り返ってそいつの胸倉をつかんだ。

――こいつか？　襟と首を絞めながら相手の体を半回転させ、そのまま「落とす」構えに。

「……ッ！」悶絶《もんぜつ》しながら、そのタリスマンが征陸の腕を叩《たた》く。格闘技の試合でタップするときの動きだ。そのタリスマンは、苦労しながら胸のコスチューム・デバイスをオフに。ホロアバターの下から現れたのは――朱。あっと驚いて手を離す征陸。

「す、すまん！」

「いえ……」朱は、そのまま目を回して意識を失う。

『何があった！』征陸と狡噛の携帯情報端末に、宜野座からの通信が入った。『エグゾゼ正面の出入り口から、パニックに陥った客たちがタリスマンの姿のまま一斉に溢《あふ》れ出てくる。一応ドミネーターでの捜索を行っているが……』

待ち伏せの失敗は明らかだった。

本物の偽者——タリスマン＝御堂は、混乱を無視して男子トイレに向かった。そこの流しの横に、芳香剤と並べて置いてある電磁パルス・グレネードを手に取ると、すぐにトイレから出て行く。余裕のある足取りで、クラブの裏口へ。そこには巡査ドローンが二台、逃げ出すものはないかと監視の目を光らせている。ドアを少しだけ開けて、その隙間からドローンに向かってグレネードを転がす。グレネードが爆発し、電光とともに電磁波の嵐が生じる。巻き込まれたドローンたちは火花を散らして機能を停止。その間を、悠然と通り抜けていくタリスマン。

7

コミュニティフィールド、ブーギーガーデン。集まったアバターたちが、スプーキーブーギーを囲んで怒号を飛ばしている。

「何だったんだよ、今日のオフ会は⁉」「何人ケガ人が出たと思ってるんだ！」「仕切りがマズいとかそういうレベルじゃねぇぞ！」そのなかには、つい先日までスプーキーブーギーの熱心なファンだったはずの客の姿もある。くるりと手のひらを返された。くそ、とスプーキーブーギーは舌打ちする。この手の小さな裏切りはネットの常とはいえ、目の当たりにするとかなりきつい。

「み、みんな落ち着いて！　あれは公安局のガサ入れで、私は何の関係も……」

「嘘は良くないな。スプーキーブーギー」

アバターたちの間から、タリスマンが進み出る。まるで主人公気取りで。

「騒ぎが起きたとき、奴らは既にエグゾゼの中にいた。最初から主催者が手引きしていたとしか思えない。これまでアナーキズムを掲げて皆に愛されてきた君が、よりにもよって体制側の手先を務めるなど……あってはならないことだ」

「な、何を言ってるのよ！　そもそも公安局に目をつけられるような真似したのは、タリスマン、あなたの方じゃない！」

「そんな事情に関与するスプーキーブーギーではないだろう。そのことを知っているという事実が、君にとっては不利な証拠となる。君は自らのキャラクターを裏切った。このコミュフィールドの管理者としてあるまじき行動をした。……君はもうスプーキーブーギーではない。皆に愛されるアバターとして立ち振る舞う資格はない」

「あ……あんたなんかに、何がわかるってのよ」

「私は君のことを、君以上に知っている」

スプーキーブーギーは、そんなタリスマンの声から何か不気味なものを感じ取った。

「君に必要なのは、今の君ではなくなること。昔の完璧《かんぺき》だったころの君に戻ること」

その不気味さは、鏡をじっと見つめているうちにわいてくる恐ろしい妄想に似ていた。鏡に映った自分が、いつの間にか見知らぬ人物に思えてくるあの感じ。鏡から手が伸びてきて、自分の首を絞めてくるのではないかという妄想。

「ふ、ふざけないで！」

スプーキーブーギーは怯《おび》えた声をあげてしまった。そのまま姿を消し、ログアウト。自分の行動が情けない。

スプーキーブーギーは忌々しげにヴァーチャル・インターフェイスセットを外した。

スプーキーブーギー＝菅原昭子《すがわらしょうこ》。新卒で一人暮らしを始めたばかりの、ビクトリア朝イギリスをイメージした少女趣味なホロ内装の部屋。

「な、何よあれ……超キモい！　一体何様のつもりよ！」

昭子は端末のキーボードでコミュフィールドの設定を変更する。

「あんな奴アクセス禁止にしてやるわ。二度とあたしのコミュフィールドには入れてやらない」

「その必要はないよ」と、無機質な声が背後からした。

昭子がえっと振り返る。そこに無表情で立っている男。がっちりとした体格。能面のように平たい顔。携帯情報端末を兼ねた多機能メガネ。その男は小型のインターフェイスセットを首からぶら下げたまま、すっと昭子に向かって手を伸ばしてくる。たしかにコミュニティフィールドに没入している間、外の気配に鈍感になるのはよくあることだ。携帯情報端末への着信や人工知能からの報告も聞き逃してしまう。だが、侵入者となれば話は別だ。――防犯装置は何をやっていた？　シビュラシステムは？

昭子は逃げようとするが、それほど広くないこの部屋で、しかも椅子に座った状態からではどうにもならない。男は素早く、力強く昭子に飛びついて、あっさりと背後をとる。昭子の首を、たくましい前腕が圧迫する。昭子は真っ赤な顔で手を後ろにやって必死に抵抗するが、男はびくともしない。

「君の方こそ、もう二度とブーギーガーデンに踏み込むことはない」

やがて昭子は気絶した。その顔は涎《よだれ》と鼻水まみれで、涙を流し、舌を限界まで伸ばしている。腕を離し、男はてきぱきとプラスチックのひも手錠で昭子を拘束していく。動けなくなった昭子を軽々と肩に担いで、男――御堂は隣室のリビングへ移る。

そこには、ソファで優雅にくつろぎながら読書に耽《ふけ》っているロングコートの男がいた。芸術のような美貌《びぼう》――過剰なほど整った顔立ち。しかし、恐らく整形はしていない。なぜかはわからないが、彼の顔を見た人間は誰もがそう思う。やや長めの髪、世界の果てを見てきた預言者のように深遠な目つき。細く見えるが、ほんの一片の無駄もない筋肉で引き締まった体。御堂の犯罪に力を貸してくれる男――槙島聖護。手にした本はジョージ・オーウェルの『一九八四年』。

「殺したのかい？」

「あの女はスプーキーブーギーに相応《ふさわ》しくない。だがスプーキーブーギーは消えてはならない。皆に笑顔をもたらすために」

御堂はリビングに用意してあった大型バッグから、ビニールシートとレーザー糸鋸《いとのこ》、外科用のメスとハサミ、業務用のジューサーを取り出す。ジューサーは、今時珍しい本物の動物を調理する高級料理店用のもので、硬い骨まで粉々にできる。

「だから、あの女だけを消す。跡形もなく、完全に」

「ああ。君なら菅原昭子よりも完璧なスプーキーブーギーが務まることだろう」槙島は微笑んだ。聖人の包容力を有した笑顔。「葉山公彦より完璧なタリスマンになれたように、ね」

御堂はジューサーのアダプタを部屋のコンセントにつないで、試しにスイッチを入れる。ジューサーの刃がパワフルに高速回転し、悲鳴のように耳障りな機械音を立てる。

第五章　誰も知らないあなたの顔

「悪いね。ハッカーに死体処理の手伝いなんかさせて」

移動中の車内で、槙島は言った。運転席にグソン、槙島は助手席。知能化自動車なので、ハンドルを操作する必要はない。

「ああいうのは得意じゃないんですが……まあ、不法侵入の家で無駄な時間は使えませんからね。それに、人間を細かくバラすのはいい運動になる」と、グソン。

「あれ、コツとかあるの？」

「大きいところでは髪の毛と骨。細かいところでは歯と爪の処理に気をつける。皮膚はグニョグニョしてるわりには妙に硬いので、甘く見ない」

「経験者は語る、だ」

「旦那《だんな》だって経験者じゃないですか」

槙島は微笑し、

「ところで……御堂将剛《まさたけ》をどう思う？」

「不安ですね。目立ちたがりは犯罪に向かない」

「そこが面白いんじゃないか。今回の事件を通して、彼の真価が試される。人間の価値を測るには、ただ努力させるだけではだめだ……力を与えてみればいい。法や倫理を超えて自由を手に入れたとき、その人間の魂が見えることがある。弱者が強者になったとき。善良な市民が暴力を振るう自由を手に入れたとき……そういうときに何が起きるのか。興味があるんだ」

「旦那はやるんですか……ネットやら高機能アバターやら」

「たまにはのぞくよ。情報収集さ。全体的に、アバターをまとったほうが人は本音に近いことを語りやすいと思う。さっきも言ったとおり、ある種の自由があるんだろう……。しかし、安易な手段で手に入れた自由は、すぐにチープな万能感に化ける……御堂将剛はどうなるかな？」

1

ブーギーチャットルーム。朱はアバター「レモネードキャンディ」として、部屋の主《あるじ》であるアバター「スプーキーブーギー」と向かい合っている。

「……ずいぶんとヘマしてくれたじゃない」

「……ごめんなさい」申し訳ない朱はうつむきがちとなる。

「昔からこういう場面でよく使う言葉をあなたに贈るわ……ごめんですんだら警察はいらないんじゃない？　あれだけ大騒ぎして、何人か潜在犯を逮捕したのはいいものの、本命のタリスマンは逃亡。あのあと、ヤツの煽《あお》りで私のコミュフィールドは大炎上。イメージ回復が大変よ、まったく。あーあ……本当に警察なんかと手を組むんじゃなかった」

「こちらもベストを尽くして……」

「もういいわ。そもそも公権力に協力しようなんて考えた私が悪かったんだもの。今回の件は自業自得と思っておくわ」

「……でもね、タリスマンが犯罪に巻き込まれてるのは間違いないの。あなただってそれを見過ごせないと思ったから、手伝ってくれたんでしょ？」

「いい加減にして。私はスプーキーブーギーでアナーキー。もうどんなことがあろうと金輪際、あなたたちの手先にはならないわ」

「そんな……」なんの前触れもなくチャットルームが閉じて、朱はいきなりパブリックなスペースに飛ばされる。

公安局内の医務室。朱は、ベッドの上で体を起こした。ヴァーチャル・インターフエイスセットのヘッドマウント・ディスプレイとグローブを外す。

「ふぅ……」なんだかひどく疲れてしまった。朱はがっくりと肩を落とす。ベッドサイドのモニタ・コンソールを唐之杜がのぞきこみ、その隣には狡噛が立っている。

「友情にヒビ入れちゃったかしら？」

唐之杜の言葉が、朱の耳に追い打ちとして響く。

「うう……でも、そもそも同期生ってだけで、誰なのかまではわからないし……」

「……今のチャットはログを録ってあるな？」

狡噛が、流れを断ち切って言った。相変わらずのマイペースだ。

「そりゃ、もちろん……」唐之杜が答えるが、それがどういう意味を持つのかはわかっていない様子だった。朱にも、まだわからない。「ログがどうかしたの？」

「気になる……何か引っかかる」かんじんの狡噛は、そう言ったきり黙りこんでしまう。彼が静かに何かを考える表情を、朱は不思議そうに見つめる。

それから、分析官ラボに移動した。そこに、唐之杜を含め他の刑事たちも集まっている。朱は最近、ここが第二の刑事部屋なのだと気づいた。メインの大部屋かここか、どちらかで捜査会議が行われる。人数が少ないので、専用の会議室はいらない。

「結局、タリスマンは逃亡成功」と唐之杜。「そして今日もタリスマン・サルーンは千客万来。葉山公彦の幽霊は、のうのうと人生相談に大忙し、と」

「逃げも隠れもしないどころか、クラブ『エグゾゼ』の件ネタにしてる有様ですよ」と縢。

征陸が首をかしげて、

「俺たちを挑発してるのか、それともただの馬鹿なのか……」

「そもそも、こいつは何がしたいんだ？」宜野座も征陸そっくりに首をかしげている。

「葉山公彦が生きているように見せかけるのが目的なのか？」

「だったら銀行口座や外出記録を二ヶ月放っとくわけがないでしょ？」唐之杜がもっともなことを言った。「偽装するのがソーシャルネットだけなんて、片手落ちどころの話じゃないわ」

縢は「わっかんねえなあ」とため息をつき、

「やっぱりアバターを乗っ取るのだけが目的なんスかね」

「愉快犯、と考えればあり得るが……」納得いかない様子の宜野座。「そのために殺人まで犯すか？」

それまでやりとりを見守っていた狡噛が、沈黙を破った。

「ギノ、犯罪者の心理を理解しようとするな。のみこまれるぞ」

小馬鹿にしたように鼻を鳴らす宜野座。

「何を偉そうに……それはお前の話だろう」

睨《にら》み合う狡噛と宜野座。狡噛が先に目をそらす。宜野座から逃げたというよりは、事件の話を進めたがっている雰囲気だ。

「奴は愉快犯だったとしても、馬鹿じゃない。自分に嫌疑がかかると予測していた。会場全員のホロコスをクラッキングするなんて、事前の準備がなけりゃ無理な相談だ」

「こちらをナメてかかってくるなら、思い知らせてやるまでだ。唐之杜、タリスマンのアクセスルートを追跡しろ。今度こそ身元を突き止めて、押さえる」

「熱くなるなギノ。奴は逆探知対策に鉄壁の自信を持ってる。だからこそ今でも平然とソーシャルネットに出入りしてるんだ」

「ここで手をこまねいていて何になる？」

「別の方法で奴の尻尾《しっぽ》を摑《つか》めるかもしれない。まだひとつ気になる件がある」

狡噛と宜野座の口論に、おずおずと手を挙げて割り込む朱。

「執行官の直感を無視すべきではありません。狡噛さんの方針、私が責任を持ちます」

「……いいだろう。好きにしろ。俺は俺で逆探知の線で進める」

狡噛と朱は、分析官ラボを出て廊下を歩く。

「狡噛さん……気になる件って、何ですか？」

「スプーキーブーギーとの会話、何か違和感を覚えなかったか？」

「……え？　何か、って……」

「わからん。だからそれを確かめる」

宜野座は縢と六合塚を連れて逆探知の結果出てきた場所を直接調べにいくという。

朱は、狡噛、征陸とともに刑事課の大部屋へ。

狡噛が端末で「違和感」の原因を調べ始めたので、朱はその結果が出るのを待つしかない。狡噛の違和感は狡噛にしかわからない。違和感は頭痛と同じで、他人と共有することができない。そんな狡噛と朱を見守るように、少し離れた場所に征陸が立っている。

狡噛は、朱がスプーキーブーギーと会話したときの録画を注意深く検証している。

「……俺は使えないんだが、楽しいのかい、こういうの」征陸が朱に話しかけた。

「アバターとかヴァーチャルとか。ソーシャルネットサービスに、コミュニティフィールド……バカにしているとかではなく、本当に理解できん。止められなくなるほど面白いのか？　息をして、汗をかいて、飯を食うのは結局この体だろ」

「征陸さんみたいな人、今では絶滅危惧《きぐ》種だと思いますよ」朱は苦笑する。「ネットって、ものを調理するための刃物とか、記録するための紙とか、そういうレベルのものじゃないですかね。良い悪いじゃない。『そこにもうあるんだから受け入れる・使う』っていう」

「さすがに……説明が上手《うま》いな。教師みたいだ」

「へへー」ちょっと照れる朱。「そうですか？」

「ルソーって知ってるか」と征陸。

「る、そー？」

「ジャン・ジャック・ルソー、哲学者、思想家かな」

「ちょっと待ってください、検索してみるんで……」

「その必要ない。俺の脳内には記憶されてる」

征陸は指で拳銃《けんじゅう》のような形を作って、それを自分のこめかみに当てる。

「その著作『人間不平等起源論』にある。たとえば、二人のハンターが森にいる。それぞれ別々にウサギを狩るのか。それとも二人で協力して大物を狙うか……どちらが正しい判断だと思う？」

「もちろん後者です。ゲーム理論の基本。協力して大物」

「その通り。それが人間の社会性だ。言葉、手紙、通貨、電話……この世に存在するありとあらゆるコミュニケーションツールは、すべてこの社会性を強化するためのものだ」

「…………」

「ネットに、その効果はあると思うか？　お嬢ちゃん」

征陸の問いに、朱は頭を働かせた。朱が生まれたときには、モバイルツールやネット上の仮想世界は成熟していた。それ以降は細かいバージョンアップを繰り返すだけだ。だから、こういった制度が整う以前との比較が上手くできない。——しかし、今の世の中は上手くいっている、とは思う。ネットで知り合った友達もいるし、現在はほとんどの家電がオンラインだ。

朱は答える。

「ある……と思います」

そんな二人の会話を聞いているのかいないのか、狡噛は無表情に録画の検証を繰り返す。モニタに表示されているのはブーギーガーデンのチャットルーム。スプーキーブーギーとレモネードキャンディの会話。

ブーギー「職能適性で学年トップのスコアを叩《たた》き出しておきながら、よりにもよって公安局なんか選んだ変人ともなれば、同期生の間じゃ語りぐさになるに決まってるでしょ」

ブーギー「公安局の幹部候補に恩を売っておくってのも悪くないじゃない」

タタン、と少し強くパソコンのキーを叩く狡噛。
ブーギー「ごめんですんだら警察はいらないんじゃない？」
ブーギー「あーあ……本当に警察なんかと手を組むんじゃなかった」

「……こいつだ」という狡噛の声には、確信がこもっていた。

「え、あ、何がですか？」朱は、何がなんだかわからない。

「言葉遣いが違う。最初は公安局、次は警察」

「偶然じゃないですか？」

「じゃあ、手に入る限りの過去ログを洗ってみよう」パソコンを操作する狡噛。さっとデータベースにアクセス。検索ワードを打ちこむ。「やっぱりだ……スプーキーブーギーは過去ログでは警察という言葉はほとんど使ったことがない。今朝お前が話したのは別人だ」

「まさか、そんな……」

「いま俺たちが追っているのは、他人のアバターを乗っ取って成り済ます殺人犯なんだぞ」

「……ッ！」朱の眼が恐怖と不安、そして驚きで丸くなる。

2

貧民街──江戸川区、廃棄区画の一角、さびれた高層マンション。覆面パトカーが停まって、中から降りてくる宜野座、六合塚、縢。パトカーの後部から切り離されて、公安用のドローンも動き出す。刑事たちはドローンの荷台からドミネーターを抜く。

「ＩＰアドレスの逆探では、犯人はここからタリスマンのアバターを操作していた」

と、ドミネーターをホルスターに突っ込みながら宜野座。

縢は建物を見上げて、

「うへえ、こんなボロッボロッのビルでも高速回線がまだ生きてるんスね」

慎重に、建物の中に入っていく三人の刑事たち。まるで滅びた王国の城のようなマンション。通路にはゴミや窓ガラスの破片が散らばり、壁には落書き。階段の踊り場では、ホームレスがつかまえたハトを調理している。ハトをつかんで、包丁でその首をごきり、と落とす。それを見て「ぷっ」とふきだす六合塚。つられて笑う縢。

「何がおかしいんだ？」と不快さを隠さずに宜野座。

「だって、ハトの首が『ごきり』って。まるで木の枝みたいでした」

六合塚はいつもの無表情に戻っている。

宜野座は舌打ち。「これだから執行官は……」

マンションの九階——目的の部屋を見つける三人。

公安用ドローンが赤外線と音波でドア越しにスキャン。宜野座の携帯情報端末に『電磁波遮断処置を感知。室内スキャン不可』という文字が浮かぶ。

縢と六合塚、無言のまま視線をかわす。縢、まず自分自身を指さす。それから二本指を立て「二番目は」と示してから六合塚を指さす。六合塚はやはり無言のままうなずく。

「ドアブリーチ」宜野座は小声で命じる。

公安用のドローンが前に進み出てきて、機械のアームを三本伸ばした。それぞれの先端に、施設制圧専用の空気圧ショットガンがついている。ドローンが三つのショットガンを発砲。二つの蝶番《ちょうつがい》とドアノブを同時に吹き飛ばす。

音を立てて倒れたドアを踏み越えてまず縢、そして六合塚が室内に突入。ドミネーターを構えて容疑者の姿を探す。しかし——。

部屋に入ると、奥の壁一面を埋め尽くすように映画『太陽を盗んだ男』のポスターがはってあった。部屋の中央には、血で中身が真っ赤に汚れた業務用ミキサー。ミキサーを飾り立てるかのように、爆弾らしきものが設置してある。爆弾の振動感知センサーが作動。信管が働く。

「やっべ！」

膝と六合塚が瞬時に後退。軽やかに、しかし必死にジャンプ。公安用ドローンの上を転がって、その背後に身を隠す。それを見て、宜野座も咄嗟《とっさ》に身を伏せる。部屋に仕掛けられた爆弾が爆発。一角が爆炎に包まれる。爆風と衝撃波で、周囲の建物の窓ガラスが一斉に割れる。

六本木のビジネスホテルの一室で、御堂はヴァーチャル・インターフェイスセットのヘッドマウント・ディスプレイを外し、携帯情報端末への電話に出た。

「……お前から電話がかかってくるのは、悪い兆候だ」

『そりゃ申し訳ない。猟犬が罠《わな》に引っかかりましたよ』と、チェ・グソン。

「とうとうか……」

『代わりのプロキシサーバや偽装アドレスはいくらでも用意しますけど……まだ続けます？』

「当然だ。俺にはその義務がある」

『まぁ、あんたは槙島さんのごひいきですからね。いざとなったら例のツールを使ってください。逃げるときには役に立つはずです』

「わかった」

『上手《うま》くやってくださいよ、ほんとに』

「…………」通話終了。無表情にヘッドマウント・ディスプレイを見つめる御堂。

爆発現場となったマンションの前。ホロテープやドローンによって封鎖された周辺。消防・救急も到着している。爆発があった部屋では、まだ煙がくすぶっている。宜野座は覆面パトカーのフェンダーによりかかり、公安用ドローンから応急処置を受けている。処置といっても、破片による浅い切り傷程度だ。

「なんでお前らは、無傷なんだ……」

「いや、そんな睨《にら》まれても……」と縢。

「日頃の行い、じゃないですか」と六合塚。

そこへ宜野座の携帯情報端末に着信。狡噛から。「どうした？」

『また一人ガイシャが出た。例のスプーキーブーギーだ』

文京区のマンションで一人暮らし——そんな菅原昭子の部屋。家のあちこちで鑑識ドローンが作業している。それを尻目《しりめ》に、狡噛は宜野座に携帯情報端末で電話をかけている。

「常守監視官の同期生で居所不明の奴を、さらにアフィリエイト収入で絞り込んで突き止めた。菅原昭子、二〇歳。現場の自宅は葉山公彦のときとまったく一緒だ。下水管から遺体の断片、なのにアバターだけがネットをうろつき回ってる」

ちらり、と室内に目をやる狡噛。意気消沈した朱と、それを見守って佇《たたず》む征陸。

「……死亡推定時刻は今朝未明。昨日のエグゾゼの出入りの後、やられたな」

『……戻って唐之杜と捜査の方針を立て直す。このままじゃ、奴の手のひらで踊らされるだけだ』

苛立《いらだ》った宜野座の声。通話を切る狡噛。

朱は眉間《みけん》にしわを寄せ、沈痛な面持ちで拳《こぶし》を軽く握っている。

「私のせいで……彼女を巻き込んでしまって……」

「お嬢ちゃん」

「私が悪いんです。私のせいで……」

朱はその場で崩れ落ちそうになっている。菅原昭子――たしかに、同期だ。しかし彼女は、教育課程では目立たない存在で、それほど接点はなく、親しくもなかった。それでも、自分が担当している事件の関連で知り合いを殺されるというショックは甚大だった。足場が揺らいで、重力が弱くなり、心と体が分離していきそうな気分だ。

膝《ひざ》が笑うのを止められない。

そんな朱に――、

「お前はスプーキーブーギーを……菅原昭子を囮《おとり》にしたのか？」

狡噛が言葉をかけた。

「……いえ」朱は頭《かぶり》を振る。

「協力を強制した？」

「いえ」

「彼女の情報を敵に漏らした？」

「いえ」

「じゃあお前の落ち度はどこにある？」

「それは……でも、現に彼女は……」

「ああ。昨夜の時点で犯人を捕まえていたら、菅原昭子は死なずに済んだ。俺たち全員の落ち度だ。……今はただ責任を果たすことだけを考えろ。犯人を追うぞ」

狡噛の言葉に、征陸がうなずく。

「……つまるところ、ホトケの供養にゃそれしかないんだよな」

3

再び唐之杜のラボに刑事課一係の面々が集合している。

「……アクセスランキング上位のコミュフィールドを運営しているユーザーで、胡散《うさん》臭いプロキシを通してる奴を洗い出し、かたっぱしから登録者に連絡をつけたわけ。で、また一件、妙なのが見つかった」

唐之杜がラボのスクリーンに、とあるコミュフィールドの映像を表示する。暗い夕暮れの中、放課後の教室を思わせる落ち着いたノスタルジックな空間。

「アバター名メランコリア。コミュフィールド『レイニーブルー』の運営者。アカウントは八二歳の爺《じい》さんのものだったけど、聞けば孫に頼み込まれて名義だけ貸してたらしい。この孫が、実は半年前に事故死してるんだって」スクリーンは続けて顔写真と検視報告書を映す。「時任雄一《ときとうゆういち》くん。一四歳。ところが彼のメランコリアは彼の死後も活動を続けてる。祖父はソーシャルネットのアクセス方法すら分からず、アフィリエイトの入金も年金と勘違いしてた有様だった」

「レイニーブルーも……すごい大手です」と驚き顔で朱。「私もよく行きます」

「増える増える幽霊アバター……やっぱり同一犯っすかね」縢は腕を組んだ。

「別々のアバターを同時に幾つも操るなんて可能なのか？」と宜野座。

「ヘビーユーザーなら、別に珍しいことじゃないわよね。複数アカウントを使い分けるツールとかもあるし」と唐之杜。

「むしろ異常なのは、この犯人の演技力です」と朱。「乗っ取られたアバター、どれも怪しまれるどころか、むしろ本物だったころより人気者になってるんですよ」

宜野座が納得のいかない様子で、

「何千人、何万人というユーザーが、なぜ偽者に気付かない？」

「本物も偽者も、ないからさ」

ぼそりと呟《つぶや》いた狡噛に、皆の注目が集まる。

「こいつらはネットのアイドルだ。アイドルってのは本人の意志だけでは成立しない。葉山も菅原も自分の力だけで地位を築いたわけじゃない。周囲のファンの幻想によって祭り上げられることにより、タリスマンやスプーキーブーギーになることができた……。アイドルの本音や正体と、そのキャラクターとしての理想像とはイコールじゃない。本人よりむしろファンの方が、アイドルに期待されるロールプレイをより上手く実演できたとしても……不思議はない」

「犯人は、こいつらのファンだと？」と征陸。

「メランコリア、タリスマン、スプーキーブーギー……この三つのキャラクターを完全に熟知し、模倣することができた。それだけ熱を込めてファン活動をしていた奴が、ホンボシだ」

「それをどう見分ける？」宜野座は狡噛を猜疑《さいぎ》の目で見る。「三つのアバターに共通するファンというだけで、いったい何人いると思ってるんだ？」

「絞り込む条件は……ある」と狡噛、立ち上がって唐之杜のコンソールの脇に行く。

「まずタリスマンだ。彼のコミュフィールドの常連のうち、上位一〇〇人について……一日当たりの滞在時間をグラフにしてくれ。葉山公彦の死亡推定時期を重点的に」

狡噛の指示通りに検索条件を設定し、実行する唐之杜。一〇〇人分の折れ線グラフがスクリーンに表示される。時期は二ヶ月前の前後一ヶ月分。

「……この辺のフィールド滞在時間、なんか軒並み落ち込んでるねぇ」と縢。

「タリスマンの評判が下落した時期ですからね。それが、二ヶ月前のこの日を境にして持ち直す」と朱。「ここで葉山が殺され、タリスマンが誰かに奪われた……」

「逆にこの時点でタリスマン・サルーンへの来場が途絶えた常連が、何人かいる。このグラフのパターンがカギだ」狡噛の眼差《まなざ》しが、獲物を追い詰める鋭さを帯びた。

「メランコリアの時任雄一が死んだ半年前、そしてスプーキーブーギーの菅原昭子が死んだ三日前、これと同じパターンを示したユーザーが、いるはずだ」

「そうか、それが犯人の本来のアバター……」

「そういうことだ。犯人は被害者のアバターを乗っ取った時点で、それぞれが運営するコミュフィールドをゲストとして訪れる必要がなくなった」

「……どうだ、該当者はいるか？」

コンソールを操作して検索を実行する唐之杜。指を打ち鳴らす。

「ドンピシャの奴が、一人だけ。御堂将剛。二七歳。会社員……サイコ＝パス色相チェックは四年前の定期検診が最後……以後は街頭スキャナに引っかかったことすらない」

「日頃からスキャナの設置場所を避けて通る工夫をするぐらいには、後ろ暗い事情がある、ってことですね」

街頭スキャナを避けて移動するのは、不可能ではない。この街のすべて——本当に一分の隙もなく——をカメラで監視するのは不可能だ。街頭スキャナを隠して設置するのは、一応プライバシー保護、国民の権利の保障という観点から禁止されている。

周囲を見渡せる高い場所からスキャナの位置をチェック。自分のためのマップを作り上げて、安全なルートを選んで移動する。もちろん公的な施設の出入り口や交通機関のスキャンは避けられないので、東京都から出るのは難しいだろうが——。

「こいつのアクセス記録を追跡」と宜野座。

「もう済ませたわ」唐之杜の仕事は早い。「最新のアクセスはほんの数分前、港区六本木のビジネスホテルから。自宅は……同じく港区、元麻布《もとあざぶ》」

「常守監視官、狡噛と征陸を連れてホテルの部屋を調査だ」

「はい！」

「俺は縢と六合塚とで元麻布の自宅を当たる。相手は爆発物や対ドローン装備、環境ホログラムのクラッキングまでしでかす危険な奴だ。気を引き締めていけ」

4

六本木にあるビジネスホテルのエレベーターで、常守、狡噛、征陸が公安用ドローンとともにドミネーターを携えて移動している。征陸は酒瓶を取り出し、中身がたっぷり残っていることを確認してから、懐のポケットに収める。朱はそのしぐさに怪訝《けげん》そうな視線を送る。

「何ですか？　それ」

「スピリタス・ウォッカ。違法ホログラムの対策にゃ強い酒が一番なのさ」

「はあ……？」

エレベーターが目的の階に到着した。ホテルの廊下に出る。

「……………」目的のドアの前に到着。朱が、ホテルの支配人からカードタイプのマスターキーを預かっている。そのキーを使って、御堂が泊まっているという部屋のドアを開ける。狡噛と征陸が素早く、無駄なく突入し、ドミネーターを構える。一見、人影は見えないものの、部屋のパソコンは電源が点《つ》いたまま。明らかに人のいる気配。

「公安局です。御堂将剛、サイコ＝パスの提示を要求します。出てきてください！」

バスルームに隠れていた御堂が飛び出してきた。不敵に笑い、手にした高機能携帯端末を操作する。ホログラムへのクラッキングが発動。ソファや壁、絨毯《じゅうたん》を豪華に見せかけていた部屋の内装ホログラムが、突如グロテスクな変貌《へんぼう》を遂げていく。

「――ッ⁉」

エッシャーの騙《だま》し絵のように幻惑的な空間になり、刑事たちの方向感覚が惑わされる。

「これって……⁉」

「ホロコスどころか内装ホロまでクラッキングしてやがる！」

征陸が、幻影を突っ切って室内に飛び込もうとする。しかし、一歩踏み込んだ瞬間、その足下が「落とし穴」に変わる。

「くっ！」本能的に一歩引いてしまう征陸。そのとき、彼の横をすっと人の気配――御堂――が通り過ぎる。

狡噛はホログラム・クラッキングに惑わされつつも部屋を出た。そして、遠ざかっていく御堂の背中を見つける。彼にドミネーターの銃口を向けるが――。

「コウ、そっちじゃねぇ！」

遅れて部屋から出てきた征陸の叱咤《しった》が飛ぶ。狡噛が照準した御堂にドミネーターは反応しない。ホログラム――その御堂は幻影だった。ぐにゃりと歪《ゆが》んで背景にとけ込んでしまう。

清掃員や客など、ホテル内にいる全員が御堂の姿形になっている。そもそも御堂を追跡しようにも、通路の壁や床が変形を繰り返していて、とてもではないが本当の道順がわからない。部屋から廊下に踏み出すことすらできず、焦る朱。

「ど、どうすれば……」

「とっつぁん！」狡噛は鋭く呼びかけながら、征陸にライターを投げ渡す。

征陸はそれを片手で受け取りながら、もう一方の手で酒瓶の蓋《ふた》を弾《はじ》いて開け、中身を口に含んだ。ライターに点火しつつ、酒を天井めがけて吹き付ける。高純度のアルコールが引火し、サーカスの火吹き芸よろしく炎が迸《ほとばし》る。

即座に火災報知器が作動し、スプリンクラーが消火剤をまき散らした。降り注ぐ消火剤に阻まれて焦点を失うホログラムの投影。

ようやく、逃げようとしていた御堂の姿が浮かび上がる。

既にドミネーターを構えて待ちかまえていた狡噛が驚く御堂に狙いを定める。

『犯罪係数・三三五・執行モード・リーサル・エリミネーター・慎重に照準を定め……』

逃げる御堂。その背中に発砲する狡噛。普段なら直撃コースだったが、通路の曲がり角が邪魔になった。沸騰して吹き飛んだのは、御堂の左前腕だけだった。それでも大ケガには違いなかったが、御堂は走り続けて非常階段に駆け込む。

消火剤でずぶ濡《ぬ》れになりながら、ドミネーターを下ろす狡噛。走って追いかけようとするが、すでにかなり差をつけられている。

「あの怪我なら逃げ切れない。後は宜野座たちに任せよう」


御堂の自宅も港区だった。さっきのビジネスホテルの近所だ。公安局に出口をふさがれているのはわかっていたので、窓から外に出て隣のビルに飛び移った。しばらく屋上を走って、さらに別のビルの屋上へジャンプ。途中で非常階段を降りて地上へ。荒い息をついて自分の部屋に戻ってくる御堂。——これからどうする？　まずは心を落ち着けねばならない。

重傷の左腕はベルトで止血しているものの、失血で顔は青ざめている。それでも御堂は室内ホロのスイッチをオン。リビングのソファを中心に、タリスマン、スプーキーブーギー、メランコリアが、ホログラムで出現する。

「おかえりなさい、御堂くん」メランコリア。

「おかえり！」スプーキーブーギー。

「おかえり！」タリスマン。

「ああ、ただいま……僕なら平気だ……」

蒼白《そうはく》になりながらも心底嬉《うれ》しそうに、御堂はホログラムたちと一緒にソファに腰掛ける。

「君たちは永遠の存在なんだ……肉体の縛りから解放され、集合知によって磨き上げられた……もっともイデアに近い魂なんだ……誰にも君たちを貶《おとし》めることなどできない。君たちの尊さを壊したりはさせない！　僕が、僕が必ず守るから……」

哲学者プラトンによるイデア論。イデアとは？　この世界に「厳密な」三角形は存在しない。しかし、私たちは理想の究極の三角形を知っている。何か歪《いびつ》な形を見つけたら、それを自分の中の三角形と比較する。イデアとは「究極の理想の存在」だ。

「ありがとう」メランコリア。

「ありがとう」スプーキーブーギー。

「ありがとう、御堂くん」タリスマン。

「かつて君たちに導かれた僕が、これからは君たちと共に、人々を、世界を導いていく。君たちは永遠だ、誰に縛られることも、阻まれることもない……」

御堂はアバターたちを求めている。アバターたちも絶対的に正しい主人を求めている。邪魔が入る余地はない。この空間は完成している。

ところが――。

三つのアバターのホログラムが、一斉に御堂を嘲笑《ちようしよう》した。

「……でもね」スプーキーブーギーが勝手に口を開く。

「もうちょっと上手《うま》くできなかったかな？　御堂くん、ね」

「ちょっと待って。一体……」

「僕はずっと探している。知りたいことがあるんだ。そのためには、どんなことでもやってきた」

今度はタリスマンが勝手に喋《しゃべ》った。そしてメランコリアが引き継ぐ。

「ねぇ君、寺山修司《てらやましゅうじ》を読んだことは？」

「は……」御堂は心底怯《おび》えて震える。理性が決壊しつつある。「て、寺山？」

「読むといい。戯曲『さらば、映画よ』。みんな、誰かの代理人なんだそうだ。代理人たちが、さらにアバターを使ってコミュニケーションを代理させている」

「あんた……槙島？」


槙島聖護――。

特大サイズの本棚が壁の三面に配置された部屋。照明を落とした闇の中、唯一の光源であるモニタの光を浴びつつ、ヘッドマウント・ディスプレイを装着している槙島。その口元には、御堂の部屋のホログラムたちと同じ嘲笑。

「あらゆるアバターの個性を熟知し、完全に模倣する。何者にも成りうる君の個性とはどのようなものなのか、僕にはとても興味があった。だから人を貸した。力を貸した」

御堂は錯乱し、自分の部屋で、一人で手足を振り回し暴れまわる。

「やめろ……返せ、その声で喋るな！」怒り、涙を流し、片腕で頭を掻《か》きむしる御堂。

アバターたちの口を借りて、語り続ける槙島。

「……途中まではよかったんだけどね」とスプーキーブーギー＝槙島。「そろそろ底が見えてきた。何者としても振る舞うことのできる君自身が、結局のところは何者でもなかった——。君の核となる個性は、無だ。空っぽだ。君には君としての顔がない。のっぺらぼうだからこそ、どのような仮面でも被《かぶ》ることが出来たというだけだ」

「うるさい……黙れ！」

「君は、あまりにも閉塞《へいそく》的な状況を作り上げてしまった。コミュニティフィールドや高機能アバターは、自分の分身を作り上げるためのものではないんだよ。せっかく理想の代理人を手に入れたのに、君はそれをひたすら孤独を強化するために使っているように見える。まったく新しいコミュニケーションの形をちょっと期待していたんだが……残念だよ。そろそろお別れだ、御堂将剛」と、タリスマン＝槙島。「死を運ぶ猟犬たちのお出ましだ。最後の幕引きぐらい、借り物ではなく、君ならではの趣向を凝らしてみてはどうだろう？」

「貴様、何を――」

室内のホロ・システムが唐突にダウンする。瞬時に無機質な内装に戻り、一人だけリビングに取り残される御堂。その直後、扉が破壊され、公安局の刑事たちが突入してくる。問答無用で御堂に向けられる三挺《ちょう》のドミネーター。

「――ッ!?」一斉に浴びせられるエリミネーターモードの殺人電磁波。それを上半身に集中して浴び、腰から下だけを残して破裂し、即死する御堂。飛び散った肉片が壁に付着し、半壊した御堂から大量の血がこぼれる。


御堂は爆発物を使う上に、ホログラムへのクラッキングを行う犯人――何らかの背景があるのは間違いない。宜野座としてはパラライザーのほうが良かったが、ドミネーターがそれを許してくれなかった。「絶対に殺す」と主張して、人間の言うことを聞かない銃だ。人間とドミネーター、どちらが「上」なのか？　それはもちろん、シビュラシステムとつながっているドミネーターのほうに決まっている。

膝と六合塚は、それぞれドミネーターを構えたままバスルームやベッドルームを確認。これ以上の危険がないことを確認する。

「……クリア」

「誰もいねぇ……よなぁ？」と、不安げに膝。

宜野座は、やや困惑しつつ御堂の死骸《しがい》を見下ろす。突入の態勢を整えているとき、彼の怒鳴り声が廊下まで聞こえていた。「うるさい」とか「黙れ」とか……。

「……いったい誰と話してたんだ？」

5

――事件解決後の夕方、朱は公安局本部ビルの屋上にいた。

「今回、君は十分よくやった」

珍しく、宜野座に呼び出されたのだ。二人きりで向かい合っている。

「結局、犯人をつきとめたのは狡噛さんでした」朱の短い髪が、屋上の風になびく。

「あんな風に犯人の思考を把握し、予想するなんて……」

「それが執行官だ。犯罪者と同じ心理傾向を持っているからこそできることだ」

「でも……狡噛さんは、私のこと慰めてくれました。励ましてくれました。あの人が潜在犯だとしても、御堂みたいな殺人鬼と同じ心の持ち主だなんて……思えません」

「監視官は、監視官としての役目だけを果たせ。執行官とは一線を引け」

「それがこの仕事の鉄則、ですか？」

「いいや、俺の経験則だ」

宜野座の意外な返事に、やや驚く朱。彼の言葉がよみがえる。

『愚か者は経験に学び、賢者は歴史に学ぶという』

「かつて俺は過ちを犯した相棒を失った。俺には彼を止められなかった。君に、同じ轍《てつ》を踏んでほしくない」

宜野座は携帯情報端末を取り出し、予《あらかじ》め用意していたメールを送信した。

「人事課のファイルだ。当然だが部外秘だ。目を通したら破棄しろ」

朱は携帯情報端末でメールを確認。その内容は、狡噛のパーソナルデータである。

『狡噛慎也執行官。男性。二八歳』

『元・監視官。教育課程での最終考査ポイント七二一、当時の全国一位』

「……え？」

『未解決事件（公安局広域重要指定事件一〇二）の捜査中、犯罪係数が急激に上昇。セラピーによる治療よりも捜査の遂行を優先』

『犯罪係数が規定値を逸脱し、執行官に降格』

第六章　狂王子の帰還

1

オーダーメイドのスーツをきっちりと身にまとった狡噛慎也監視官は、薄汚れた路地裏を駆けている。ドミネーターを手に、その表情は焦りと恐怖に満ちている。その耳に装着された通信機から、同僚——宜野座監視官の声。

『シェパード2、先行しすぎだ！　今どこにいる？』

「ハウンド4が、佐々山《ささやま》が見つからない……どうなってる？　あいつはどこに行った？」

部下の執行官——佐々山が三日前から行方不明だ。狡噛とともに容疑者を追跡中、消えた。そして今日、突然この地点で彼が持っていたドミネーターの反応が出た。

『落ち着け狡噛！　状況が摑《つか》めない。いったん戻れ！』

「佐々山を連れ戻す。きっとこのあたりのどこかに……佐々山か……それとも何らかの手がかりが」

『誘いの手だ！　そんなこともわからんのか！』

実験室のモルモットのように、狡噛は迷路じみた路地裏を走り回る。そして、行き止まり――巨大なホログラム・イルミネーション広告セットの裏側。そこに祭壇のようなものを見つけて、思わず息を呑《の》む狡噛。その祭壇に、腕や足といった人体のパーツが、ありえない順序で組み合わされた異形のオブジェが組み上げられている。中心に、切断された頭部。両目に、鏡のように磨きぬかれたコインがはめてある。

「……佐々山？」

公安局内――執行官宿舎。狡噛の部屋。ベッドで嫌な寝汗にまみれて目を覚ます。あれからもう三年もたっているのに、夢のなかで現場に戻ると心臓が早鐘をうち、あのときの衝撃が生々しくよみがえってくる。狡噛は深呼吸。荒い息を鎮めてから、起き上がる。

「…………」タバコに火を点《とも》し、立ち上がって奥の資料部屋に移動する。所狭しと壁に貼られた資料や写真、手書きのメモ。その端に、監視官時代の狡噛と、生前の佐々山が笑顔で並んで写っているスナップショットがある。じっとその写真を見つめる狡噛。二人で撮った唯一の写真。こんなことなら、ちゃんとしたホログラムカメラで記録しておけばよかった。徐々に燃え尽きていくタバコの灰が足下に落ちるが、気付かない。

2

ありとあらゆる公的機関には、選ばれし者のための聖域がある。公安局の聖域は最上階――局長執務室だ。豪奢《ごうしゃ》なマホガニーの執務デスクで、公安局長の禾生壌宗《かせいじょうしゅう》が比較的コンパクトなモニタで映像を確認している。デスクの前で、直立不動の宜野座。

禾生が確認しているのは、常守朱のファイルである。

「頑張っている様子じゃないか。新任の彼女は」

禾生局長が言った。重みのある声だ。

宜野座が監視官になったときにはすでに、彼女は公安局のトップだった。もう五〇は過ぎているだろう。顔にはしわがあるが、それはなぜか「そこにあるべきもの」のように見えた。禾生の鋭く知的な容貌《ようぼう》にとって、老いの兆候は決してマイナスにはならない。恐らく高機能ディスプレイを兼ねたメガネをかけている。

「まだ経験が足りないぶん心得違いをしている部分も多々ありますが、優秀な人材なのは事実です。将来的には有望かと」

「そうあってくれればいいが。宜野座くんの同期生のような残念な結末に至る可能性も、決して低くはない……」

そんな禾生の言葉に、宜野座は内心の動揺を押し隠して無表情を装う。

「君たち監視官の職務は過酷だが、明日の公安局の要職を担うエリートを養成する上で、避けては通れない試練の場だ。多くの犯罪者、そして執行官たちの歪《ゆが》んだ精神と直面してなお、揺らぐことなく、惑わされることなく任務を遂行できる不屈の精神。それを証明した者だけが、厚生省本部勤務へと進むことを許される。……油断は禁物だぞ。宜野座くん。犯罪係数と遺伝的資質の因果関係は、まだ科学的に立証されたわけではない。だが裏を返せば、まだ無関係だと証明されたわけでもない。君が父親と同じ轍を踏むことのないよう、心から祈っているよ」

「はっ。肝に銘じておきます」


——一方そのころ、執行官宿舎では。縢が自分の部屋で料理の真っ最中だった。ダイニング・キッチンで、スツールにちょこんと腰掛けた朱が縢の包丁さばきを見守っている。床に携帯ゲーム機やそのソフトが散乱し、ビリヤード台やピンボールまで設置してあるせいだろうか——どこか子どもっぽい、落ち着きのない部屋だ。

「でもさー、なんでデータベースで調べないわけ？　監視官なら権限あるっしょ」

滕が言った。

「ファイル閲覧したら、アクセス履歴が残るから……もしかしたら、そのうち狡噛さんにバレちゃうかもしれないじゃない」と朱。「私がその事件のこと調べてるって」

「バレちゃまずいわけ？　っつうか、そもそもコウちゃんから直に聞き出しゃいい話じゃね？」

「そんな簡単な事柄だったら、今まで教えてくれなかったのが変だから……たぶん狡噛さんにとって、あんまり踏み込んで欲しくない話題なのかなって」

「ふうん」滕、料理の手を休めることなく、ニヤリと笑う。「そんなにコウちゃんのことが気がかりなのかい？　それって、恋？」

「あっはっはっ」あっけらかんと大笑いする朱。「滕くんって恋したことあるの？」

「……あのね、たしかに朱ちゃんは上司だけどさ、俺ってば人生の先輩よ？」言い返してから、滕は不敵な笑みを見せる。「恋どころか、悪い遊びは一通りこなしてるんだぜ？　一度潜在犯になっちゃえば、もうサイコ＝パスがいくら濁ろうがお構いなしだからね。健全優良児の朱ちゃんなんて想像もつかない世界を覗《のぞ》いてきたわけさ」

朱は、ぜんぜん信用できない、という顔をしたが、あえて口には出さない。滕は朱の表情に気づかずに、

「例えば、これ」いったんフライパンの火を止めて、縢はカウンターに置いてある瓶を指さす。

「ジュース？」

「ちがーう。酒だよ。本物の酒。征陸のとっつぁんのお裾分《すそわ》け」縢は再びフライパンに向かい、最後の味付けの仕上げにかかる。「今じゃみんな中毒性が怖いからって、安全なメディカルトリップかヴァーチャルばっかりじゃん。もう酒の味なんて誰も憶《おぼ》えてねーわけよ」

「……それ、飲むんだよね？　火ぃ点《つ》けるんじゃなくて」

「はぁ？」

「ううん、なんでもない」

「ま、こういうイケナイお楽しみも、今じゃ俺らの特権ってわけ。潜在犯ならメンタルケアなんて一切気にしないで済むもんね」

自慢げに言いながら、縢は出来上がった料理を皿に盛りつける。骨付きフランクフルトにバジリコウインナー。焼いたタマネギにズッキーニ。透明なグラスに、生野菜のスティックサラダまで用意してある。

「……で、縢くんはさっきから何やってるの？」

「酒のツマミだよ。せっかくのお楽しみなんだから、ちゃんと味わい尽くさないとね」


朱は立ち上がって、縢の料理を一口つまみ食い。ちょっと辛い味付けのズッキーニ。

「わ、おいしい！」

「オートサーバの飯なんかと一緒にすんなよ？　これが本物の料理ってもんさ」

「うんうん」朱、上機嫌で今度はフランクフルトを食べようとする。

「こらこら、酒のツマミだって言っただろ！」

「えー、ケチ」

「それとも朱ちゃん、試してみる？」酒瓶を掲げて、意地悪く笑う縢。「酒のツマミが食べたいんなら、酒を飲めってことよ。俺も酔ったら少しは口が軽くなって、知ってることとか喋《しゃべ》っちゃうかもしれないぜ？　朱ちゃんに付き合う度胸があればって話だけどさ……」


縢は挑発してくるような口調だった。何かよからぬ企《たくら》みがあるのかもしれないが、これはちょっとした取引だ。「よーし」と、朱は首を縦に振ってグラスを要求する。


――一時間後。皿の料理は空になり、朱がほろ酔い加減で飲み続けている一方で、縢は酔い潰《つぶ》れてテーブルに突っ伏している。

「だってよぉ……俺が採用された時にゃ、もうコウちゃん監視官降ろされてたからさぁ……詳しいことは良く分かんねぇし……なーんか、そのときコウちゃんの部下だった執行官が殺されちまったって話だけど……」

「殺された？」

「そ。犯人追っかけてたはずが、逆に犠牲者になっちゃったのさ。たぁしか、佐々山とか言ったっけか……他の被害者と同じ手口で、そりゃもうヒドイもんだったらしいよ……。それでコウちゃんおかしくなって、犯罪係数ぶっちぎっちゃって……あの事件、迷宮入りって話だけど、未《いま》だにコウちゃん調べ続けてるらしいよ。一人でこっそり」

「そうなんだ……」

「つかさー、朱ちゃん、なんでそんな酒、強いわけ？」

「いや」相手をぴっと指差し、「縢くんが弱すぎ」


結局、その日朱は、公安局内の監視官用仮眠室で眠った。昨晩は調子に乗りすぎた……朱は自分がアルコールに強いことを新発見したが、いわゆる「二日酔い」というものから完全に逃れるのは難しいようだ。今まで味わったことのないタイプの鈍い頭痛。脳の奥に何者かがどん、と座っている感じ。胃のあたりが重く、油っこいものを見たら吐き気を催すかもしれない。

「あー……」

朱は、仮眠室でシャワーを浴びた。湯の温度はぎりぎりまで熱くする。それだけで血の巡りがだいぶよくなったような気がする。そのあと仮眠室の冷蔵庫に常備されているスポーツドリンクを飲んで、色相をチェック。飲酒による影響はほとんどない……いや、むしろストレスは軽減している。アルコール飲料は「飲み過ぎなければ心にいい」というのは本当らしい。それでも現在飲酒する人間がほとんどいないのは、前世紀いかにこの社会全体がアルコール依存症に苦しめられたかを裏付けている。

朱は服装を整えて、携帯情報端末で一日のスケジュールを確認。今日の当直監視官は宜野座。何か大きな事件が起きるまでは、時間を好きに使っていい日だ。午後から、友人たちとの予定が入っている。その前に、と朱は分析官ラボに足を運んだ。

「よろしいですか？」

「どうぞー」

中に入ると、唐之杜は自分の席で寛いでマニキュアを塗っている。その傍らでは六合塚が、電子書籍リーダーで雑誌を読みながらパックの栄養補給ゼリーを飲んでいる。

朱は、ここでも狡噛の過去について訊《たず》ねた。

「佐々山執行官？　ああ、そりゃ忘れられるわけないわー。標本事件は」と唐之杜。

「標本事件？」その奇妙な言葉の響きに、思わず訊《き》き返した。

「私らや現場じゃそう呼んでたんだけどね。朱ちゃん、プラスティネーションって分かる？」

「生体標本の作製方法、でしたよね」

「そ。死体に樹脂を浸透させて、保存可能な標本にする技術。アレを活用した猟奇殺人だったのよ」

　唐之杜が端末を操作して、メインモニタに記録映像を呼び出す。表示されるのは、美術品よろしく展示された惨殺死体。惨殺、という言葉が相応《ふさわ》しいかどうかも怪しくなる。その死体はすべてバラバラであり、マネキンのように加工されていた。死体と聞いていなければ、朱も人形と間違えただろう。

「バラバラに解体された遺体をプラスティネーションで標本にして、そいつを街のど真ん中に飾り付けてくれたわけよ。盛り場を飾るホログラム・イルミネーションの裏側に、ね」

「ひどい……」朱はつぶやいた。理性ではなく感情の声だった。

「何千人という通行人が、ホログラム・イルミネーションを眺めているつもりで、実はその裏に隠れてるバラバラ死体とご対面してたっていう……それが明らかになったとき、エリアストレスが跳ね上がってね。報道管制まで敷かれたほどよ」

　そこでふと、同席している六合塚の存在を思い出す朱。

「あの……食事中に、すみません」

「ん……何が？」六合塚はモニタに大写しされた惨殺死体にも一切動じることなく、平然と食事を続けている。

「あら、弥生《やよい》は平気よね？」

「……人前でその呼び方は、やめて」

「あらら、相変わらず仕事場じゃ冷たい」

唐之杜が妙に艶《つや》っぽく笑う。二人の関係性に困惑しつつも、朱は質問を続ける。

「でも、プラスティネーションなんて、そんな簡単な作業じゃないですよね」

「ええ。本来は遺体の水分と脂肪分をいったん抜ききってから樹脂を染み込ませるから、仕上げるまで一ヶ月はかかるんだけどね。どっかの天才が水分子と直接反応してポリマー化する薬剤をこしらえたみたいなのよ。これがあれば、数日間漬け込むだけで人体をプラスチックの塊にしちゃえる、ってわけ。バラして標本完成まで……最短二日ってところかしら」

「そんな薬、どうやって……」

「まー、明らかに専門家の仕業だったからね。捜査の焦点も、薬学、化学のエキスパートに絞り込まれていったんだけど……その途中で佐々山クンがね。で、全然別件の捜査中に問題の薬剤が見つかって……ほら、こいつ。藤間《とうま》幸三郎《こうざぶろう》」

唐之杜がモニタの映像を藤間の顔写真に切り替える。何の変哲もない温厚そうな若い男の顔。

「こいつが失踪《しっそう》した途端に犯行も止まったし、まぁ間違いなくクロだった筈《はず》なんだけど……状況証拠だけだしね、まあ実際のところは迷宮入り。それに藤間には化学の素養なんてなかったから、問題の薬を誰が調合したのか、それさえも謎のまま」

「共犯者がいた、ってことですか？」

「そもそも用途を承知の上で薬を作ったのかどうか、それすらもわからないんじゃ共犯と呼んでいいのかどうか。入手経路も謎のままだし。佐々山クンの調査がどこまで進んでたのか……今となっては神のみぞ知る、よね」

気になることは山ほどあるが、友人たちとの時間も大切だ。ビルの屋上にある、いつものオープンカフェ。ゆき、そして佳織とテーブルを囲む。女友達と甘いモノをつつく癒《いや》しの時間。

「……あんた、会うたびに衰弱してくわね」

佳織が心配そうに言った。

「うぅー。わがるぅ？」心配してもらえることが嬉《うれ》しい朱。

「わかるよー」ゆきがうなずく。「数字とか色相には出てないけど……なんとなく伝わってくるじゃない。こう、『心の疲労』っていうか。ストレスともちょっと違う感じの」

「出世街道も大変よね……守秘義務が多くて」と佳織。

「ううう、まさにその通りで……凄《すご》く曖昧《あいまい》にしか人に相談できないんだよね。つらいよう」

「仕事場の、同僚との関係にその後変化は？」と、ゆき。

「なんだか驚かされることばっかりで……。つまり、私は部下のとある男性に振り回されてばかりで……しかも、その人は、昔は私と同じ境遇だったらしいんだよね」

「そのトラブルメーカーも昔は優等生で、考査のポイントも七〇〇オーバーとか？」

佳織は昔から察しがいい。朱は思わず、正解を出した友人をびしっと指さした。

「……そう！　そんな感じ！」

「もしかして、だけどさ」ゆきは、自分の飲み物を軽くストローでかき回しながら言う。「朱の部下と、朱。本当は、よく似てるんじゃない」

「……え？」意外な言葉に、朱はまじまじと友人を見た。

「外見とか性格とか、そういうのはおいといて。魂の根っこの部分みたいなものが」

「…………」私と狡噛さんが、似ている――？　そんなこと、考えたことすらなかった。かつては、似ていたのかもしれない。期待されていたエリートコースの監視官。

しかし今は、ほぼ真逆の人間と言っていいのではないか——いや、だが、しかし。

そのとき、朱の携帯電話が振動した。

反射的に「ごめん！」と謝って、すぐに携帯情報端末のモニタを見る朱。受信メールの内容を見て、慌てて立ちあがる。「急ぎの仕事！　いかなきゃ！」

「って、まだ会ったばっかりじゃん！」ゆきが非難の声をあげた。

「今度埋め合わせするから！」

3

桜霜《おうそう》学園は、全寮制の女子高等課程教育機関である。

古めかしい五階建ての校舎は木造に見えるが、実際のところは最新のリサイクル建築材でできている。その校庭は、ホログラムと最低限のガーデニングによって、池泉を中心に整然と花壇や木々が配置されたイギリス風景式になっている。

四階教室——女学生の川原崎加賀美《かわらざきかがみ》が起立して、文学の教科書を朗読している。他の生徒たちは、静かにその朗読に耳を傾けている。

「『女でも男に負けないほどの愛情を持つことができる、ということを。本当の女心はけっして私どもに劣りはいたしません』

『たしかにわれわれ男はもっと言葉にもだし、誓いを立てたりもいたしますが、本当は心にもない見せかけだけの場合も多うございます。私たち男は口先だけは立派なことも申しましょうが、愛情でそれを実証することはめったにございません』

「そこまで」と、初老の女性教師の凛々《りり》しい声。

「はい」着席する加賀美。

女性教師が解説する。

「文学探偵とも呼ばれたレズリー・ホットスン博士によれば『十二夜』の初演は一六〇一年一月六日。日本では関ヶ原の合戦があった、その翌年です。今、加賀美さんに読んでもらったのは、シェイクスピアの驚くべき普遍性が垣間《かいま》見える文章です」

教科書はすべて普通の「紙の本」だ。この施設では、あえて電子書籍の類《たぐい》は一切使っていない。この桜霜学園は、何もかもが「今時珍しい」ことで構成されている。

電子書籍リーダーを使っていないので、教科書を立ててその陰で別のことをしていても教師には気づかれない。このクラスの生徒の一人——大久保《おおくぼ》葦歌《よしか》は、密《ひそ》かに携帯情報端末を使っている。現在起動しているのは、些細《ささい》な指の動きだけで文章を打ち込むことができるコミュニケーション・ツールだ。特定の相手と短文をやり取りでき、その内容が厳重に暗号化されているのが「売り」だ。最初はぼんやりと過去の会話ログを眺めていた葦歌だが、そのモニタに「王陵璃華子《おうりょうりかこ》」からのメッセージが届いて目が輝く。「!」

璃華子のメッセージ。『そっちは文学の授業?』

葦歌は指を動かし、メッセージを返す。『はい。シェイクスピアの「十二夜」です』

『シェイクスピアの喜劇は退屈ね』と璃華子。

『お嫌いですか?』

『悲劇は好きよ。特に「マクベス」と「タイタス・アンドロニカス」』

『その二本が面白いんですね』

『ただ面白いだけじゃない。特別に残酷なの』

ざんこく、と唇だけを動かして、葦歌は恍惚《こうこつ》とした表情だ。

王陵璃華子は、ただの先輩ではない。葦歌にとっては憧《あこが》れの女性と言っていい。初めて直接会話したときに、思った。完璧《かんぺき》な人間とはこの人のことをいうのだろう、と。

『……ねぇ、放課後ちょっと会えないかな?』

その文章を見て葦歌は感動し、頬を薄く朱に染める。

桜霜学園の食堂――。内装や食器は時代に逆行したアンティークだが、配膳《はいぜん》される食事そのものはオート化が進んでいる。生徒ごとにカロリー計算され、自動的にトレイにのって出てきた食事をそれぞれ適当なテーブルに運んで座る。

そこで、川原崎加賀美と霜月美佳《しもつきみか》が食事をしている。加賀美はショートカットなのに、さっぱり活発には見えないおっとりした雰囲気の少女。美佳は長い髪をふわふわの古風なリボンでまとめ、強気そうな大きな目をしている。愛らしいそばかすが印象的だ。

加賀美は、スプーンを口に運びながら、

「……葛原沙月《くずはらさつき》さん、行方不明のまま帰ってこないみたいだね」

気になる事件の話題を切り出した。

「教員たちには箝口令《かんこうれい》がしかれてる」と美佳。

「行方不明って……どういうことなのかな？」

「どう、って？」

「だって、ありえないよ。この学校の警備ってかなり厳しいよ。家出するにしても、さらわれるにしても……」

「方法はあるよ。人間一人消しちゃう方法」

「どんな？」

「食事中だから言いたくない」

「えー。もったいぶっちゃってー」

そのとき、食堂全体が微《かす》かにざわめく。穏やかだった雰囲気にさざなみが走った。

食堂に一際特異な存在感を放つ少女――王陵璃華子が入ってきたのだ。まるで部下のように、山口昌美《やまぐちまさみ》、樋口祥子《ひぐちしょうこ》を連れている。女王のようなたたずまい。璃華子と目が合うと、それだけで他の女子生徒は笑顔になる。

璃華子の容姿――長い睫毛《まつげ》に高い鼻。腰まで届く長い髪。造形を担当した天使がいるとすれば、「つい、やりすぎてしまった」としか思えない。学生離れした妖艶《ようえん》な美貌《びぼう》。

美佳が小声で、

「……王陵璃華子って、なんであんなに人気があるのかな」

加賀美が答える。

「美人だし、頭も凄くいい。理由ははっきりしてるじゃない」

「私……あのひと、ちょっと怖いんだよね」

「どうして？」

「目がね……時々、虚《うつ》ろなんだ。ここじゃない、別次元を見つめるような目をする」

加賀美と美佳のテーブルに、璃華子、昌美、祥子が近づいてくる。そのタイミングの悪さに、加賀美と美佳はやや緊張した顔つきになる。

「川原崎加賀美さん、霜月美佳さん」

「どうも」「こ、こんにちは」

「食事中にごめんなさい。前々からずっと気になっていたことがあって……」

王陵璃華子の声は、冷たく透き通っていた。人の心に突き刺さりそうな鋭さを奥底に秘めている。

「……なんでしょう？」と美佳。

「二人とも、なんのクラブにも所属していないでしょう？　ここ桜霜学園のようなクラブ活動をやっている教育機関なんて、今では凄《すご》く珍しいの。もったいないと思って」

「勧誘ですか」

「バレちゃった。私、美術部の部長をやっているの。よかったら部室に遊びに来てね」

さらに璃華子は微笑しつつ、

「あと、霜月さん。ぼんやり考え事をすることはあるけど、別次元を見ているわけじゃないから。……宇宙人じゃあるまいしね」

加賀美は焦って、声に出さず口だけ動かして美佳に抗議する。

『バカ！　聞かれてたでしょ！』

舌を出して苦笑いをする美佳。加賀美に向かって『ごめん』と謝るジェスチャー。

――それから数時間。

空気が黄金色に染まる時間帯。桜霜学園の美術室。さしこんでくる夕陽を浴びながら、王陵璃華子は一人でスケッチブックにエンピツで下書きをしている。ラフだが、すでにグロテスクなイメージは固まっている。その美術室に、

「……失礼します」と、大久保葦歌が入ってくる。

「来てくれたのね」葦歌に見られる前にスケッチブックを閉じる璃華子。

「はい、それはもちろん……！」

「嬉《うれ》しいわ」

「私、ずっと前から王陵先輩の絵に興味があって……」

「絵のことよりも」璃華子は、そんな葦歌の話を遮るように、「聞いたわ。あなたのお父様のこと」

一瞬で表情が曇る葦歌。

「……お母様の再婚相手」

「……はい」

「近頃ずっと元気がなかったのは、やっぱり、それが原因？」

「……気付いてて、くれたんですか？」

「ええ。私はずっと葦歌さんを見ていたから」

「王陵先輩……」嬉しさで感極まり、葦歌の双眸《そうぼう》から涙があふれる。

「何があったのか、話してくれる？」

そう言った璃華子の声は、普段のものとは変質していた。相手を優しく包み込む慈愛の声。それが一点の曇りもない微笑と相まって、彼女を聖女のように演出している。

「あ、あの人は……口先では、母のことを愛してるって言いながら……その、私のこと、はっきりと、い、いやらしい目つきで……」震える声で葦歌は続ける。「家に帰るたびに、誰かが私の部屋に入った跡があるんです。先週は、下着までいくつか無くなってて……こんなの、耐えられない……でも……」

「お母様には、相談できないのね？」

「本当の父が残した借金は、とても母だけでは返済しきれなくて……あの男に頼らないと、きっと私、学費さえ賄えません。せっかく……憧れの桜霜学園に入れたのに……こんなはずじゃなかったのに……義理の父は色相も犯罪係数も決して良好ではないんですけど、公安局に通報するまでにはまだまだ余裕がありそうで……」

「辛《つら》いわね。あなたは決して、そんな男の慰み者になるために生まれてきたわけではないのに。あなたはあなたが望むとおりの人生を選べない……その辛さは、解るわ」

璃華子は葦歌に近づいて、その髪を優しく撫《な》でる。「今の時代、今の世界の、誰もがそう。システムによって決められた適性に沿って、押しつけられた幸せだけで満足するしかない。自分が本当に望んだ夢を叶《かな》えることもできずに」あやすように語りかける璃華子に、葦歌は泣きながら何度もうなずく。「本当に望む姿、本当の自分の価値、それを確かめてみたいとは思わない？　葦歌さん」

「……えっ？」

「私なら教えてあげられる。葦歌さんの中に隠れている本当の美しさ、あなたがどれほど素晴らしい『素材』か、ちゃんと見抜いてあげられる」

「王陵……先輩」葦歌の涙が止まった。

「璃華子、でいいわよ」璃華子は、葦歌に近づいてすっと抱きしめる。顔を真っ赤にして、しかし幸福そうに目を閉じる葦歌。璃華子は耳元でささやく。

「シェイクスピアの話、続きをしましょうか……」

「はい……」

「『タイタス・アンドロニカス』……私が好きなのは、タイタスの娘ラヴィニア。父のせいでトラブルに巻き込まれて、彼女は敵に性的暴行を受け、舌を切り取られて、両腕も切断される」

「どうなっちゃうんですか、その……ラヴィニアは？」

「『これはおれのいのちより大事なかわいい子鹿だった』……かわいそうに。ラヴィニアは自分の父に殺されるの」

4

公安局、取調室。少し前に逮捕された、ヴィジュアル・ドラッグの密売人——金原が取調室の椅子に座らされている。その真向かいには、冷酷な表情の宜野座がいる。

「昔はね、エンピツ、という筆記用具があったらしい」

宜野座が言った。

「…………」金原は怯《おび》えている。視線は左右に動き続けて落ち着かない。容疑者は常に、シビュラシステムによってすでに自分が丸裸にされているのではないかという不安がある。さらに、今世紀に入ってから公安局の権力は拡大するばかりだ。彼らが本気になれば、潜在犯の人権などなんの意味もない。その場で処刑でも拷問でもなんでもありだ。

宜野座は続ける。エンピツの話を。

「黒鉛を木材で包んで、先をとがらせて使う。黒鉛がすり減ってきたら、また削らねばならない。今からすると、信じられないほど非効率的だろう？」

「……ん？」金原は、よくわからないなりに宜野座の話に興味を覚える。

「最初はね、エンピツ削りには小さなナイフを使うことが多かった。しかしそれだと、些細《ささい》なミスで指を切ることもある。……で、専用の器具が発明された。箱状の物体にエンピツを固定し、ハンドルで刃を回して削る。これは安全だろ？」

「…………」

「……人間にできて動物にできないことが山ほどある。そのうちの一つが、『安全の制御』だ。人間はどんなものにでも安全装置をつけてきた。電気にはゴム、車にはキー、性器にはコンドーム。そして執行官にも我々監視官という『安全装置』がついている。……お前が操ったドローンには、特に厳重な安全装置がついていた」

「――ッ！」

「絶対に安全だったはずのドローンに暴走させたメモリーカード、きみはどこで入手した？」


刑事課のオフィスに一係の監視官、執行官全員が集合する。今回は加えて、珍しくラボから出てきた唐之杜志恩の姿もある。

「ヴィジュアル・ドラッグの金原が使ったセイフティ・キャンセラーと、御堂のホログラム・クラッキング……どちらも同じ出所のツールだっていうのは、確かなんですか？」と朱。

「まぁ、どっちのソースコードもほんの断片しか回収できなかったんだけどね、明らかに類似点がある」自信満々の口調で唐之杜。「同じプログラマが書いたって線に、私は今日つけてるブラを賭《か》けてもいい」

「いらねぇよ」縢が吐き捨てた。

宜野座は軽くメガネを拭《ふ》いて、かけ直してから言う。

「……御堂はたしかにソーシャルネットのマニアではあったが、あんな高度なツールを用意できるほどの技術はなかった。電磁パルス・グレネードの入手経路も謎のままだ。金原も御堂も、電脳犯罪のプロからバックアップを受けていたのは間違いない」

生かしておけばよかった——誰もがそう思うところだが、シビュラシステムが彼の生存を許さなかった。

「しかし、肝心の金原の供述がコレじゃあなぁ……」忌々しげに言いながら、征陸がリモコンで取調室の録画をモニタに再生する。

映像では半泣きの金原が、宜野座に訴えかけている。

『本当だ！　ある日いきなり俺宛てに郵送されてきた……送り主の手紙には名前もなくて、ただ、工場の仕事に不満があって、……「言うことを聞けば神様みたいにしてやる」って……』

「愉快犯、にしちゃ悪質ですよね」と朱。

「そもそも金原が罪を犯すと、送り主はどうして予測できたんだ？」怪訝《けげん》な顔つきで宜野座。

「職員の定期検診記録だろう。……ハッキングで簡単に入手できる」と狡噛。

「じゃあ、そいつが御堂を手伝った動機は？」と征陸。

「動機は金原と御堂にあった……『奴』はきっと、それだけで十分だったんだ……」

ぼそりとつぶやく狡噛の眼差《まなざ》しに、尋常ならざる執念の色が滲《にじ》んだ。そんな狡噛の異変に、朱と宜野座が気づく。

「……狡噛？」

「殺意と、手段。決して揃うはずのなかったその二つを組み合わせ、新たに犯罪を創造する……それが、『奴』の目的だ」狡噛は一人で勝手に席を立ちオフィスを出て行く。朱は驚くが、他の刑事たちは「まあ、狡噛ならそうだよな」という顔をしている。

舌打ちして、宜野座が狡噛を追いかける。

「おいッ！」


結局狡噛は、執行官宿舎の自分の部屋まで戻った。トレーニング機材に埋め尽くされた居間のさらに奥、資料室と化した小部屋。そこで狡噛は過去の資料を漁《あさ》る。そこに、断りもなく宜野座も入ってくる。「狡噛、お前は――」

「ギノ、あの事件と同じだ。ただ殺意を持て余していただけの人間に手段を与え、本当の殺人犯に仕立て上げている奴がいる」

宜野座は苛立《いらだ》ちを込めてため息をつき――

「落ち着いて考えろ。あのときは薬品、だが今度はプログラムのクラッキング・ツールだ。全然違う！　つなげて考えるには無理がある！」

「技術屋と、周旋人《しゅうせん》が、また別なんだ。人を殺したがっている者と、そのための道具を作れる者とを、引き合わせている奴がいる。そいつが本当の黒幕だ」

すべての資料は電子メディアでなくプリントアウトでファイリングされている。磁気媒体を信用できない狡噛の偏執的傾向。大事なものをオンラインに置いておくことができない。そのファイルを、猛然とめくりながら自力で検索していく狡噛。

「いい加減にしろ！　お前は幽霊を追いかけているんだ」

「佐々山は突き止める寸前まで行った！」

激しい形相で振り向いた狡噛は、手にしたファイルを宜野座の鼻先に突きつける。

「あいつの無念を、晴らす……そのためだけの三年間だった……」

取り憑《つ》かれたような狡噛の剣幕に、宜野座は苦い顔をするしかない。

5

桜霜学園——教室前の廊下を、川原崎加賀美と霜月美佳が並んで歩いている。加賀美は携帯情報端末をいじって、不満顔になる。

「……何かあった？」と美佳がやや冷たい表情で訊《き》く。それは、答えがわかっているのに質問するときの表情だ。

「やっぱり出てくれないな……」

「幼なじみ？」

「うん、葦歌ちゃん。最近色々あったから心配してるんだけど……なんか避けられてるみたいで」

「大丈夫だよ。携帯を切って、どこかで気分転換でもしてるんじゃない？」

美佳はやはり冷たく、突き放したように言う。そのことの意味に、加賀美は気づかない。

「ならいいけど……」

加賀美の表情は心配そうに曇っている。——美佳は、この学園に入ってから加賀美と出会った。しかし、加賀美と大久保葦歌は子どもの頃からの幼なじみだ。

こうやって加賀美と美佳が二人で行動するようになったのは、つい最近の話だ。ちょっと前までは、三人で行動することが圧倒的に多かった。そして、加賀美と葦歌の間には、ほとんど隙間がないように見えた。表面的には三人で仲良く遊んでいても、美佳はいつも疎外感を覚えていた。

美佳は、神経質な優等生だった。メンタル美人で成績も抜群。学力査定では常に王陵璃華子と一、二を争い、シビュラシステムの職能適性判定も有望視されている。しかし無愛想で口が悪いところがあるために、よくクラスメイトに嫉妬《しっと》された。

そんな美佳に、この学校で最初に優しくしてくれたのが加賀美だったのだ。

このことはまだほんの数人しか知らないが、加賀美と葦歌にはサイコ＝パス色相による相性判断で恋愛推奨判定が出ている。シビュラシステムにかければ、同性婚許可まで出るかもしれない。そのことについて考えると、美佳は自分の色相が一気に濁りそうな気分になる——だから、途中で思考を停止する。

6

桜霜学園の美術室で、王陵璃華子がイーゼルに向かっている。カンバスに描いているのは、大久保葦歌の肖像画だ。そのやや後ろで、椅子に腰掛けた槙島聖護が本を読んでいる。表紙はシェイクスピアの『タイタス・アンドロニカス』。

「――辱めを受けた命から解放されて、ラヴィニアは幸せだったと思うかい？」

「『娘が辱めを受けた後も生き長らえ、その姿を晒《さら》して悲しみを日々新たにさせてはなるまい』……でしたっけ？　槙島先生」

「美しい花もいずれは枯れて散る。それが命あるものすべての宿命だ。ならいっそ、咲き誇る姿のままに時を止めてしまいたいと思うのは、無理もない話だね」

槙島は立ち上がり、璃華子の背後に立って描きかけの絵を覗《のぞ》き込む。

「だがしかし、もし君が彼女を実の娘のように愛していたというのなら……君は『あの子のために流した涙で盲目になって』しまうのかな？」

「あら、それは困りますわ」槙島の言葉に、にっこりと微笑む璃華子。「だって私、これからもっともっと新しい絵を仕上げていかなくてはならないんですもの」

渋谷区代官山《だいかんやま》――朝の市民公園。中央の大きな噴水の前に、清掃局の車が停まっている。噴水はイタリアの観光地をイメージしていて、女神像のホログラムが公園全体を睥睨《へいげい》している。その傍らに、清掃員が二人。そのうちの一人が、携帯情報端末で電話をかけている。
「管理事務所ですか？　ええ、そう、清掃局の者です。うちのドローンがホログラムの内側でエラー停止してまして。なんか異物に引っかかってるとか。……はい、そうなんですが。ともかく点検したいんで、いったん噴水のホロを停止してもらえますか？」

携帯電話を閉じる清掃員。立派な女神像の映像にノイズが走って、たちまち消えていく。裏側は浅いすり鉢状になっていて、その中心には小さなタワー状のホロ発生装置が設置されている。

「……何だ？　あれ？」

「うわっ、気持ち悪い……人形、か？　あれ」

「何か……美術品とかじゃないスかね」

「あー、それっぽいなあ。でも悪趣味すぎないか？」

「とりあえず管理事務所に確認取ってみますか」

「困るんだよなぁ。勝手に備品とか増やされるとさ」

二人の清掃員が発見したのは璃華子の作品――つまりバラバラ死体だったが、そのことを知るのはずっとあとのことだ。

行方不明になっていた桜霜学園の女学生――葛原沙月。プラスティネーション処理により樹脂化された「人体のパーツ」。腐敗もせず悪臭もない、しかしまぎれもない死体。宙に浮いたようにワイヤーで支えられた二本の腕が、まったく無表情のまま固まった少女の生首を抱えている。テーブルのように配置された胴体。その足下には二匹の犬のはく製。犬は、それぞれ少女の足をくわえている。そして死体の隅には、引っかかって停止している清掃ドローン。

第七章　紫蘭の花言葉

1

――東京都内に、その存在が公にされていない医療施設がある。「公にされていない」は言いすぎかもしれない。病院だということは近隣の住民に知れ渡っているし、ネットでも簡単に調べがつく。

しかし、その医療施設には外来受付がない。

電話をかけても「予約制ではない」という。救急車がひっきりなしに出入りしている。その施設には広い庭があり、高い塀に囲まれている。白を基調とした清潔な建物。普通の病院ではない。なぜなら、そこに収容されているのは病気で苦しんでいる人々ではない。異常なまでに無気力で、表情に乏しく、時折思い出したように虚《うつ》ろな笑みを浮かべる奇妙な患者たちだ。

高齢者が多く、介護施設のようにも見えるが、同じ症状にかかっている三〇代の男女もいる。比率としては高齢者のほうが多い。大量の――まるで夢遊病者のグループ。その施設の入院棟に、見舞い客として王陵璃華子が訪れた。

入院棟の個室には、「王陵牢一《ろういち》」というネームプレートがかかっている。ベッドで横になっている牢一と、甲斐甲斐《かいがい》しくその世話をする介護員。傍らの椅子には、見舞いにきた璃華子が腰掛けている。

「王陵さん、また娘さんがお見舞いにきてくださったわよ。良かったですね」介護員がにこやかに呼びかけるが、牢一は仏像のように静かな表情のまま、微動だにしない。

「……ごめんなさいね。こんなんだけど、お父さんもちゃんと解ってて、喜んでくださってますから。気を落とさないでね」

「ええ、もちろん」――嘘だ。

乾ききった眼差《まなざ》しで、窓の外を見やる璃華子。中庭では牢一と似たような症状の患者たちがぼんやりと立ち尽くしたり、ベンチに腰掛けて日差しを浴びている。

璃華子は彼らを蔑《さげす》む――ここにいる人々の、すべてがそうだ。何も気付かず、何も語らず、そして何も考えない。ただ何かの抜け殻のように生きて、やがて陽に照らされた氷が解けるように消えていく。これは病だ。ペストや天然痘やコレラと同じ、罪なき人々を死に至らしめる伝染病。でも、この病原菌が根絶されることは、ない。これらの病を隔離し、隠蔽《いんぺい》することによって、この国は強い権力を行使できる。

璃華子の瞳《ひとみ》の奥で怒りが渦巻く。膝《ひざ》の上で拳《こぶし》をきつく握りしめる。

——これは、安らぎという名の病だ。

2

渋谷区代官山の公園——事件現場。噴水を中心に、ホログラムの封鎖テープによって現場が保存され公安用ドローンが動き回っている。噴水といってもそのホロは停止しているので、「ホロ発生装置があるすり鉢状の空間」でしかない。

小さな塔のようなホロ発生装置に、プラスティネーション処理により樹脂化された「バラバラの人体」が配置されている。ワイヤーで支えられた二本の腕が抱える、無表情のまま固まった少女の生首。足をくわえた、二匹の犬のはく製——。狡噛は、そのオブジェを凝視する。そんな彼に、不安げな朱と険しい顔付きの宜野座が駆け寄る。

「これって……」

異常な死体に、朱は目を奪われた。視覚だけではない、意識まで侵食されそうな悪意がその「オブジェ」にはあった。すぐに唐之杜の言葉を思い出す——『バラバラに解体された遺体をプラスティネーションで標本にして、そいつを街のど真ん中に飾り付けてくれたわけよ。盛り場を飾るホログラム・イルミネーションの裏側に、ね』。

「今回の捜査からは外れてもらうぞ、狡噛」

宜野座の厳しい口調を横から聞いて、朱は「はっ」とする。

「――なんでだ？　ギノ」

狡噛は落ち着いている――少なくとも、表面的には。

「これは貴様が冷静に対処できる事件じゃない。余計な先入観に囚《とら》われた刑事を、初動捜査に加えるわけにはいかない」

「そんな……でもまだ標本事件と一緒って決まったわけじゃ……」ついうっかり言ってしまってから、慌てて朱は口をつぐむ。それを聞き逃すような狡噛と宜野座ではなく、両方から鋭い視線を向けられる。しばらく朱が無言で非難されているような雰囲気だったが、

「……宿舎で待機だな？」

狡噛が話を先に進めた。宜野座がうなずく。

「そうだ」

くるりと踵《きびす》を返す狡噛。あっさり引き下がったのが意外で朱と宜野座はやや驚く。

狡噛はそのまま覆面パトカーに向かって歩いていく。執行官たちの移動は基本的には

護送車だが、監視官同伴という条件付きで通常のパトカーでの移動も許されている。

立ち去る狡噛を見送ったあとで、宜野座はじろり、と朱を睨《にら》みつける。「常守監視官」

「は、はい！」

「狡噛執行官から目を離すな」

「えっと、それは……」

「どうやら事情は知っている様子だし、それなら説明の必要はあるまい。狡噛が妙なことをしでかさないよう、つきっきりで監視しろ。それが今回の君の仕事だ」


公安局の刑事部屋に、狡噛と朱以外の四人が集まっている。征陸、縢、六合塚が席につき、宜野座だけが立っている。

「整理する」と宜野座。ホログラム・モニタが事件のことを表示している。宜野座の言葉に合わせて、ホロの映像が変化する。「代官山の公園で発見されたバラバラ死体は葛原沙月。全寮制の女子高等課程教育機関、桜霜学園の生徒だ。一週間前から行方不明になっていた」

「おい、桜霜学園って……」征陸の目が微《かす》かに丸くなった。

「標本事件の容疑者、藤間幸三郎の勤務先――でしたよね」と、感情のこもっていない声で六合塚。

宜野座はうなずき、

「遺体は特殊な薬剤に浸食され、タンパク質がプラスチック状に変質。分析の結果、これは三年前の事件で使われた薬品と同一であることが判明した……たしかに同一犯の可能性は高い」

「謎の殺人鬼……藤間ってことになってるが……が三年ぶりにカムバック、ってわけか？」征陸がため息をついた。何か納得のいかない表情だ。

はーい、と授業中の生徒のように挙手する縢。

「ギノさーん。本当にコウちゃん外して良かったんスか？　あの人、標本事件の調査って続行してたんでしょ？　なんか新しい手がかりとか摑《つか》んでたかも」

縢の言葉に、宜野座は苦虫を嚙《か》んだ顔をする。

「奴の報告書には目を通してある。あれは、ただの妄想の羅列だ」

執行官宿舎――共用のトレーニングルーム。衝撃吸収材が敷かれた広い部屋で、上半身裸、下はスパッツという二人の男が取っ組みあっている。

一人は狡噛。もう一人はそのスパーリング・パートナー。狡噛のたくましい筋肉が張り詰めている。対戦相手は無表情。汗をかいているのは狡噛だけだ。右フックをかわして、素早いタックルを決めて相手を押し倒す狡噛。テイクダウン。

対戦相手は足を巻きつけて狡噛の動きを封じようとする。狡噛は半回転して相手のガードをかわし、完全に馬乗り――マウントポジション――となる。狡噛は上から殴りつける。一発一発が、鉄槌《てっつい》のように重たい。ドン！　ドン！　と打撃音が響き、対戦相手の顔面が変形していく。鼻がつぶれて、顎《あご》が砕けて、目が飛び出し、頭蓋骨《ずがいこつ》が陥没していく。その途中で、対戦相手の顔や上半身にノイズが走る。――ホログラムだ。スパーリング用のロボットに、シミュレーションをリアルにするためのホロがかかっていたのだ。

そのトレーニングルームに、朱が入ってくる。

「やりすぎですよ、狡噛さん……」

その言葉ではっと我に返り、狡噛はゆっくりと立ち上がって対戦相手から離れる。

スパーリング終了のブザーが鳴って、対戦相手のホロが完全に消える。現れたのは、マネキンのように無個性なスパーリング・ロボット。狡噛の暴力のせいで、頭部が完全に割れている。

朱はスパーリング・システムのコンソールを見て呆《あき》れる。「スパープログラム、最高レベルに設定してあるじゃないですか。本当に人間ですか、狡噛さん……」

スパーリング・ロボットを調べる朱。完全に壊れている。

「……あとで絶対に管財課から怒られますよ」

「ダサすぎんだよ、このシステムが」そう吐き捨てて、狡噛は衣服や私物を置いた台に近づいていく。タオルよりも先にタバコを手に取り、一本口にくわえる。

タバコを吸う狡噛の腹部が、肺の収縮に合わせてゆっくりと上下する。その腹筋ははっきりと六つに割れている。狡噛の鋼の肉体をなんとなく凝視してしまう朱。「…………」隆起の激しい筋肉の表面は汗で濡《ぬ》れ、相手を強く殴った拳から微かに血が流れている。

「……俺の顔になんかついてるのか？」

「いや、べ、別に……！」

目を逸《そ》らしてから、朱は気まずさを取り繕うために話題を探す。

「ドミネーターほど強力な武器が支給されるのに、ここまで過剰な戦闘訓練が必要なんですか？」

「必要だ。強くて優れた武器を扱うからこそ、その使い手はより強く、タフでなきゃいけない」

そう言いながら、狡噛は血が滲《にじ》んだ自分の拳を見つめる。

「相手を殺すのはドミネーターじゃなく、この俺の殺意だと……それを肝に銘じておくためにも、ここにちゃんと痛みを感じておかないと、な」

「……それって、私に対する教訓ですか？」

「いいや。監視官には無用な心得であってほしいね。あんたにドミネーターを撃たせるような状況は二度と願い下げだからな」

ふぅ、と紫煙を吐き出す狡噛。「で、何の用だ？」

「その前に、タオルで汗ふいて、服をちゃんと着てください！」

二人は狡噛の部屋に移動した。殺風景な部屋だ。朱は、来客用の安っぽいパイプ椅子に座る。狡噛は立ったまま、ぼんやり壁によりかかり、ミネラルウォーターのペットボトルを口に運んでいる。

「未解決事件……公安局広域重要指定事件一〇二について。こっそり、覗《のぞ》き見するみたいに調べてたのは……謝ります」

「なぜ謝る？」狡噛は薄く笑う。荒《すさ》んだ笑み。

「……怒ってないんですか？」

「どうして俺が怒らなきゃいけないんだ？　過去の、部下を殺された事件のことで？　三年もたつのに解決できてない事件のことで？」

「…………」

「……怒らないさ。俺が怒るとすれば、その対象は自分自身以外ありえない。あの事件、藤間幸三郎の背後で糸を引いていた黒幕に、俺は『かする』ことすらできなかった」

「今回の事件も、同じ人物が関与していると……？」

「まだ、わからない。ただ手の込んだだけの模倣犯という可能性もある。だが、調べる価値があるのは間違いない」

「捜査からは外されちゃいましたね……」

「別にいいさ。あんまりギノを困らせてもな……」

「えっ？」

「やり方はあるってことだよ。上手《うま》い口実を見つけて、俺たちが戻らざるをえない状況を作り出せばいい」

「そんな方法が……」

「あるさ。まあ見てろ」

狡噛が言い終えると、静寂が訪れる。朱にはまだ訊《き》きたいことがあったが、それが今ここで口にしていいものかどうかわからない。気まずい空気――。悩んでいるうちに、狡噛が「どうした、遠慮するな」とつぶやく。そこで朱は思い切って疑問を口にする。

「……佐々山執行官って、どんな人だったんですか？」

するとと、狡噛は懐かしそうに目を細めた。

「クソヤローだった」

「は？」聞きなれない汚い言葉に、朱は自分の耳を疑った。

狡噛はそんな朱には構わず、続ける。

「……女好きでね。仕事中だろうがオフだろうが、美人がいたら見境なしに口説いてた。唐之杜や六合塚なんて何度尻《しり》を触られたことか。そのたびにブン殴られるのに、まったく懲りる様子がなかった。……あと、短気だった」

「狡噛さんよりですか？」

「俺はそんなにキレたことないだろ、失礼なやつだな。……とにかく、一度火がつくと手がつけられなくてな。あるとき、色相チェックにひっかかった容疑者を調べに向かって、ドアを開けて飛びこむとまさにさらった女性にのしかかってるところでね。犯罪係数を測定するとドミネーターはパラライザーに。佐々山は『それじゃ生ぬるい』と、その男を素手で殺しかけた。当時俺は監視官だったから一応止めたが、内心楽しい奴だと思ってた。女好きで凶暴、実に楽しいクソヤローだと」

「…………」

「少なくとも、あんな死に方をするような男じゃなかった。死体の資料写真は見たか？」

「はい……」

「死体はホログラム・イルミネーションの裏側に配置されていた」

「はい」

「イルミネーションの内容は知ってるか？」

「いえ、そこまでは……」

「薬品会社の広告だった。『安全なストレスケア。苦しみの存在しない世界へ』……佐々山は標本化される前、生きたまま解体されたことが検視で判明した。……犯人のメッセージみたいだったよ。『苦しみだけが人生だ』って。

　それをしでかした奴を、同じ目に遭わせてやりたいと……いつからか、そんな風に思うようになった時点で、監視官としての俺はもう終わってた。セラピーを受けたら間違いなく捜査から外されていただろう。それだけは、絶対に許せなかった」

「後悔は、ありませんか？」

「自分の行動に後悔はない。問題は、未解決なこと、この一点に尽きる」

　狡噛の口調には迷いがなかった。朱は思う――これはただの復讐心《ふくしゅう》とは違う。長い時間をかけて、信念とでも呼ぶべきレベルまで熟成されている。

「三年前、藤間幸三郎に手を貸したという共犯者……事件の黒幕……今でも使えそうな手掛かりは何かありますか？」

「佐々山が撮った写真がある。ひどいピンボケだがな」

狡噛は自分の資料室に入って、すぐに戻ってきた。朱にとってきた写真を手渡す。

かろうじて「成人男性が写っている」とわかる写真。――白髪？　銀髪？

「……佐々山の使ってた端末に保存されていた。俺はこいつが怪しいと直感したが、ギノは『こんなピンボケじゃ話にならない。そもそも未加工証明のないデジタル画像は証拠にならない。直感は妄想』だと」

「……この男……名前とかは？」

「画像ファイルのタイトルは……『マキシマ』だった」

3

桜霜学園の教室――昼休み中。食堂から帰ってきた生徒たちは、それぞれ授業内容を復習したり、あるいは予習したりしている。読書しているものもいれば、コミュニケーション・ツールで別の場所にいる友だちと連絡を取り合うものもいる。そんな和やかな雰囲気の教室で、霜月美佳は自分の席で携帯情報端末をいじっている。その机に手をついて、川原崎加賀美が話しかける。

「死体は葛原沙月さんだった」

「らしいね」気のない返事。美佳が情報端末で読んでいるのは電子書籍だ。

「葦歌ちゃんが、昨日から欠席してる」

「……らしいね」

「ねぇ、ちょっと真面目に聞いてよ」

「聞いてるよ」美佳は情報端末を閉じる。「大久保さんだけじゃない。B組の山口昌美も欠席が続いてるってさ。たぶん、この学園でよくないことが起きている。でもみんな、そのことをなるべく考えないようにして、表面的にはいつも通りに振る舞っている……それで？」

「それで、って……」

「よくないことには最初から近づかない。噂話もしない」

「なにそれ」加賀美が気色ばんだ。

「迂闊《うかつ》に動くと、本当に危ない気がする。嫌な感じだ。ざわざわする。こめかみのあたりがヒリヒリするんだ」美佳は頭痛を覚えているかのように自分の額を押さえてみせる。「きっと、私たちにはどうにもならない何かが進行している」

加賀美は、美佳の言葉をのみこもうとしている。しかし、やはり納得がいかない。

「葦歌ちゃん、私の幼なじみだったんだよ。美佳の幼なじみじゃない」

加賀美の口調は、普段のおっとりとした雰囲気からは想像もつかないほど攻撃的だった。

「…………」

――本当にただの幼なじみ？　厳しく問いただしてやりたくなった。しかしそれを実行して、追い詰められるのは美佳のほうだ。

美佳は表面には出さないものの、悔しくて泣きたい気分だ――どうして加賀美は自分の苦悩に気づいてくれないのだろうか？　勇気を出す――それは無謀だ。シビュラシステムの相性診断は、すでに加賀美と葦歌を味方している。美佳の思考がぐるぐると同じ場所を回り始める。胸が破裂しそうだ。とにかく、これ以上葦歌について考えていたくない。嫉妬《しっと》のせいで絶対に色相が濁ってしまう……。

美佳は深々とため息をついて、

「王陵璃華子」と言った。

「え？」その名前が意外だったのか、加賀美が驚きの声を漏らした。

「大久保さん、王陵璃華子にかなり入れあげてたんでしょ？　向こうもまんざらでもない様子だったし。聞いてみたら何か知ってるかもよ」

自分でも驚くほど毒のこもった言葉を吐いていた。

「うん……」加賀美は明らかに気乗りしない様子だった。璃華子はこの学園において、一段高い場所に位置する人間だ。

それでいい、と美佳は思う。まさか璃華子に会いに行ったりはしないだろう。

王陵璃華子は特待奨学生であり、しかも寄付金の額も多い。そのため桜霜学園の学生寮に、特別に立派な個室が与えられている。キングサイズのベッドに、ホログラムではないインテリア。古典に登場するヨーロッパの貴族のような生活の場だ。

「ふう……」

満足げに息を吐きながら、璃華子はゆっくりとシーツの海から這《は》い出した。美しい蛇のような動きだ。上体を起こすと、形の良い乳房が揺れる。彼女は、一糸まとわぬ姿だった。体に一切メスを入れたことはないが、その肉づき・骨格のバランスの良さは奇跡的と言っても過言ではなかった。腰の位置が高く、そのくびれは砂時計を連想させる。解剖してみれば恐らく、骨まで美しいのであろう。

立ち上がった璃華子は、全身に汗をかいていた。激しい運動、情事の汗だ。相手の女の子——大久保葦歌を正気が怪しくなるほど楽しませたし、お返しに楽しませてもらった。

ベッドの毛布から、葦歌の裸の足だけが飛び出している。璃華子は携帯情報端末とガウンを身につけてから、台所で飲み物——グラスに炭酸水——をとって寝室に戻ってくる。

璃華子は携帯情報端末で内装ホロを消した。

「特別な夜だけ、寝室に父の絵を飾るの」

　璃華子の言葉通り、ホロに覆われていた寝室の壁にはグロテスクな絵画が展示してある。生首、四肢切断、動物や草花との組み合わせ――バラバラになった少女たち。

『人間は動物よりまさっているからこそ、いいかえれば人間は自己であり、精神であるからこそ、絶望することができるのである』――父が好きだったキルケゴールの言葉よ。父は芸術と絶望を愛していた。絶望を知らなければ希望もない。絵画の題材にバラバラになった人体が多いのは、自己に抱えた矛盾の象徴なのよ。……私は父を尊敬していた。芸術家としての義務を自覚して、啓蒙《けいもう》としての創作姿勢にこだわり続けたあの人は、本当に素晴らしい絵描きだったと、今でも思ってるわ」

　刹那《せつな》、璃華子の目が鋭い殺意を帯びた。

「だからね、その務めを途中で放棄してしまったことが許せないの」

　葦歌の足を愛《いと》おしげに撫《な》でながら、璃華子は彼女にかかった毛布をはぎ取っていく。

「……昨日ね、父が亡くなったの。もうとっくに死んだも同然の人だったけど。とうとう心臓まで本当に止まっちゃった。でも、大丈夫。悲しくなんかないわ。父の務めは、娘の私が、あなたたちと一緒に果たしていくのよ。素敵だと思わない？　ドキドキするよね」

　毛布をとると、そこには全裸のまま目を見開いて硬直している葦歌の姿――死んでいる。

「——ね？　葦歌さん」

璃華子が殺した。が、彼女には感謝して欲しいくらいだ。人生の最期に、葦歌は壮絶なまでの快楽を味わったはずだ。璃華子にはその自信があった。璃華子が、年上の女性から肉の悦《よろこ》びを教えてもらったのはまだ一〇歳になる前の話だ。それから、数百人という同性と付き合ってきた。女性の体については知悉《ちしつ》している。快感を与えるのも——殺すのも、思いのままだ。

4

東京都港区の一等地に、広大な敷地内に整備された庭園を有する豪邸があった。すべてが完璧《かんぺき》に機能している都市では、逆に古風であることが豊かさの証《あかし》となる。建築材料はわざわざレンガに似せたものを使っているし、敷地内には使う予定のないテニスコートやプールがある。整備用のドローンが忙《せわ》しく行き来している。大富豪——帝都ネットワーク建設の会長、泉宮寺《せんぐうじ》豊久《とよひさ》の自宅だ。泉宮寺の趣味は狩猟であり、山小屋風の内装ホロが展開されている。しかし暖炉と壁の剝製《はくせい》は本物だ。黒檀《こくたん》のデスクでくつろぎつつ、泉宮寺は愛用する猟銃の手入れに余念がない。その向かいでは、槙島がソファに深々と腰掛けている。二人の話題はちょうど、王陵璃華子に関することだった。畑を育てるかのように犯罪の種子をばらまく槙島と、彼に密《ひそ》かに資金を提供するものの一人である泉宮寺。もう、一〇年近い付き合いになる。

「……ユーストレス欠乏性脳梗塞《のうこうそく》」槙島は、そう話しながら本を読んでいる。ページをめくっているのはレ・ファニュの『女吸血鬼カーミラ』。「……まぁ公認の病名ではありません。そんな病気の存在自体、政府は否認するでしょう。原因不明の心不全、という形で処理されている死因の大半はこの症例に該当するといわれています」

「聞いたことはある」泉宮寺の顔は表情の変化に乏しい。「なんでも、過度のストレスケアによる弊害だそうだが……」

「かねてより、適度のストレスは免疫活動を活性化させるなど、好ましい効果もあるとされてきた。いわゆる人生の『張り合い』というやつですね。人生を歩んでいくうちに生じるどうしようもない摩擦……生き甲斐《がい》と言い直してもいい。ところがサイマティックスキャンによる精神健康管理が恒常化してしまった結果、ストレスの感覚が麻痺《まひ》しすぎて、刺激そのものを認識できなくなる患者が出てきた。政府が公認したストレスケア薬品に副作用はないことになっているが、それも一因として疑ってみるべきでしょう」

「嘆かわしい限りだな。ヒトは自らを可愛がるあまり、生物としてはむしろ退化してしまったわけか……」泉宮寺がため息をつく。しかしそれは限りなく演技的な——人工的なため息だ。

泉宮寺は全身サイボーグだ。口で呼吸する必要はない。人工心肺。耐食チタン合金の骨格。

「ユーストレス欠乏性脳梗塞が発症すれば、あとは生ける屍《しかばね》も同然です。やがては自律神経そのものが機能を見失い、生命活動を維持できなくなる。……実はね、これだけ医療体制が発展したにも拘《かか》わらず、統計上の平均寿命はむしろ短くなる傾向にあるんですよ。まぁ決して公にはならないデータでしょうが」

「当然だな。この時代、生き甲斐と呼びうるものは全て枯れ果ててしまった。命の在り方を、誰も真面目に語ろうとしなくなった」

「……王陵璃華子の父親もね、まさにそのユーストレス欠乏症患者だったんです。……王陵牢一、ある時期、一世《いっせい》を風靡《ふうび》したイラストレーターです。ご存じありませんか？」

「生憎《あいにく》と、美術の世界には造詣《ぞうけい》が無くてね」

「グロテスクの系譜を正しく踏まえたファンタジー・アートの旗手でした。少女の肉体をモチーフに、残虐で生々しい悪夢を描き出す天才で。ところが本人はいたって生真面目な常識人でね。まぁ、作品のイメージと制作者の実態が乖離《かいり》しているのは珍しくもない話ですが、牢一の場合にはそこに確たる理念があった。――曰《いわ》く、人間は心の暗部、内に秘めた残虐性を正しく自覚することで、それを律する良識と理性、善意を培うことができる……と。彼はそのための啓発として自らの創作活動を定義づけていた」

「聞く限りでは、聖人君子ではないか」

「しかし」と、そこはかとなく楽しげに槙島は続ける。「……サイコ＝パス判定の普及が、彼の役目を終わらせた。人は自らを律するまでもなく、機械による計測で心の健康を保てるようになった。……牢一はね、このテクノロジーを歓迎したそうです。方法はどうあれ、彼が理想とした人の心の健やかなる形は実現した。芸術の形も一気に変貌《へんぼう》した。美も数値化されシビュラシステムの適性判定を受ける時代がやってきた。その結果として自らの使命が完了し、その人生が無価値なものになったとはいえ、彼は手段より目的に重きを置く本物の人格者でした。……まぁ、心には葛藤《かっとう》もあったでしょうが。牢一はその解消にさっそく先端技術である各種のストレスケアを活用した。その依存ぶりは耽溺《たんでき》と言っていいほどだったと、娘の璃華子は語っています」

「その結果、ベッドから起き上がることもない生きた死体に成りはてた、と」

「父を慕う娘からしてみれば、許し難い話でしょうね。王陵牢一は二度、殺されたようなものです。まず科学技術によって才能を殺され、そして社会によって魂を殺された」

「つまりその少女の犯行の動機は、父親の復讐《ふくしゅう》——かね？」

「さて、どうでしょう。スタート地点はその程度でもまあいいんですが……復讐っていうのは犯罪行為の動機としてはとてもつまらないですよね。願わくはさらにその向こう側の意義を見いだして欲しいものです」

「それにしても……同じ学校の生徒を殺しすぎじゃないか？　大胆にもほどがある」

「……証拠は残さないやり方を教えてあります。いざとなったら、行方不明になっている藤間幸三郎にもう一度犯人役をつとめてもらう。公安局の能力が僕の想定内なら、引っかかってくれるはず。チェ・グソンはその程度の偽装工作なら軽くやってのける男です。どうしても危ないとなったら、海外に逃がすルートもないではない……」

「なるほど。そこまでする価値のある娘だと？」

「それはまだわかりません。価値があれば、いくらでもやりようはある、ということです」


桜霜学園の学生寮、王陵璃華子の自室——。璃華子は大きなビニール袋を持ってきて、大久保葦歌の死体を放りこむ。ジッパーを閉じてからボタンを押すと勢い良く空気が排出されて、ビニールがぴったりと葦歌にはりつく。そうやって梱包《こんぽう》した葦歌を、璃華子は旅行用のキャリーケースに詰め込む。携帯情報端末を開いて、璃華子は通話を開始。

「チェ・グソン？」

『お待ちしておりました。こちらの準備は万端、整っております。いつでもどうぞ』

「あなた、気取った喋《しゃべ》り方は似合いませんわ。ともかく、また荷物の運送をお願い」

『了解です』

璃華子の携帯情報端末に、画像情報が表示される。ホログラムで再現された学生寮。チェ・グソンの手にかかれば警備状況も筒抜けだ。制服を着て、廊下に出る璃華子。目立たない場所に、清掃ドローン向けのダストシュートがある。チェ・グソンが、ダストシュートのルートを璃華子にとって都合がいいように変更する。携帯でルートを確認後、キャリーケースをダストシュートに投げ捨てる。チューブ状の排出路を、ボブスレーのように滑り落ちていくケース。そして璃華子は女王のように悠然と廊下を歩いていく。

学生寮の裏手に、生化学ごみ処理施設がある。そこでは、細菌やバクテリアで様々な廃棄物を分解する。偽造パスで難なくセキュリティチェックを抜け、その施設内に入る璃華子。校舎から伸びている多数のチューブと、そこに接続されている巨大な処理タンク群。無機質な地下墓地のような空間を、璃華子は優雅に進む。

やがて璃華子はホログラムで偽装された地下への扉の前で立ち止まった。生体認証で扉を開けて、階段をおりていく。――今では知るものは少ないが、ごみ処理施設には地下室があった。打ちっ放しコンクリートの空間に、手術台じみた作業デスクと特大の水槽が据えられている。

この地下室はもともと、焼却炉用ボイラーの発電室だった。施設の改装で地下室が閉鎖されたとき、槙島のはからいで図面の記載から抜け落ちた。槙島は、帝都ネットワーク建設にもコネがある。そのため、ここは忘れ去られた場所となり、犯罪の舞台としては理想的な空間となった。

天井にはダストシュートの出口があり、その真下には陸上部で使うクッションマットが敷かれていた。そこに璃華子が死体を詰めたケースが着地している。

璃華子が入って行くと、チェ・グソンが手持ち無沙汰《ぶさた》で作業デスクに寄りかかっていた。

「薬の方は？」

「そちらに」チェが指差した部屋の片隅には、ポリ容器に詰められた液状の薬品が四ケース積み上げられている。「別に俺の専門は荷運びじゃないんですがね……今回は手当ても弾んでもらえてますし。こんな可愛いお嬢さんのお手伝いってんなら、まぁ文句をつける筋合いでもありませんな」

璃華子は手術用のラバー手袋を両手にはめてから、薬剤の容器を手に取る。蓋《ふた》を開け、中身を水槽にあけていく。無色透明の液体が注ぎ込まれる。

「こんな不思議なものを、槙島先生は、いったい何処から……」

「昔仕込んだ祭りの残り、とは言ってましたがね。誰が作ったモンなのかは知らないし知りたくもないが……そいつはこの妙ちきりんな薬で特許取ったり商いをしたりするより、槙島の旦那《だんな》を愉《たの》しませる方がよほど有意義だと思ったんでしょうね」

「先生の周囲には、いつも才能の使い処を間違えた天才が集まってくるようね。あなたもその一人なのでしょう？　チェ・グソン」

へへ、と照れくさそうに笑うグソン。

「何なんですかねぇ。あの人と一緒にいると童心に返るっていうか……どんな悪戯《いたずら》を仕掛けて世間をあっと言わせてやるか、そればっかりに夢中になっちまう」

グソンは外国の軍隊で破壊工作や電子戦の訓練を受けたという。いくつもの任務を背負って日本にやってきたが、かんじんの「祖国」が崩壊してしまった。問題の多い国だったので、一度ひびが入るとあとはあっという間だった。祖国だけでなく、あまりにも多くの国の政体が一斉に崩壊する時期があったのだ。その結果、目的や行き場を失って十数年もくすぶっていたところを、槙島に拾われた。

「わかるわ。その気持ち」

璃華子はケースを作業デスクの上に運び、開いて再び葦歌の死体を取り出す。

「あなたたちが玩具《おもちゃ》を用意し、それを使って私たちのような悪戯っ子が世の中を騒がせる。……楽しいわよね。本当に」

「ま、俺ら玩具《がんぐ》屋は世間の大人を怒らせる度胸も根性もないんでね。あんたたち悪ガキのやることを眺めて愉しむだけで十分です」

「そうね。そろそろ二つめの悪戯が大人たちに見つかる頃合いじゃないかしら。ニュースに注目しておくといいわ」

「そうさせてもらいましょう」

グソンはコス・デバイスを操作して、自らの外見を桜霜学園の女生徒に偽装した。違法であるはずのフルフェイス・ホロ。公安局のドローンや街頭スキャナに引っかかれば即犯罪だが、特殊技能の持ち主であるグソンは彼らの目には映らない。彼はクラッキングによって守られている。そのまま部屋を出て行こうとする。

「あなた、いつも一番楽しい場面には付き合わずに帰っちゃうのね。勿体《もったい》ないわ」

「あいにく、血なまぐさいのは苦手なもんでね」

そう言い残して、グソンは立ち去る。

一人残った璃華子は嫣然《えんぜん》と笑い、外科手術用ノコギリを手に取る。刃の部分が高出カレーザーにもなるので、簡単に人体を「加工」することが可能だ。

5

――翌日の放課後、王陵璃華子は桜霜学園の美術室にいた。椅子に腰掛け、イーゼルに向かって滑らかに絵筆を振るっている。血のように赤い夕陽が窓からさしこんでくる。美術室には川原崎加賀美もいる。

「それで、私に相談事って何かしら？　川原崎加賀美さん」

「葦歌ちゃん……大久保さんの件なんです。彼女、連絡もなしに授業を欠席してて……その……」

「心配なのね……川原崎さんは友達思いね」

「彼女、わたしの幼なじみで……」

加賀美にとって、葦歌はただの幼なじみではなかった。――どうして葦歌は、王陵璃華子に接近していったのだろうか？　それだけが納得いかなかった。相談にならなかったのに、できることならなんでもしてあげたのに。

「最近、王陵先輩と一緒にいることが多かったから……もしかしたら、と思って」

言いながら、加賀美は璃華子に近付き、肩越しに彼女が描いているカンバスを覗《のぞ》き込んだ。そこに描かれているのは――大久保葦歌の肖像画だった。璃華子の見事な技術によって、二次元に変換された可憐《かれん》な葦歌。ただし、その色遣いは赤や黒が強調されていて、どこか陰惨でグロテスクな気配を帯びている。

「これは……」

「ええ。彼女、素材としてとっても魅力的だったから、私の創作のために協力してもらったの」

絵筆を止め、にこやかに振り向く璃華子。

「女の子同士って、素敵ね。それはそれでモチーフとしてとっても刺激的かも」

「ええと……」

「葦歌さんを展示するにあたって、そういう趣向もいいわよね」

バチン、という音に驚いて自分の腹部を見下ろす加賀美。そこには璃華子が手にした無針注射器が押しつけられている。その注射器は、小型の拳銃《けんじゅう》に似ている。相手の内部に皮膚から直接、即効性の麻酔を注入したのだ。

「あ……?」何が起こったのか理解する間もなく、加賀美は意識を失う。

――加賀美は目をさました。あれから、どれほどの時間が過ぎたのかはわからない。ひどい悪夢のあとのように頭がぼんやりとしている。

「うぅ……ん……？」少しずつ、意識が鮮明になってきて、今いる場所が美術室でなく、見たこともない部屋だとわかる。どこかの地下室。そして加賀美の視線の先には――葦歌がいる。

葦歌――そう呼びかけたつもりなのに、声にはならなかった。「――ッ⁉」ここでようやく加賀美は、自分が後ろ手に拘束され、足首まで縛られて、猿轡《さるぐつわ》をかけられていることに気付く。全力で身をよじるが、プラスチックの拘束具はびくともしない。

そして目の前にいる葦歌は、もう生きていないことは明白だった。

頭部、胴体、両腕、両脚が分解されて、水槽に沈められていたからだ。葦歌の生首が、水槽の底でごろりと転がる。幼なじみの――大好きだった女の子の、変わり果てた姿。

――お願いだから目を閉じて。そんな目で私を見つめないで。

「……幼なじみとの感動の対面、心揺さぶられる場面よね。芸術的だわ」

もがく加賀美の背後の暗がりから、璃華子が悠然と姿を現す。腰をかがめ、怯《おび》える加賀美の頬に指先を添える。

「この感動を、もっともっとたくさんの人に披露したいって……そう思ってしまうのは、やはり表現者の業かしらね」

第八章　あとは、沈黙。

1

葛原沙月の死体が発見された公園から数十キロ離れた——また別の公園。普段はホロで装飾されている雑木林の奥で、山口昌美の虚《うつ》ろな目が空を見上げている。

「…………」それを見下ろす宜野座——死体と目が合う。昌美の死体はやはりバラバラであり、一輪の真っ赤なバラを中心に、体のパーツが花弁のように配置されている。宜野座の他に、征陸、縢、六合塚がいる。周囲でドローンが封鎖用のホロ・テープをはっている。

「二件めか」宜野座がつぶやいた。

「これが藤間幸三郎の犯行なら、六件めですよ」と六合塚。

葛原沙月に続いて、山口昌美も女子高等課程教育機関——桜霜学園の生徒だった。

この学園は文科省の特殊認可を受けていて、定期検診と学力査定以外、すべての色相・犯罪係数チェックを免除されている。つまり、シビュラシステムの目に触れるのは一年にたった一度。何かが起きても、公安局には手が出しにくい施設だ。——それでも、ここは標本事件の最重要容疑者だった藤間幸三郎の勤務先であり、立て続けに発生した猟奇殺人事件の被害者二人——葛原沙月、山口昌美——も在籍していた。実際に踏み込んで調べるしかない。

桜霜学園の学生寮、山口昌美の部屋に、宜野座、征陸、六合塚がいる。彼らの間を、鑑識ドローンが忙《せわ》しく動き回っている。

「手がかりは皆無、か……」征陸は微《かす》かに首をひねる。予想が外れた顔だった。鑑識ドローンは、通常の生活反応以上のものを拾い上げることができない。

「同じ学校から立て続けに被害者が出て、何の関連もないとは考えられん」宜野座は、すでにわかっていることを再確認するように言う。言いながら頭の中を整理しているのだろう。「何か、繋《つな》がりがあるはずだ」

そこへ、コミッサちゃんが聞き込みから戻ってくる。ホログラムを消すと、そこには縢の姿。

「笑えない新情報ッス。さらにもう二人、寮から消えた生徒がいるそうで……。実家に問い合わせても帰宅してない。完璧《かんぺき》に行方不明」

宜野座は苛立《いらだ》って壁を殴った。

「くそッ……俺たちの鼻先で、どうやって次から次へと」

「しかし妙な話だな……校舎も学生寮も、軍事施設並みの厳戒態勢じゃないか。俺たちが立ち入り捜査するのにも文科省からネチネチと嫌味を言われたし……」と苦い顔で征陸。「ここから犠牲者を連れ出す方法なんてあるのか？」

「そもそも、藤間幸三郎が三年ぶりに戻ったのだとしても、なぜ今になって桜霜学園の生徒ばかりを標的にする？」と宜野座。「あまりにも露骨すぎる」

「藤間にとって、この学園はいわば古巣です」と六合塚。「どこか警備の穴になる抜け道を知っていたのかも」

「有り得ますよねー」滕が軽い口調で言う。軽いのは声だけで、目はまったく笑っていない。「この学園、創設二〇〇年でしたっけ？　敷地の中は増減築の繰り返しでもうメッチャクッチャですから。見取り図とかヒドイもんですよ。眺めてるだけで目眩《めまい》がしてくる」

「まさか……殺しの現場も、ホシの隠れ家も、ぜんぶ学園の中、ってことはないですか？」

六合塚の言葉に、不穏な予感を覚えて顔を見合わせる刑事たち。

一方――公安局の刑事課オフィスでは、朱と狡噛だけがデスクについている。二人とも、淡々とデスクワークに没頭している。朱のパソコンモニタに映っているのは、今までの事件でたまっていた報告書と始末書。地味な作業を続けながら、朱は狡噛の動向を気にしている。

「………………」ちら、ちらとパソコン越しに狡噛の姿を盗み見る朱。

まったく気にしていない様子の狡噛。

やがて朱は、急に立ち上がって狡噛のデスクに駆け寄って、ぱっとそのモニタを覗きこんだ。狡噛がやっていたのはやはり地味なデスクワークではなく、今朝発見された死体――山口昌美――の資料分析だった。

「やっぱり事件の情報……！　唐之杜さんの仕業ですね！」

「誰の仕業でもないさ。いつの間にか俺の端末に入ってた」狡噛は涼しい顔だ。

「そういう子どもみたいな言い訳を……」

「どう思う？　あんたも目を通してはいるんだろ？」

「どう、って言われても……薬剤の分析結果からも、三年前の事件と同一犯の可能性が高まったとしか……」

「俺は、まったく逆の感想を抱いた」

「逆？」

「ああ。三年前の事件だと……例えば、こいつだ」古びて黄ばんだプリントアウトのファイルを朱に投げ渡す狡噛。ホログラムにまだまとめていない、狡噛の自作資料。

「……犠牲者の一人は、汚職疑惑のかかった衆院議員だった。犯罪係数の虚偽申告、あるいは急速上昇を疑われたが、議員特権で再計測を拒否。マスコミや野党の追及を『記憶にございません』とかカビの生えた言葉で切り抜けようとした。それが、死体で発見された。頭蓋骨《ずがいこつ》が綺麗《きれい》にカットされて、脳がすっぽりくり抜かれた状態でな。被害者の肛門《こうもん》には、記憶について重要な働きをするとされる脳のパーツ……海馬が突っ込まれていた。佐々山の殺され方もそうだが、あのときの犯人は殺し方や死体の飾り方に、何らかの意味合いをもたせようとしてるフシがあった。被害者は四人。死体が発見されたのは、すべてまったく異なる場所。ホロ・イルミネーションの裏側、高級料亭、動物園、アイドルがライブ用に組んだステージの真上……しかし、今回は二件続けて『公園』だ。舞台設定に芸がない」

「『芸』って……」朱は、狡噛のこういう言葉の選び方にたまについていけない。

「今回の二件からは、歪《ゆが》んだユーモアやメッセージ性も感じない。美しく、悪夢的で、芸術作品のようだが、何かが致命的に欠けている」

「……何か、とは？」朱は思わず訊《たず》ねる。

狡噛は少し考えてから、ポツリと、

「オリジナリティ……」

「オリジナリティ……ですか？」

「こんな手間をかけた殺しなのに、犯人の主張がウスい。自己満足的だ。少なくとも俺には感じられない」

「主張、って……人を殺すのに、ただの殺意以外にどんな理由が……」

「少なくとも藤間幸三郎にはあった。奴にとっての殺しは、ただの素材の下準備でしかなかった。そこまでは今回の殺しも共通だ。だがそこから先は？　死体の……作風とでもいうか。まるで違う。まったく別の犯人像が見えてくる」

「ええと……」

「知能が高く、シビュラ判定では高収入の職業を割り当てられている。しかし、かなり若い。もしくは精神年齢が低い犯人。親に精神的に依存している。協力者がいる。……犯人が男なら母親と二人暮らし、女なら父親とだな。死体を性的に侮辱する要素の少ないことから、幼児期の虐待は受けていないと推測できる」

「それは……」

「プロファイリングもどき」おもむろに椅子から立ち上がる狡噛。「監視官、外出許可を申請する」

「え……？　それって、私が同伴しないと」

「だから、ついてこいと言ってるんだ。仕事だ」狡噛は肉食獣の笑み。

ああ、またこの顔だ、と朱はほんの少しだけ不安になる。

2

その施設は、芸のない巨大な箱のように見える。狡噛の目的地――郊外に、人目を避けるようにして建っている高強度潜在犯隔離施設。朱の覆面パトカーで、その施設の正面出入り口前につける。門柱のプレートには「所沢矯正保護センター」とある。箱の中は、およそ三重の隔壁で仕切られている。一番外側の隔壁に、ドローンによって厳重に警備された駐車場があった。

「ここは……」朱は修学旅行の学生のようにあたりを見回す。

「来るのは初めてか？　まぁ、足を運ぶ理由もないか」

車を降り、エントランスに向かう狡噛。ついていく朱。施設内はどこでも監視カメラとドローンの目が光っている。

「監視官……あんたや宜野座から役立たずだと判断されたら、俺はここに放り込まれて二度と出てこられなくなる」

「……でも、今こんな所に来て、いったい何を？」

「俺の勘が正しければ、今回の死体の加工にはきっと『元ネタ』がある。だからその筋の専門家に話を聞く」

朱の身分証明で隔壁を通り抜けて、地下病棟へ。


狡噛と朱はエレベーターを降り、殺風景な廊下を歩いて行く。警備ドローンだけではない、暴徒鎮圧用の電撃ネットや強烈な放水銃によってアリが這《は》い出る隙もない。

「ここから先は、犯罪係数三〇〇以上の重篤患者が隔離されてる。定期検診だったりセラピーだったり……エリミネーターで撃たれる前になんとかシビュラシステムの網に引っかかったある意味幸運な連中だ。警備はほぼ自動化。施設はオフラインで電気系統も独立。有事の際には通風口から毒ガスが出る仕組みだとか……。このフロアの監房は、いつだって処刑室に早変わりする」

「そんな……」

「こいつらは外に出られたとしても、即刻ドミネーターに処刑宣告を食らってミンチにされる連中だ。生きていられるだけ、檻《おり》の中のほうがまだマシか……それとも、死んだほうがマシなのか。執行官適性を待っている者もいるだろうな。潜在犯に与えられた最後の自由だ」

「…………」朱はもう、何も言えなくなってしまった。自分が当たり前だと思っていたほとんどのことは、実は社会の表層に過ぎなかったことをまざまざと見せつけられたのだ。

合金製の扉が並んでいる。潜在犯監房はすべて個室。扉の横には大きなモニタがついていて、中の様子を簡単に確認することができる。つまりここの潜在犯には、一切のプライバシーが存在しない。廊下を進む狡噛のあとに続きながら、左右の監房モニタを覗《のぞ》き込む朱。ある監房では、髭《ひげ》を生やし放題の薄汚れた中年男が分厚い本を読みふけっている。その男は、文字通り本の海で溺《おぼ》れそうになっている。また別の監房では、青白い肌の青年が古い家庭用ゲームをプレイしている。それぞれ危険性の少ない玩具《おもちゃ》を与えられ、大人しく無為な時間を過ごしている。

奥まったところの監房の前で狡噛が足を止めた。

モニタによれば、そこに収監されている人物の名前は——足利紘一《あしかがこういち》。スキンヘッドで筋肉質な背の高い男。彼はぴっちりとしたビキニの下着一枚で、全身にびっしりと刺青《いれずみ》が彫られている。その刺青は「皮膚の下」を描いたもの——つまり筋肉や骨格の絵柄だ。動く人体標本のような不気味な姿。今は、右の太股《ふともも》に新たな絵柄を自ら彫り込んでいる最中だ。朱の身分証明でロックをほんの一部だけ解除。狡噛が、扉の覗き窓を開ける。

「……あーら、ワンコちゃん。お久しぶり」

覗き窓は、百科事典がギリギリ受け渡しできるほどのサイズだ。しかしそれは朱には、天国と地獄の境目のように見えた。足利は立ち上がって、その覗き窓に顔を近づける。この潜在犯は他の潜在犯とは違う——瞬時に朱はそう感じ取った。そう感じた最大の理由は、足利の目だ。人間っぽくない。変温動物——爬虫類《はちゅうるい》の目をしている。

「随分と絵が増えた。もう描く場所がないだろう」狡噛は微笑んでいる。

「こう見えても身体は柔らかいのよ私。鏡さえあれば背中だって楽勝」足利も笑う。

「ニュースは見てるか？」

「芸術に理解のない世の中なんて、あんまり興味ないのよね」

狡噛は覗き窓から、葛原沙月と山口昌美の死体写真を足利に見せる。

「この死体に類似性のある作品を探してる。絵画、彫刻、映像、漫画、文芸作品でも構わない」

「あら、良いデキじゃない。王陵牢一のアートそのまんま」

狡噛は朱に目をやり、

「知ってるか？　王陵牢一」

「いえ……」朱はかぶりを振る。

朱と狡噛の反応に、足利は大袈裟《おおげさ》にため息をついてみせる。

「はぁ……王陵牢一の名前も残らないなんて、ほんと嫌な時代。昔はたとえ有害指定くらっても誰かがネットのアーカイブで保護したもんだけど。そういう根性ある子はもういないの？」

「みんなお前と一緒に塀の中、さ。シビュラシステム様々だ」

足利は備え付けの本棚から一冊の画集を手にとって、パラパラとめくり、目的のページを開いて狡噛に見せる。葛原沙月の死体とまったく同じ構図のイラストレーション。

「ね、そっくりでしょ？」

その類似性に朱は息を呑《の》む。

「私の店でも、彼の作品には良い値がついたわ。浮ついた流行《はや》り物じゃなくて、きちんと根源的なテーマが見て取れたからよね」

「助かったぜ」

「私ね……獣姦《じゅうかん》が趣味なのよ。ねぇお礼にセックスしてよ。しゃぶってあげる、ワンコちゃん。かわりにこっちも喉《のど》の奥まで突っ込んであげるから……」

足利の発言に、呆然《ぼうぜん》とする朱。狡噛は涼しい笑顔で受け流し、

「そのうちにな」

と言って、覗き窓を閉めた。

「捜査資料から検索だ。王陵牢一、何か引っかかる項目はないか？」

「ええと……」

慌てて携帯端末を操作し、表示されるデータに目を走らせる朱。

「桜霜学園に……同じ名字の生徒が在籍してます。この子、血縁者ですよ。狡噛さん」

3

桜霜学園の校舎では、征陸がコミッサちゃんのホロコスで生徒に聞き込みを続けていた。「不審な人物を見かけたりとかは……」この姿だと、未成年にそれほど警戒されずにすむ。藤間の写真を見せたりもしたが、手応《てごた》えはあまりよくない。六合塚が学園内の防犯記録にあたっているが、今のところ「何を検索すればいいのか」という最初の設定が上手《うま》くいっていないので、成果を出すのは難しいだろう――。そんなことを考えていたら、目の前を無造作に狡噛が通り過ぎたので征陸は驚いてホロコスを解除する。「おい、コウ!?」突如コミッサちゃんの下から現れた征陸に、今度は女生徒たちが驚く。

平然と先を急ぐ狡噛。騒ぎを聞きつけて、宜野座が駆けつける。

「あの馬鹿はッ！」

狡噛を取り押さえようと宜野座が手を伸ばしたところに、朱が割り込んだ。

「待ってください！　生徒の中に容疑者がいるんです！」

狡噛は荒々しい足音を立てて廊下を早足で進む。初老の教師がそれを見咎《みとが》めた。

「君ッ！　一体どういうつもりだ！　生徒たちを刺激しないよう、捜査活動には十分に配慮しろと再三こちらは文科省経由で……」

狡噛は教師を完全に無視して、美術室を目指す。がやがやと集まってくる野次馬——生徒たち。乱暴に美術室のドアを開けると、そこでは璃華子がイーゼルのカンバスに向かっている。狡噛に、落ち着き払った冷たい眼差《まなざ》しを向ける。

「王陵璃華子だな」

「それが何か？」

狡噛は、上着の下、背中側につけたホルスターからドミネーターを抜いた。銃口を璃華子に向けると、ドミネーターは即座にエリミネーターモードに変形。『犯罪係数・四七二・執行モード・リーサル・エリミネーター・慎重に照準を定め……』

だが、先ほどの教師が狡噛に飛びついた。腕をつかんで、ドミネーターの銃口を下げさせる。この学校は古風であることが「売り」だ。この教師も、昔ながらの熱血教師的なスタイルを演じているのかもしれない。

「くそッ」

狡噛は右手でドミネーターを持ち、左手でその教師を自分の体から引き剝《は》がした。それでも教師が食らいついてくるので、軽く蹴《け》って教師の動きを止める。ようやく銃口を上げるが、すでに璃華子は廊下に飛び出し姿を消している。

「や……やめろ!」

なおも狡噛にすがりつこうとする教師を、後ろから駆け寄ってきた征陸がタックルして床に組み伏せた。

「コウ、捜せ!」

「わかってるよ、とっつぁん!」

そう言って飛び出したものの、狡噛は何かがおかしいと感じていた。容疑者——王陵璃華子——のあの落ち着きかた、まるで逃げる算段はとっくに整っていますとでも言いたげだった。

携帯に、宜野座からの通信が入ってくる。

『今すぐ学園全域を封鎖しろ! ありったけのドローンを動員だ!』

——美術室で何かあったらしい。公安局の刑事たちは、容疑者を追跡するのに忙しくてまだ現場の保全にまで手が回っていない。王陵璃華子がここにいたという、彼女が猟犬たちに追われているという――。騒動が広がって、興味を持った生徒たちが美術室をのぞきこんだ。そのなかに、霜月美佳の姿もあった。嫌な予感が止まらない。生徒が行方不明になったと聞いて、美佳は最悪の事態も想定していたが、まさか本当に加賀美が璃華子に会いに行くなんて――。しまった。ぼんやりしていた。やってしまった。なんであんなことを言ってしまったのか。いや理由は自分でもわかっている、子どもっぽい嫌がらせのつもりだったのだ。嫉妬《しっと》していたのだ。璃華子が直前まで描きこんでいたというカンバスを見て、嫌な予感は確信に変わった。その肖像画が誰なのか、知っている人間なら見間違えようがない。

「これって……加賀美……」

4

ホログラム・モニタやセンサー用のコンソールが並んだ、桜霜学園のセキュリティルーム。そこに正規の警備員とは別に、刑事課一係の面々が詰めかけている。

「生徒一人見つけ出すこともできないってのはどういうことだ!?」

苛立《いらだ》ちを隠しもせずに宜野座が怒鳴り散らして、警備員と教師たちが縮み上がった。

「ここ、出入りに対するセキュリティばっかり厳重で、いざ中で隠れんぼとなるとザルもいいとこですよ。監視カメラの配置なんざ死角だらけなんで」と縢。「っていうか、それが『裕福な生徒たちへの配慮』ってことなんでしょうけど」

「……過去数日分の監視カメラの録画から、王陵璃華子の姿だけをピックアップできるか？」宜野座とは対照的に、狡噛は冷静そのものだ。

「本部のラボに支援させれば、その程度の画像検索はすぐにでも……」と六合塚。

「やってくれ」

警備員たちを押しのけてコンソールにつき、六合塚が本格的に操作を始める。宜野座は深く息を吐いて気を静めると、改めて狡噛に向き直る。

「しかし……王陵牢一だと？　そんな絵描きがいたなんてどうしてわかった？」

「オリジナリティ……ですよね？　狡噛さん」さも自慢げに朱が口を挟む。

「何だって？」厳しい口調の宜野座。

「いや、だからその、犯人のメッセージ性にー、芸がないから、その、プロファイリングによって、ですね……」

宜野座は、朱から狡噛に視線を移す。

「狡噛……あの二件は藤間幸三郎の犯行ではないと、お前は最初から見抜いていたのか？」

「今回の犯人は、ただ目につけばいいというだけで遺体の陳列場所を決めていた。二回続けて公園を選ぶなんて、藤間だったらあり得ない。ヤツは作品を見せるべき相手と伝えるべきテーマに拘《こだわ》りがあった。葛原沙月と山口昌美を殺したのは、ただの模倣犯……世間を騒がせたかっただけの、ガキの思いつきだ」

「だからといって、まだすべてが王陵璃華子の仕業だったと決まったわけではない」

「どうであれ、あんな犯罪係数をマークした娘を放っておくわけにはいかない。そうだろ？」

ドミネーターの情報は共有されている。

そこに、作業を終えた六合塚が割り込む。

「画像検索、完了。ブラウズするわね」

モニタ上にずらりと並ぶ無数の画像。すべて王陵璃華子がカメラに収まった瞬間だけをサムネイル化したものだ。

「……ふむ、社交的な子だったんだな。常に取り巻きがついてる」と征陸。

「だからこそ、独りで行動している場面は訳ありと考えていい」他とは明らかに違う背景で、璃華子が単独で写っているサムネイルを指差す狡噛。「……この画像。寮でも校舎でもないな。どこのカメラだ？」

「寮の裏手にあるごみ処理施設ね。こんな所に何の用が？」と怪訝《けげん》な顔つきで六合塚。

「行ってみよう」狡噛はすぐに動き出す。

璃華子が単独で写ることが多かったのは、生化学ごみ処理施設周辺のカメラだった。ドミネーターを手に、用心深く施設内を捜索する刑事たち。ドミネーターの検索機能を使って、ホログラムによって偽装された壁を発見。

「……ギノ」ハンドサインで宜野座ほか同僚たちに指示を送る狡噛。慎重にホロの壁の中に踏み込む。続いてバックアップする六合塚と征陸。すぐに生体認証でロックされた隠し扉に行き当たる。ドローンのドアブリーチ。蝶番《ちょうつがい》をふっ飛ばして中に入る。

隠し部屋だ。地下室への階段を下りていき、ホルスターにさしこんでいたフラッシュライトであたりを照らす。光の輪の中に現れる、人体による彫刻作品。バラバラにされた手足が複雑に交差している。どう見ても二人分のパーツが使われている。行方不明の大久保葦歌と川原崎加賀美だろう。狡噛に続いて部屋に入ってきた六合塚と征陸が顔をしかめる。さらに後から入ってきた朱が、思わず口元を押さえる。

桜霜学園の職員室にて、偽装経歴で教師としてデスクについている——槙島聖護。仕事をしているふりをしながら、小型のイヤホンから流れてくる音声に耳をすましている。槙島は、学園内の各所に盗聴器を仕掛けている。それはもちろん、セキュリティルームも例外ではない。

『狡噛……あの二件は藤間幸三郎の犯行ではないと、お前は最初から見抜いていたのか？』

『今回の犯人は、ただ目につけばいいというだけで遺体の陳列場所を決めていた。二回続けて公園を選ぶなんて、藤間だったらあり得ない。ヤツは作品を見せるべき相手と伝えるべきテーマに――』

「……ッ」公安局の刑事たちの会話に、声を殺して笑う槙島。それに気づいた同僚の女性教師が声をかけてくる。

「柴田《しばた》先生、音楽ですか？　それとも教材とか……」

イヤホンは、外の音声を通すように設計されていた。槙島は答える。

「……両方ですね」

「両方？」

そのときだった。職員室に、若い男性の警備員が血相を変えて駆け込んでくる。

「先生がた、すみません！　大変です、学園内から生徒の死体が出ました！」

教頭以下、動転した教師たちが大慌てで職員室から飛び出していく。一人残った槙島は、透明な微笑を浮かべて、チェ・グソンに作らせたクラッキング・ツールのカードを職員用のコンソールにさしこむ。警備システムのサーバに侵入を開始する。

5

　地下室から大久保葦歌と川原崎加賀美の死体が運び出されて、とりあえず専用の運搬車両に積まれていく。がやがやと騒ぐ野次馬の女生徒たちから少し離れた場所に、思い詰めた顔の霜月美佳がいる。葬儀で出棺を見送るときのように、加賀美をのせた車に悲痛な視線を送っている。——そんな彼女の存在に気づいて、六合塚が近づいていった。

「見つかったのは……大事な友達だったのね」

「……わかりますか？」

「顔を見ればね」

　六合塚は無表情だ。しかし仕事のためにつけた仮面の裏側からは、かすかに同情や優しさがにじみ出している。

「……私は、あの子に大事なことを伝え損ねました。葦歌葦歌って……全然私のことなんか気にしてくれなくて……」言葉を重ねるうちに、美佳はどんどん泣き顔になっていく。「王陵璃華子に相談しろって、あの子に勧めたの、私なんです……一人で行かせるべきじゃなかった……私が殺したようなものです……」

六合塚は、そんな美佳の肩を軽く抱き寄せる。

「……今のうちに泣いておきなさい。じゃないと、色相が濁っちゃうわよ」

美佳の涙腺《るいせん》が決壊した。六合塚の胸に顔をうずめて慟哭《どうこく》する。


他に誰もいなくなったセキュリティルームで、狡噛は椅子に座って一人物思いにふけっている。手慰みに、監視カメラが記録した王陵璃華子の映像を順番に表示していく。明るく優雅に振る舞う璃華子の日常を、ぼんやりとチェックしていく。学園内の封鎖に使っているドローンの手が空いたら、それを使って公安局に全データを送る予定だ。そこへ、宜野座が入ってくる。

「……ここにいたか」

「遺体の回収は終わったのか」

「ああ。だが、とても遺族には見せられん……」宜野座は明らかに気落ちした様子だ。

「……最初から捜査にお前を加えていれば、あとの二人は救えたんだろうか？」

「さあな……いや、無理だったな。二人めの犠牲者が出るまでは、情報が少なすぎた。全部、手遅れだったんだろう」

「……説明のつかないことが、多すぎる」宜野座は眉間《みけん》にしわを寄せた苦しげな顔で言う。「王陵璃華子の逃走経路、あの地下室の設備……どう考えても女子生徒一人が賄いきれるものじゃない。今回も裏に何かある。ひょっとすると、お前の言うとおり……」

宜野座が言い終わる前に、狡噛は異変に気づいて身を乗り出した。モニタに映していた璃華子の録画が、突如豪雨のようなノイズに呑《の》み込まれていく。

「……おかしい」

「どうした？」

「データが次々と破損していく。さっき六合塚が検索したときは、どの録画も無事だった！」

録画データの一覧を表示する狡噛。ずらりと並ぶ、内容の破損を示すアイコン。

「なんてこった」宜野座が頭を抱えた。「美術室のカメラのデータが、集中的にやられてる」

「全滅か……いや、こいつはなんとか」

咄嗟《とっさ》に狡噛は、セキュリティルームをオフラインに。しかしまだ内部でクラッキングが進行中。六合塚が差しっぱなしにしているメモリーカードに気づいて、そこにまだ無事だったファイルをコピー。すぐにカードを抜いて、物理的にクラッキングから切断。携帯情報端末にデータを移して、再生する。映像は砂嵐のまま、多少雑音はあるがなんとか人の声が聞こえてくる。

『──辱めを受けた命から解放されて、ラヴィニアは幸せだったと思うかい？』

『「娘が辱めを受けた後も生き長らえ、その姿を晒《さら》して悲しみを日々新たにさせてはなるまい」……でしたっけ？　槙島先生』

槙島。その名前に、狡噛と宜野座は同時に凍りつく。

6

その地下鉄は廃棄され、半分以上が水没している──。旧、都営地下鉄三田《みた》線。その線路は、まるで浅い川のようになっている。廃棄区画と同じく、「シビュラシステム社会には必要ないが、犯罪係数が高いわけではない」人間を収容するためにあえて荒れるがままに放置されているので、ある意味ではここも政府施設と言える。しかし湿った旧地下鉄は衛生面・温度的にも劣悪で、冬場は特に人がいない。

そんな寂れた地下の廃墟《はいきょ》に、王陵璃華子とチェ・グソンが踏み込んでいく。学園からここまで逃走経路を示したのは、女生徒にホロコスで偽装したグソンだった。中は真っ暗なので、璃華子はグソンから受け取った災害対策の小型ライトを使っている。

地上二階、地下一階構造の駅。地下はほぼ水没。璃華子は地上一階の南口から、停止したエスカレーターを上がっていく。

——しくじってしまった。

璃華子は自分の眉間に余計な力がこもるのを感じる。死体の飾り付けには、遠隔操作のドローンを使っていた。それが発見されたり、逆探知された形跡はない。ということは、何か想定外の証拠を残していたのか——。王陵牢一の作品との関連性？　まさか。チェ・グソンからの情報だと公安局の芸術作品に関するデータベースは貧弱だし、ネット上のどんなアーカイブにも父の作品がもう残っていないことは確認済みだ。

桜霜学園は居心地の良い場所だっただけに、もったいない。何より、セックスの相手に不自由しなかった。槙島聖護は、どんな逃走先を用意してくれているのだろうか。話によれば、槙島の協力者には外国人もいるそうだが——。

ふと、原因不明の悪寒が背筋に走った。

「本当にこのルートで確かなのね？　チェ・グソン……？」

はっとして振り向く璃華子。すぐ後ろに続いていたはずのグソンの姿がない。そのとき、璃華子の携帯に着信。槙島聖護から。

『……念のため、最後に質問しておきたい。王陵璃華子、なぜ僕を失望させることになったのか、君自身に自覚はあるかな？』

「……何の話です？　私がいったい何を？」

——証拠のことか？　それとも殺す相手の選別？　何がなんだか、璃華子にはわけがわからない。

『うん。自覚がなければ反省のしようもない。やはり君にこれ以上の成長は期待できないようだ。もっと前途有望な子だと思っていたんだが』

「槙島先生！　いったいどういうことなんです⁉」

その直後、璃華子の携帯がいきなり「圏外」の表示になる。

「な……何なの？」


闇の中で起動する二台の猟犬ドローン〈カフカ〉と〈ラヴクラフト〉。警備活動用の巨大なボディに、特殊合金製の牙《きば》や爪が取り付けられた異形の姿。レーザーセンサーのスキャンが璃華子の姿を捉《とら》える。闇の奥から現れた攻撃的な外観のドローンに驚き、璃華子は逃げ出す。二台の猟犬ドローンは凄《すさ》まじい勢いで追いかける。

そんな追跡劇を高みから見物しながら、泉宮寺豊久が身だしなみを整えている。英国紳士の狐狩りファッション。古風なブーツを履き、ネッカチーフを締め、帽子の具合を確かめている。ポケットから出した鎖付きの懐中時計で時刻を確認。

璃華子は、壁の細い隙間に身を潜め、追ってくるドローンをやりすごした。

「…………」そのまま隙間道を通り抜けて、反対側の道から逃走を再開した次の瞬間、古めかしいトラバサミの罠《わな》を踏んでしまう。「！」足に食い込むスパイクの痛みに絶叫する璃華子。腱《けん》が切られた。右足首が千切れそうになっている。涙をこぼしながら必死にトラバサミを外し、璃華子は這《は》って逃げる。必死の思いで携帯を操作し助けを呼ぼうとするが、液晶表示はやはり「圏外」のまま。そこへ反対側の道から猟犬ドローンが追いつき、璃華子の手を噛《か》む。手のひらが縦に裂けて、携帯情報端末が砕け散る。

「……くぅう……！」

もはや逃げる気力も失い、うずくまる璃華子の前に、悠然と歩み寄る泉宮寺。手にした猟銃の照準を、璃華子の眉間に据える。

「ゲームセットかね？　お嬢さん」

血まみれになりながら、それでも璃華子は気丈に笑ってみせる。

「……あなただって、いずれ槙島先生が飽きたら、捨てられる……」

「ご心配なく」

泉宮寺は発砲。

頭部が吹っ飛んで宙を舞い、璃華子は水がたまった地下鉄の線路に落ちていく。

「君は結局楽しませる側の子狐だったようだが、私は彼と同じく、楽しむ側のプレイヤーでね」

泉宮寺の銃声が、駅の二階にまで届いた。そこに槙島がいる。タイタス・アンドロニカスの文庫版を静かに閉じて、王陵璃華子に手向けの一言をつぶやく。「……『この女の生涯は野獣に似てあわれみに欠けていた。死んだ今は野鳥程度のあわれみが似つかわしい』」

槙島の隣には、チェ・グソンがいる。

「いいんですか？　あの娘《こ》、結構お気に入りだったんでしょうに」

「惜しいといえば惜しかったかな。ただ、あの娘は何もかもが少しずつわかり易すぎた……。それよりも、気になる男を見つけたよ。ちょっと情報を集めてほしい」

「はいはい、なんなりと……」

「昼間、学校に来ていた公安局の刑事課、おそらくは執行官。名字までしかわからないんだが――狡噛、というそうだ」

「そりゃあまた……妙な奴に目をつけましたね」

「ああ。あの洞察力と理解力、とても興味深い。何かを僕に与えてくれそうな気がする」

第九章　楽園の果実

1

公安局によって封鎖された桜霜学園の美術室。

狡噛は自分の携帯情報端末から、唯一の手がかりを再生している。

『――辱めを受けた命から解放されて、ラヴィニアは幸せだったと思うかい？』

『「娘が辱めを受けた後も生き長らえ、その姿を晒して悲しみを日々新たにさせてはなるまい」……でしたっけ？　槙島先生』

「まさに、この部屋に、いた」

そうつぶやいた狡噛の前には、朱がいる。

「あと一歩でしたね……王陵璃華子はすでに指名手配されています。時間の問題で……」

「消えるさ」と狡噛。

「えっ」思わず小さな驚きの声を返す朱。

狡噛は続けて言う。

「消されるか、消えるか……どちらかはわからないが、その程度の手品は使える相手だ」

そのとき美術室のドアが開いて、不機嫌そうな顔の宜野座が入ってきた。もう一人の監視官は、いきなり狡噛の肩を軽く殴る。

「ちょっとこい、話がある」

「なんなんだよ」狡噛は苛立《いらだ》った声を出すが、監視官の命令には逆らわない。

狡噛と宜野座が出ていって、朱は美術室にポツンと一人取り残された。

「えっと……」朱は考える。——つまりこれは、宜野座さんが狡噛さんに、私には聞かれたくない話があるということなのだろう。追いかけないほうがよさそうだ。それにしても、二人が帰ってくるまで何をしていようか？

宜野座は、階段の踊り場で立ち止まった。桜霜学園の校舎は現在閉鎖中。生徒はいないので、立ち話をしても人に聞かれる心配はない。

「狡噛……まぁ、その……」宜野座は何かをためらうような口調だった。「詳しくは調べてみないとなんとも言えないが、『マキシマ』の件……」

「それが？」狡噛は早く、どこか適当な場所でタバコが吸いたい。

「王陵璃華子の背後には、マキシマがいた。連続猟奇殺人の主犯としては、彼女は若すぎる。協力者がいなければ、例の薬剤が手に入るわけもない。今までの流れからして、マキシマが三年前の事件とも、無関係ということはないだろう……だから、だな……」

「なんだよ、今日のことに文句があるならはっきり言え」

「すまなかった」

「………………」旧友の謝罪に、狡噛はぽかんと口を開けてしまった。

「感情的になっていたのは、俺のほうだった。やつは、お前の妄想じゃなかった」

今の宜野座は、職員室に呼び出された学級委員のようだった。普段は優等生なのに、つい出来心の万引きをやってしまったそれが露見したときの顔。狡噛は少し笑ってしまう。

「……気にするな。執行官の言うことはいちいち疑うのが監視官だ。そういうものだろ？」

「だが……」

「獲物の尻尾《しっぽ》が鼻先をかすめたみたいな感じだ」

狡噛の笑みが、静かなものから荒々しいものに変わっていく。

「俺はいま、久しぶりにとてもいい気分だよ、ギノ」

2

——自宅の寝室で、パジャマ姿の朱が姿見の前に立っている。手にはコンパクトミラー型のコスチューム・デバイス。デバイスのタッチパネルを操作し、「Formal」「Sports」「Evening」「Holiday Casual」など並んでいるメニューの中から「Urban Trendy」を選択。

デバイスをシェイクし、仕事着とは違う、華やかな衣装のホログラムを次々と身にまとう。一振りするたびに衣装の組み合わせがランダムに変化。軽くポージングしてコーディネイトを確認する朱。その様子を楽しげに見つめているホロアバターのキャンディ。推測回路が働いて、いつの間にかその姿が探偵風に変わっている。——やがて、

「よし！」

と朱はうなずいて、服の組み合わせを決定。

『お決まりですかー？』

「うん、この組み合わせで『お気に入り』に登録。クローゼットに足りないものは、明日までに届くようにネットで注文しておいて」

『衣装ホロだけではご不満ですか？』

「明日は、正式な仕事じゃないし……普通に着ていこうかな、って」

キャンディ、はたと気付いた風に手を打ち鳴らす。

『もしかして、デートとか……』

朱は顔を真っ赤にして、

「ち、違うよっ！」


朱の自宅。前日の「お気に入り」通りの服に着替えた朱。寝室で薄いメイクを終える。そんな朱の横で、カタログをホロ表示するキャンディ。

『デートのお相手にご贈答品は如何《いかが》ですか？　あとは花束のコーディネイトも……』

「違うって言ってるでしょ！　キャンセル！　関連メモリ削除！」

『かしこまりましたぁ。推測回路、リセットしまーす』

当たり前のことだが、家庭管理用AI、ホロアバターは主人に素直だ。

朱は立ち上がってリビングに向かい、時計を見る。

「まだちょっと早すぎるかな……キャンディ、何か適当にニュース」

『厚生省からおすすめの動画がアップされてまーす』

「じゃ、それで」

厚生省・機械化保健局提供のニュース番組――「あなたを変える明日の高度医療」が始まる。モニタ上に、司会者の女性とゲストらしき老人。

『本日は、全身サイボーグ化のパイオニア、地下再開発をすすめる帝都ネットワーク建設の会長、泉宮寺豊久さんにお越しいただきました』

『……よろしくお願いします』


古いパリの街角を意識した、オープンカフェ風のホログラム・スタジオセットでの収録番組。爽《さわ》やかな人工の日差しを浴びながら、小さな丸いテーブルを挟んで、女性司会者と泉宮寺豊久が向かい合っている。

「義手・義足の高性能化がすすみ、ホログラム装飾の効果もあってか、医療目的のサイボーグ技術は私たちの生活にすっかり馴染《なじ》んだものとなりました。しかし……今日のゲストである泉宮寺会長のように、脳と神経系以外すべてをサイボーグ化した例はまだまだ珍しいものです」

「不思議なんですよ。なぜみな、早く不自由な肉体を捨ててしまわないのか」

「不自由……ですか？」

「肉体は魂の牢獄《ろうごく》だとプラトンは言いました」

3

公安局――執行官隔離区画の出入り口前。運転してきた車を駐車許可スペースにとめる。そこにはすでに、狡噛が待っていた。執行官だが潜在犯でもある彼には、ぴったりと守衛ドローンがくっついている。――しかしそれにしても、ドローンが彼に近づき過ぎている気がする。いつも通りのスーツ姿である狡噛も、なぜかうんざりした表情だ。

「いきなり不機嫌そうですね……狡噛さん」

「タバコ吸おうとしたら、そこのガラクタに噛《か》み付かれそうになったんだよ」

ガラクタ、という言葉に反応して狡噛に向かってさらに一歩近づく守衛ドローン。

「ンだ、コラ」と守衛ドローンを蹴《け》ろうとする狡噛。それを止める朱。

「いきなりなんなんですか、もう！」

舌打ちしながら、狡噛は朱の覆面パトカーに乗り込んだ。

朱は怒って、ほんの少しだけ頬を膨らませる。

「……悪いな」

「はい？」狡噛の謝罪に、朱は戸惑った。彼が何について話しているのか、悩む。今の守衛ドローンとのやりとりについての謝罪なのか、それともこの外出そのものの話なのか——。

「執行官は、一人じゃ街を歩けん」

「ああ、はい」そっちか、と朱は理解した。「いえ、気にしないでください。私も、興味があるので」

朱が車を出すと、途中で停止していたニュース番組が再開する。

「消します？」

「いや、別にいい」

その番組では、帝都ネットワーク建設の会長——泉宮寺の話が続いている。

伝説的な人物の一人だ。海外での大型建築物から厚生省のノナタワーまで、彼の会社が手がけた仕事は数え切れない。シビュラシステムの導入前——世界経済が完全に崩壊した大混乱期を乗り越えて、東京の再開発事業の現場を指揮したのも泉宮寺だ。

そういった過去の業績がとてつもないうえに、第一線を退いた今も彼を話題の人にしているのはその「体」だ。機械の体。彼の体を動かすのは、人工臓器と人工血液、大量の分子モーターが稼働する擬似細胞。顔や体の表面は、極めて精巧な高分子化合物によって構成されており、いかにも「ロボット」という感じはしない。

泉宮寺の脳と神経系は生身からほぼそのまま移植されたものだ。その脳はワイヤレスでボディの制御系につながっている。ニューロンの信号は即座にデジタル化され、人工筋肉はその命令に「肉の体」よりも素早く反応する。

「私は一〇〇歳を超えています。しかし、人生はますます楽しみを増している。老いを克服することが、これほどまでに幸福なこととは……機械の身体を受け入れない限り理解はできないでしょう」

「しかし、最新の技術をもってしても、脳の寿命は一五〇年程度とされています。脳の完全な機械化は、まだまだクリアできていない課題が山積みとか……」

「脳基底部への神経成長因子の注入は必須《ひっす》ですね。限界まで酷使すれば、まだ私の脳には五〇年ほどの余裕がある。その間に、ブレイクスルーが起きることを期待しますよ」

「もしも、それが起きたとしたら……」

「さよう。不老の時代の到来です」にこやかに頷《うなず》く泉宮寺。「神は自分に似せて人を作ったという。そろそろ、もう少し人が神に似てもいいのでは？」

「……アンケート調査によると、全身の五割をこえるサイボーグ化には『抵抗を感じる』と答えた方が大多数のようです。また、病気や怪我による患部の補完ではなく、健康な器官の機械化にはより強い忌避感があるという報告も」

「抵抗がある、という人の気持ちはわかりますよ。だからこそ、こうして私が公の場でご説明しているわけでね……」

「ありがとうございます」

「結局は、程度の問題なんですよ……。イギリスの思想家トマス・ホッブズによれば、人間は心臓というエンジンを積んだ自動機械らしい。機械的運動論です」

「哲学的ですね」

「全身サイボーグの私が哲学を語るなんて、不思議でしょう？」

「まさか、そんな……」

「たとえば、あなた」と司会者の女性を指さし、「あなたも、立派なサイボーグですよ」

「しかし、私は義手も義足も、人工臓器も使っていません」

「何らかの携帯情報端末を持っていますよね？」

「それは、まあ。誰でも持っているのでは」

「コスチューム・デバイスも？」

「もちろん」

「そして、家にはホームオートメーションとＡＩセクレタリー。……それらのデータが、災害や事故によって一気に失われたら、あなたはどうなりますか？」

「それは……」司会者は固唾《かたず》をのんで、「復旧するまで、なんの仕事もできません」

「あなたは、友人や家族の電話番号を覚えていますか？　会社の番号は？」

「…………」

「自分の社会保障番号は？」

「……いいえ」

「たかが機械の故障で、一時的とはいえ、あなたは社会性を失ってしまう。自分の生活をそこまで電子的な装置に委託しているのに、サイボーグではないと言っても説得力はありませんよ。あなたにとって携帯端末はすでに第二の脳だ。違いますか？」

「……確かに、体の一部に近いツールは生活に溢《あふ》れています」

女性司会者は、なぜか泉宮寺に対して「敗北を認めた」ような顔をした。

「科学の歴史は、人間の身体機能の拡張、つまり人間機械化の歴史と言い換えても差し支《つか》えない。……だから、程度の問題なんです」

4

　ほとんど全自動運転の自動車が高速道路を飛ばしている。運転席に朱、助手席に狡噛。朱の覆面パトカーは、埼玉県秩父《ちちぶ》市に入っていった。高速を下りて、森の中の細い道を進んでいく。秩父市の郊外。温泉旅館、キャンプ場、コテージといった施設を通りすぎていって、やがて「私有地」という看板がかかった森の奥へ。要所要所に監視カメラが設置されている。車が開けた場所に出て、駐車場らしきスペースを見つける。そこにとめて、朱と狡噛は降りる。二人が顔を上げた先に、外観は地味だが三階建ての、堅牢《けんろう》そうな住宅がある。

　玄関でインターホンのボタンを押す狡噛。「どうも、狡噛です」

『ああ、ちょっと待って……』

　朱は周囲を軽く見回し、小声で、

「環境ホロをほとんど使ってませんね……」

「そういうのが嫌いな人なんだ」

　すぐに解錠する音がして、ドアが開く。そこに立っているのは、精悍《せいかん》な顔つきで、無精髭《ぶしょうひげ》を生やした中年男性だ。

「……お久しぶりです、雑賀《さいが》教授」

「教授はやめてくれよ、狡噛……大学制度がなくなって何年経つと思ってるんだ」

雑賀は狡噛の隣の朱に視線を移す。

「そっちのお嬢さんが……」

「はじめまして。公安局の監視官、常守朱です。今日はよろしくお願いします」

「入りたまえ。歓迎するよ」


雑賀の自宅――その書斎。論文のコピーや古い書籍、時代遅れのＤＶＤ－Ｒが山積みの書斎。壁を埋め尽くす本棚にも当然のように資料が詰まっていて、溢れている。

雑賀は重厚なマホガニーの机につき、狡噛と朱は来客用の革張りのソファに腰をおろす。

「飲み物はコーヒーでいいかな」

「ええ」

「あ、はい……！」

「といっても、コーヒー以外ないんだ」

書斎の隅にコーヒーメーカーがある。雑賀は美味《うま》そうに湯気を立てるコーヒーを二つのカップに注ぎ、朱と狡噛、それぞれの前に置く。テーブル上のカップに手を伸ばす朱。なんとなく、顔に近づけてその香りをかぐ。かなり濃厚だ。香りだけで頭が冴《さ》えてくる。本物の豆を使っている？

雑賀はテーブルを挟んで朱の正面に腰をおろした。

「常守朱監視官……千葉県出身かな？」

コーヒーを飲もうとしていた朱の手がピタリと止まる。

「そうですけど……」

「きみは運動神経は悪くないのに……なんでだろう」と言いながら、雑賀は朱に探るような視線を向ける。なんとなく緊張して朱はコーヒーに口をつける。

雑賀は言う。「そう、泳げない」

朱はコーヒーをふきだしそうになる。「ぶふっ……！」

「両親は……」と雑賀。鋭い視線で朱の反応をうかがっている。「……まだどちらもご存命。一人娘になかなか恋人ができないのを心配している。もちろん公安局入りにも反対だった。そして、祖父か祖母……」

祖母、と聞いた瞬間朱の唇がぴくり、と動く。瞬《まばた》きをする。

「祖母だな。可愛がってもらった。かなりのおばあちゃんっこだね。幼児期、高齢者と長く過ごした人間ほど、成長してからホロアバターの人工知能と良好な関係を築くことが多い。そのパターンに、常守さんも当てはまっている……」

「私の資料を見たんですか？」

「公安局監視官の資料を、民間人が閲覧できるわけがないだろ」と狡噛。

「あ……」

「相変わらずですね、雑賀先生」そう言って、狡噛は微笑した。

朱は目をぱちくりさせながら、

「今の……どうやったんですか？」

「ただ、観察しただけさ。人は、無意識のうちにも様々なサインを発している。コツさえ覚えれば、簡単にそのサインを読み取れる」

「一番ギャンブルだったのは最初の出身地当てですよね？」狡噛が答え合わせのように訊《たず》ねた。

「都内、あるいは関東近郊なのはすぐにわかったよ。まあ、出身地くらいは外しても相手は気にしない」と雑賀。「彼女の着ている服は真新しい。ファッションセンスに人工的なものがある。遊び慣れていない。普段の生活はホロコスの使いすぎ。運動の話をしながら軽くプレッシャーをかけたら、肩の筋肉に緊張が見られた。そしてコーヒーを口に。無意識的な行動かも知れないが、すべてがヒントになっている。……驚かせて悪かったね。でも、こういう遊びをやることで、これ以降の話がスムーズに進んだりする」

「雑賀譲二《じょうじ》……先生……専門は、臨床心理学」

朱は、その名前に敬意をこめてつぶやいた。聞いていた以上の人物だ。

「精神鑑定や捜査協力なんかをしているうちに、いつの間にか、犯罪の研究に主軸が移ってしまったけどね」

「今日は二つ、お願いがあります」狡噛が話を先にすすめる。

「何でも言ってくれ」

「一つは、こちらの監視官に短期集中講義を」

「今はもう公安局の訓練課程じゃ、あんまりまじめにやらないらしいね。犯罪心理学」

朱はうなずき、

「プロファイリングとか……時代遅れの方法ってことになってますけど、凄《すご》く興味あって……っていうか、最近興味が出てきて」

「こんな世捨て人に新しい生徒ができるなんてありがたい話だよ、本当に。で、もう一つは？」

「先生が保管している、今までの受講生名簿を見せて下さい」

狡噛の表情が深刻なものに変わった。

「公安局の強制かな？」

「いえ、先生の職業倫理に反することは承知の上での、個人的なお願いです」

「もしもここで狡噛が権力を振りかざしたら、断ったところだ」苦笑してから雑賀は立ち上がる。「名簿を見せよう。誰を探している？」

「シビュラシステムの誕生以降、最悪の犯罪者だと思われます」

「と、言うと？」

「きわめて高いレベルの知能犯。おそらく、肉体的にも頑健。特殊なカリスマ性を持ち、自分で直接手を下すことは少なく、他人の精神を支配し、影響を与え、まるで科学の実験か何かを指揮するように犯罪を重ねていく男です」

「……狡噛、カリスマ性とは何かわかるかい？」

「英雄的、支配者的資質という意味で使いましたが……」

「二〇点かな。……カリスマ性には三つの要素がある。『英雄的・預言者的資質』。あるいは『一緒にいて気持ちがいいという、シンプルな空間演出能力』。そして『あらゆることを雄弁に語るための知性』。この三つだ。狡噛が探しているのはどのタイプかな？」

狡噛は少し考えて――。

「すべて、の要素を備えていると考えられます」

5

公安局、刑事課の大部屋で捜査会議が行われている。宜野座、征陸、縢、六合塚たちがいる。ホログラム・モニタに投射されているのは、白髪の老人の姿。その老人に、「柴田幸盛《ゆきもり》」という文字がかぶっている。

「桜霜学園美術教師、柴田幸盛――ということになっているが」と、苦い顔で征陸。

「実際は介護施設に収容されたまったく無関係な老人だった。彼の経歴だけが勝手に改ざんされ、教員に成り済ます上で利用されていた」

縢は机に肘《ひじ》をついて、

「……完全な偽造経歴じゃないところが悪質かつ巧妙っすね」

「しかし、教師なんて人目に触れる仕事につくとは大胆なのか間抜けなのか……」と宜野座。

「それがですね……」と六合塚。「映像情報データはすべてクラッシュ。かろうじて残っていたのは、ほんの短い音声ファイルのみ。残された手段は、昔ながらのモンタージュ写真と似顔絵作成の二つだけ。もちろん、どちらもやってみました」

「その口ぶりからすると、ハズレか」不愉快そうに宜野座。

「ええ……美術は選択科目で、柴田と会話をしたことがある生徒はごく少数。その生徒たちに協力を依頼したんですが、どれもひどいデキで……」

「美術を選択した生徒なのに？」

「子どものころから周囲にホログラムが溢《あふ》れている世代は、どうやら他人の顔を認識する能力がちょっと低いようなんです。動かないものを正確にデッサンする能力については、昔とあまり変わらないと思いますが、それほど親しくない相手、興味のない人間に関しては絶望的と言っていい。似顔絵は、丸描いてちょん、みたいなのばっかりで……」

「俺が学生の時にはもう問題になってたよ……『都会の希薄な人間関係』『隣人への無関心』」

そう言った征陸はいつもより老けて見えた。

「まあ、同僚の教師たちもいましたし、一応このモンタージュ写真が出来上がりました」

と、六合塚はキーボードを叩《たた》く。特徴の薄い中年男性のモンタージュ写真がホログラム・モニタに浮かぶ。

「……これなら、佐々山が撮ったピンボケのほうがずっとマシじゃねえか」

征陸が呆《あき》れた顔で言った。

「とにかく、こいつは王陵璃華子から『マキシマ』と呼ばれていた」宜野座はメガネの位置を正しながら言う。「佐々山が最後に残した手がかりと、つながったんだ」

高速道路を飛ばす人工知能車が帰途についている。運転席に朱、助手席に狡噛。ほぼ自動運転で、運転席に座っていてもやることは特にない。狡噛はタバコを吸いたそうにしているが、朱は絶対にそれを許さない。公用車は基本的には禁煙だ。

「……少しは、監視官の役に立ったか？」

「はい。とても。今まで受けた、どんな犯罪学の講義とも違いました……すごい先生です。公安局のアーカイブに入ってないのが不思議で仕方ありません」

「アーカイブ化は無理だな」

「……何かあったんですか？」

「シビュラシステムと大学制度が同時に存在していた頃の話だ。公安局刑事のために、雑賀先生の特別講義が設けられていた。最初のうちは優秀な生徒を生み出す最高の講義だとされていたが、あるとき、大問題が発生した。受講生の色相が濁り、犯罪係数が上昇したんだ、全員じゃないがね」

「！」

「生徒がある一定数を超えると、雑賀先生でも全員の心理状態を把握することが難しくなるんだ。だが、今日のようなマンツーマンの講義なら大丈夫。それにあんたは色相が濁りにくいタチだそうだしな」

「でも、講義だけで犯罪係数があがるなんて……」

「……底が見えない、黒い沼がある」狡噛は、詩を朗読するように言う。「沼を調べるためには、飛び込むしかない。雑賀先生は、何度も調査のために潜ったことがあって慣れている。でも、すべての生徒が沼に潜って無事に戻ってこれるわけじゃない……能力差や、単純に向き不向きもある」

「……狡噛さんは、深くまで潜りそうですね。それでも、ちゃんと帰ってくる」

「いいや、どうだかな」

冷たく自嘲《じちょう》する狡噛。手首の執行官仕様の携帯情報端末をかざして示す。

「少なくともシビュラシステムは、俺が帰ってこられなかったと判断した」

気まずくなって朱は沈黙する。


公安局の駐車場に車をとめる。降りた二人はエレベーターに乗り込んで、執行官宿舎――隔離区画に向かう。目的の階に到着後、通路を少し歩くと、隔離区画のシャッターが見えてくる。周囲をドローンが警戒している。狡噛と朱をセンサーが感知して、シャッターがあがる。

「ここでお別れですね。明日はまた、通常捜査ということで――」

「ああ」

隔離区画に向かって歩いていく狡噛。ちょうどあがったシャッターのラインを越えたところで、顔だけ振り返る。「そうだ」

「はい」

「似合ってるな、その服」

まるで不意打ちのようなその一言。

「え、あ……その……」戸惑って、上手《うま》く反応できない。「ありがとうございま――」

朱の言葉を遮るように、シャッターが容赦なく落ちる。

6

――翌日。

公安局、刑事課大部屋前の廊下を、狡噛と朱が並んで歩いている。

「とりあえず、王陵璃華子の捜索は範囲を拡大しつつ継続、で……」

「問題は『マキシマ』だ。生きている人間なら、必ず何らかの証拠を残す」

「雑賀先生の受講生名簿は……」

「空振りだった。まあ、仕方ないさ」

二人が大部屋に入ると、そこには宜野座をはじめ他のメンバーがそろっている。狡噛の顔を見るなり、立ち上がって怒りの形相で詰め寄る宜野座。その剣幕に、朱はたじろぐ。

「……常守監視官を雑賀譲二に引き合わせたそうだな」

「……ああ」

「それは、私が紹介を頼んで……」

割り込もうとする朱を無視して、宜野座は狡噛を責め続ける。

「どういうつもりだ？　彼女を巻き添えにしたいのか？　貴様と同じ、道を踏み外した潜在犯に？」

朱も我慢の限界だった。怒声をあげる。

「いい加減にしてください！　私を子ども扱いしてるんですか⁉」

「事実として君は子どもだ！　右も左も解ってないガキだ！」

宜野座も怒鳴り返す。感情的で、冷静さのかけらもない。

「何のために監視官と執行官の区分けがあると思う？　健常な人間が、犯罪捜査でサイコ＝パスを曇らせるリスクを回避するためだ。二度と社会に復帰できない潜在犯を身代わりに立てているからこそ、君は自分の心を守りながら職務を遂行できるんだ！」

「そんなのチームワークじゃありません！　犯罪を解決するのと、自分のサイコ＝パスを守るのと、いったいどっちが大切なんですか⁉」

「君はせっかくのキャリアを棒に振りたいのか？　ここまで積み上げてきたもの全てを犠牲にするつもりか？」

「私は……」朱は、一瞬ためらった。宜野座の怒りは本物だ。朱は、相手を憎むことに慣れていない。今だって、本当はなあなあでやり過ごしたい——。しかし、しかしだ。子ども扱いされて黙っているわけにはいかない。朱は表情を引き締めた。

「私は、確かに新人です。宜野座監視官は尊敬すべき先輩です。しかし、階級上はまったくの同格ということを忘れないでください！　自分の色相はちゃんと管理できています。いくら先輩とはいえ、職場で、執行官たちの目の前で、私の能力に疑問符をつけるような発言は慎んでいただきたい！」

朱の反論に、宜野座は言葉を失った。心なしか顔色も悪くなっている。しばし睨《にら》み合う二人の監視官。「…………」やがて、何も言わずに宜野座は大部屋から早足で歩き去る。

「あんな言い方……」と、踵《きびす》を返す朱。

「どこに行くんだい？」征陸。

「局長を通して抗議します。いくらなんでも、ひどすぎます」

朱は甲高い足音を鳴らして部屋を出た。だがそのあとに征陸がついてくる。

「……やめておいてくれないかな、お嬢ちゃん」

「でも……」

「宜野座監視官はな、父親が潜在犯なんだ」

局長に会いに行くのをやめて、朱は征陸とともに公安局の休憩所に足を運んだ。そこには大型の自動販売機とベンチが設置されている。それぞれ適当な飲み物を用意してから、征陸は話を続ける。

「……刑事が捜査に深くのめり込み、犯人に対する理解を深めていけば、結局はシビュラシステムから犯罪者の同類としてマークされるようになる。犯す側も、取り締まる側も、同じ犯罪という現象に直面していることに違いはない。そのバロメーターが犯罪係数だからな。今みたいに執行官なんて役職が出来る前には、そうやって潜在犯と診断された刑事が大勢いた。宜野座監視官の父親も、その一人だ」

「……そうだったんですか……」

父親が潜在犯――。それがどんな過酷な人生なのか、朱には想像もつかなかった。前にもこんな感覚を味わったことがある。狡噛の過去を聞いたとき、そして潜在犯の収容施設を訪ねたとき。朱はこの感覚が嫌いだった。見知らぬ誰かに、「お前は世間知らずの恵まれた女の子」とバカにされているような気分になるからだ。

「あいつの子ども時代ってのは、まだシビュラ判定が実用化されて間もない頃でな。世間では潜在犯に対する過剰な誤解やデマが横行してた。親兄弟から犯罪係数が計測されたというだけで、その家族までもが同類の扱いを受けた。さぞや辛《つら》い思いをしたことだろうさ。……だからあいつは、自ら進んで犯罪係数を上げるような危険を冒す奴を、許せない。なのに同僚だった狡噛も……」

「……ええ。知ってます」

「父親と、相棒と……きっとあいつには、二度も裏切られたという想いがあるんだ。だからお嬢ちゃんに対する態度も、あんな風になっちまう」

「でも、だからって……」

「間違っちゃいないさ。お嬢ちゃん、あんたにだって家族や友達はいるんだろう？」

「…………」朱は無言でうなずく。

「あんたのサイコ＝パスが曇ったら、今度はその人たちが宜野座と同じ苦しみを背負うことになる。そうならないために俺たち執行官がいる」

7

東京都内の豪邸――帝都ネットワーク建設会長、泉宮寺豊久の自宅。敷地内を行き来するのはドローンばかりで、驚くほど人の気配がない。暖炉が燃える広間に、主《あるじ》である泉宮寺とその客人――槙島聖護がいる。泉宮寺は飽きもせず猟銃を整備している。

「……最も狡猾《こうかつ》で、いくら狩り殺しても絶滅の心配がない動物はなんだと思う？」

「人間でしょう」

「簡単すぎたな」

泉宮寺邸の広間には、豪華なクローゼットのように見えるガンロッカーと、様々な工具が並んだ作業デスクがある。ガンオイル、ブラシ、小型モップ、ロッド、リローディング用品、弾薬類――。泉宮寺は、前世紀の遺物――ベレッタ社の最高級猟銃を使っている。一二ゲージの散弾銃で、上下水平二連式。その猟銃は、作業デスクの上で銃身、機関部、先台、銃床と通常分解されている。ブラシをつけたロッドで銃身を掃除する。ロッドは必ず薬室側から挿入する。

「あなたは、合法的に野生動物を殺したことがある最後の世代です」

槙島は泉宮寺に敬意を払っていた。

「今はもう、普通の狩猟は許可がおりない。……だからこそ、槙島君には感謝しているんだよ」

ブラシのあとは、ロッドに乾いた布をつけて再び銃身に挿入し、最後にまた別の布にガンオイルを染みこませて銃腔《じゅうこう》内に塗る。機関部をブラシと布で掃除して、またガンオイルを塗る。掃除が終わったら、組み立てる。ガンロッカーに猟銃を片付ける泉宮寺。

「次は、ハンドローディングですか？」

「今、この国で実弾を手に入れるのは大変な手間だからね。リスクが高すぎる。私は完全に非合法化される寸前に装弾を買いだめしておいたが、だからといって無駄遣いしていいわけではない。シェルもなるべく回収し、再利用しているよ。……その前に、ちょっと一服しようか」

作業デスクの引き出しを開ける泉宮寺。そこには、真っ白いパイプがずらりと並び、小さな箱には刻みタバコが用意してある。泉宮寺はパイプに刻みタバコを詰めて、横方向に火が出る専用のガスライターで点火する。

「パイプタバコとは趣味が良い……象牙《ぞうげ》……ではありませんね」

「人骨だよ。まだ、見せたことはなかったかな」

槙島は興味深そうに、

「ほう。いつも獲物の一部を持ち帰るのは知っていましたが」

「大腿骨《だいたいこつ》か上腕骨がパイプに加工しやすい」泉宮寺は美味《うま》そうに煙を吐いて、「このパイプは、マウスピース以外は王陵璃華子の骨だよ」

「いわゆるトロフィー」

「そう。こうして持ち帰ったトロフィーを触っていると、獲物を仕留めた瞬間を思い出す……心が若さを取り戻すんだよ。恐怖に震え上がる獲物たちの魂が、私に活力を与えてくれる」

「肉体の老いは克服した。あとは、心ですか」

「そういうことだね。これぼっかりは、不老不死が実現したとしても解決がつく問題ではない」

泉宮寺は自らの機械の腕を眺めつつ、

「……もとより全ての生命とは、他の命を犠牲にし、糧とすることで健やかに保たれる。現代人は獣を殺して食わなくなったが、それは構わん。もう肉体に命は不要だからね。だが人々は忘れている。精神の命を保つためにも、養分が、餌食《えじき》が必要だということを。身体の若さばかりを求め、心を養う術《すべ》を見失えば……当然、生きながらに死んでいる亡者たちばかりが増えていく」

「……スリルによる活力。それは死と隣り合わせの危険な報酬です」

「そうとも。狩りの獲物が手強《てごわ》いほどに瑞々《みずみず》しい若さが手に入る」

「そこまで仰せなら、次はとびきりの獲物をご用意できるかと」

「ほう？」

「狡噛慎也、公安局執行官」

「公安局……！」

「おびき出して、罠《わな》にかけます」

「ふふ……」薄く笑った泉宮寺は、作業デスクの上にダブルオー・バックが詰まった箱を置いた。その箱を開けて、装弾を一発ずつ愛《いと》おしそうに取り出して並べていく。

「その執行官ね……私は、生け捕りにはしないよ。いいのかい？」

「もちろん。どうして生け捕りなんて」

「きみは気づいていないようだから言っておくが……狡噛慎也……その名前を口にするとき、きみはとても楽しそうなんだよ」

第十章　メトセラの遊戯

1

――常守朱は、寝姿がだらしない。そのことを知っているのは実家の両親とAIセクレタリー・ホロアバターのキャンディくらいだ。空調は完璧《かんぺき》なので、下着姿で寝ようが毛布やタオルケットを蹴《け》り飛ばそうが風邪を引くことはない。ベッドの上で、とにかく寝相が悪い。上半身裸でパンツ一丁で、思い切り手足を伸ばして、すやすやと寝息を立てている。

その枕元で、携帯情報端末がメールを受信して点滅し、振動もする。うっすらと目を覚ます朱。そのことに気づくが、まだ眠たい。睡眠への未練が断ちきれず、ごろごろと体を動かす。しかしそれでも、振動までしたということは親しい友人からのメールに違いない。そういう設定にしてあるのだ。仕方なく、上体を起こす。「んー、何

「……？」携帯を手に取り、メールボックスを開く。「船原ゆき」から受信。メールを開く。

『大事な話があるの。公安局の事件に関係あるかもしれない。電話やオンラインじゃ話しにくい』

朱は目つきを険しくする。一気に目が冴《さ》えてくる。

「……ん？」

『直接見てもらうのが一番早いから、地図データを添付するね。明日午後三時にそこで。急な話で本当にごめん！　待ってます』

翌朝――公安局に寄ってから、覆面パトカーでゆきに指定された場所に向かう。助手席には狡噛の姿がある。相棒――そんな風に呼んだら、きっと宜野座に怒られるはずだ。最近はいつも一緒に行動している。狡噛か、征陸か。執行官＝潜在犯とはいえ、本当に頼りになる男たち。冷たく扱うことなんてできるわけがない。

運転は車のＡＩに任せて、朱は携帯端末でゆきの母と連絡をとっている。

「……はい、そのメールが最後で……佳織にも、もちろん……はい、昨日から全然連絡がつかないって……はい……ええ、はい……何かあったら、すぐに連絡します。それじゃ……」

携帯の通話を終える。

「実家にも戻ってない、か……」

「でも一晩いなくなったぐらいだと、捜索願いってわけにもいかないし」

「悪戯《いたずら》の可能性は？」

「からかわれるのはしょっちゅうですけど、こんな悪質なことする子じゃありません」

「……まあ、行って確かめるのが一番だろうな」

「すみません。非番なのに」

「いいさ。あんたの同伴がなけりゃ、外の散歩もままならない身の上だ」

「公私混同ですか？　これって」

「ギノに見つからなきゃ大丈夫さ」

よりによって、ゆきがメールで指定したのは廃棄区画だった。板橋区のかつての繁華街で車を降りる朱と狡噛。こういう場所にやってくると、朱は征陸の言葉を思い出す。ヴィジュアル・ドラッグの取り締まりのときだ。

『もしもこれが「失敗」ではなく、「成果」だとしたら？　どうするね』

『「真面目にやっている私たち」という実感が成立するには、比較対象が必要だ。廃棄区画と、その住民が役目を果たしてくれる。マスコミは、ホームレスを潜在犯のさらに「予備軍」として扱い、市民の恐怖を煽《あお》る』

——なんなんだろう、この都市は。潜在犯たちと触れ合って、朱は疑問を覚えやすくなった。決定的ではない、何か硬いものの表面を引っかくような微《かす》かな疑問。それが膨らんでいくこともあるのだろうか——宜野座が恐れているのは、まさにそういうことなんだろうか。いや、彼は恐れすぎている。たしかに宜野座の感情的な態度には理由があった。父親が潜在犯、狡噛の降格——。朱にも気持ちは理解できる。できるが、それは「正しさ」とは別次元の話だ。

頭がこんがらがってくる。朱の色相は一切濁っていない。ということは、シビュラシステムは朱の「正しさ」を認めているということになる。つまり、朱の潜在犯への態度も、廃棄区画への疑問も、すべてシステムは「織り込み済み」なのか。

シビュラシステムはいつも正しい。朱は、それによって成立した恋人たちを何組も見てきた。朱の両親も、システムの適性に従って職業を選択し、これから先は悠々自適の幸せな老後が待っている。公安局の監視官になったせいで陰惨な事件を目の当たりにすることになってしまったが、それでも今月の出動回数は刑事課全体でも二〇件に達していない。

刑事課は人手不足だ。特に、監視官が足りないという。それでも勤務体制が危ないところで破綻《はたん》しないのは、帳尻《ちょうじり》を合わせるように事件が少ないからだ。つまり世の中は——システムは——順調に機能しているのだ。

「メールだと……このビルの地下らしいんですけど……」

「……あんたの友達は、普段からこんな場所をうろつくタイプなのか？」

周囲を見回してから、狡噛が言った。

「いえ、そんな。っていうか……ちょっと、変ですよね？」

「ちょっとどころか、明らかに変だろ。間違いなく罠だ。あんた狙われてるぞ」

狡噛の言葉に、朱は驚いて目を白黒させた。「……私がですか？　えと、誰に？」

「恨みを買うようなおぼえは？」

「あるわけないじゃないですか！」

狡噛は、心底呆《あき》れ果てたとでも言いたげに深々とため息をつく。

「……なあ、やっぱり刑事の自覚ないんじゃないのか？」

「狡噛さんまで何言ってんですか！」

自分を半人前扱いするのは宜野座だけで十分だ——朱はむくれる。

「……ともかく、あんたの友達が厄介事に巻き込まれたのだけは事実かもしれん。俺が様子を見てくる。ここで待ってろ」

「でも、これが本当に罠なら危険です」

罠――自分でそう口にしているのに、実は朱はピンと来ない。罠をはるような人間は、色相が曇っているはずだ。街頭スキャナを避けながらの移動には限界がある。――はれるのだろうか、そんなものが。

「だからだよ。二人揃ってやられたら、誰が助けを呼ぶ？」

しかし、狡噛は真剣そのものだ。用心深すぎる、と朱は思う。

「武装の許可を頼む」

「あ、はい」

朱は、覆面パトカーの後部貨物スペースの認証システムに自分の携帯情報端末をかざした。

『公安局刑事課一係・公用車登録番号七七六・緊急用装備収納システム・使用目的をお聞かせください』公安局官用人工知能の音声が質問してくる。

「常守朱、監視官権限により狡噛慎也執行官の武装を申請」

『声紋ならびにＩＤを認証・レベル二装備を認可します』

ロックが解除されて出てくるのは電気衝撃警棒《スタンバトン》と催涙スプレー。まだ事件が確認されたわけではないので、ドミネーターはなし。狡噛は不満げに舌打ちしてから、許可された武器を手に取る。

「ナビゲーションは任せる。ロケーションマップ、あるよな？」

「ええ、データは古いですけど、一応は」

「行ってくる」

「気をつけてくださいね」

狡噛は廃ビルに踏み込んでいく。

2

朱の友人を捜して、廃ビルの地下へ。フラッシュライトで足下を照らしながら、狡噛は階段を下りていく。今はもう、このビルが何に使われていたのかもよくわからない。狡噛の携帯情報端末にインストールされている地図によれば、地下四階まであるらしい。生ゴミとカビのひどい臭い。床もやけに湿っている。狡噛はふと疑念にとらわれる――ちょっと待てよ、いくらなんでも汚れすぎていないか？　適当な壁の汚れに、軽く指で触れてみる。汚泥――ヘドロ状？　やはり濡《ぬ》れている。壁一面が汚泥で濡れている？　大雨でも降ったあとのような――。

朱から無線連絡があった。

『どうですか、狡噛さん？』

「どうもこうもねぇよ。ひどい臭いだ」

『なんだかすみません……人はいますか？』

「いいや」

狡噛の行く手に、分厚い気密扉があった。現在は開け放たれているが、普通のビルにこんな厳重な扉が必要だろうか？　違和感ばかりが続く。それでも、ここで引き返すわけにもいかない。気密扉を通り抜けて、先を急ぐ。

『その奥は――』と、途中で不意に無線にノイズが走り、朱の通信が途切れる。

「……おい？」携帯情報端末に呼びかけ続ける狡噛。「おい監視官、どうした？　応答しろ」

『……感度良好。そのまま進んでください』

何事もなかったかのように通信が再開する。

「…………」狡噛は眉間《みけん》に一度シワを寄せ、さらに奥へと歩みをすすめる。

風景が変わっていって、ビルの地下というよりトンネルか下水道のようになってきた。――どういうことだ？　何かがおかしいのは間違いないが、端末経由で朱の声は聞こえている。

「なんだ、こいつは……？」

やがて狡噛は、地下鉄の駅らしき場所に出た。四〇年ほど前、世界人口は大幅に減少。日本の人口も十分の一程度にまで減り、いくつもの地下鉄が廃線となった。――その一つだろうか？　だとすれば、マップの表記がおかしい。最初に入ったビルの地下は、他のどこにもつながっていなかった。目の前には、古びた工事用車両が停まっている。八両編成。通常の地下鉄とは違い、客車がない。小型のクレーン車やショベルカーをつないだような外観だ。

『破棄された地下鉄路線です。車両を捜索してください』と無線で朱。

「……？」他に道もないので、仕方なく狡噛は車両に乗り込む。すると――まるでこのタイミングをずっと待っていたかのように、いきなり工事用車両が動き出した。

「なっ……！」飛び降りてもよかったが、遠くで気密扉が閉まる音が聞こえた。直後に、通路の排水溝から急激に汚水が湧き出て、地下道を水没させていく。このまま工事用車両に乗っていなければ、のみこまれてしまうだろう。

「逃げ場なしかよ」

地上――覆面パトカーの車内で、朱は携帯情報端末でナビゲーションマップを見つめている。マップ上には、狡噛の現在位置――執行官用の腕輪――が光点で表示されている。

「その先は行き止まりです。狡噛さん……狡噛さん？」呼びかけるが、ノイズばかりで応答なし。「え、ちょっと……何これ？」狡噛の位置を示す光点は袋小路を突き抜け、何もないはずの空間を進んでいく。モニタの表示に目を疑う朱。やがて狡噛の光点は、徒歩では有り得ない速度で一直線に画面外へとスクロールアウト。

「狡噛さん！　聞こえてますか？　応答して！」

3

工事用車両はどんどん加速していく。狡噛が乗っているのは、八両編成の三両めだった。振り落とされまいと手摺《てす》りにしがみついて、狡噛は無線機に向かって声を荒らげる。

「おい監視官！　何がどうなってる？　常守！」

『破棄された地下鉄路線です。車両を捜索してください』

朱の応答が録音の繰り返しだと気づき、はめられた、と狡噛は悔やむ。これが罠《わな》なら、当然、最初に考えておくべき可能性だった。それでもはまってしまったのは、仕掛けがあまりにも大規模だからだ。ビルの地下を改造し、気密扉を追加し、洪水を起こし、工事用車両を用意し――シビュラシステムの監視下で、ここまでやるのは相当難しい。不可能に近いのではないか？　色相をごまかすことができて、しかも大量の建築系ドローンを好きに使える人物がいたとして、それが公安局の刑事を罠にかけるメリットとは？

とにかく、狡噛は運転席がある先頭車両を目指して手摺り伝いに移動し始める。かなりの高速なので、走行音が耳に痛い。風も強い。服を何かに引っかけないように用心しながら、連結部分を飛び越える。ようやく先頭車両の運転席へ。そこで狡噛は目を見張る。顔に黒い袋を被《かぶ》せられて、手足をロープで縛られたネグリジェ姿の女性が、床に転がっていたのだ。

「ひっ！」狡噛の足音に怯《おび》える女性。身をよじってなんとか狡噛から離れようとする。演技という感じでもなさそうだ。少し苦労して黒い袋を取り去ると、出てきた女性の顔は蒼白《そうはく》で大量に涙を流した跡があり、今も泣きそうな顔で恐怖に震えている。

「安心しろ。公安局の刑事だ」

と、携帯情報端末で公安局のＩＤをホログラムで見せる狡噛。

「あ……」それだけで、彼女は安心したように見えた。一般人に見せるためのＩＤには、監視官か執行官かまでは書かれていない。狡噛のことを執行官だと知ったら、またもう少し違う反応が返ってきたことだろう。

「あんたは……」

「船原ゆき、です……」

「常守朱の友人の？」

狡噛がそう言うと、ゆきの表情が変わった。

「朱を知ってるんですか!?」

「同僚だ」


廃ビル前に、朱に呼ばれて公安局の増援が到着していた。宜野座の覆面パトカー、執行官の護送車、ドローン搬送車などが集結している。狡噛が入っていった廃ビルの中から、困り果てた表情で征陸と縢が出てくる。征陸が言う。

「駄目だな。地下の最下層が完全に水没してる。臭いからして間違いなく廃液混じりの汚染水だ。あんなの生身で浴びたら無事じゃ済まんぞ」

「できる限りスキャンしてみたんスけど」と縢。「汚水に死体が交じってる様子はなし。少なくとも、誰かが呑《の》み込まれたってことはなさそうです」

二人を外で待っていた朱と宜野座。六合塚はノートパソコンで地下の詳細な地図情報を検索中。

朱は、「でも……間違いなく狡噛さんは、その先に進んだんです。それどころか、壁を通り抜けて、もっと奥まで」

縢が、「ナビの故障じゃね？」

六合塚が、「ハードじゃなくソフトの問題かも。このあたりの地下道は、かなり強引な再開発の舞台だったから。登録されてるデータが実態通りかどうかは怪しいものね……」

「騙《だま》されたのは君だけじゃないのか？　常守監視官」

宜野座が、冷水のような言葉を浴びせてきた。

「え？」一瞬、彼が何を言いたいのか理解できない。

「狡噛慎也は君の監視下を離れ、位置情報もロスト……つまりあの男は自由の身だ。初めから逃亡をする目論見《もくろみ》で、この状況を演出したのかもしれん」

冷静に考えれば、それが不可能であることは宜野座にも簡単にわかったろう。執行官のプライベートは厳しく制限されている。逃亡の準備を整える余裕なんて、ありはしない。

「狡噛さんはそんな人じゃありません！　宜野座さんだってわかってるはずです！」

「その思いこみが、監視官として不適切だと言っているんだ」

険悪な空気。睨《にら》み合う二人の監視官。何度目だろう、と朱は思う。こうやって宜野座と感情的に対立するのは。その原因はいつも狡噛であるような気がする。

「あー、お嬢ちゃん？」征陸がやや気の抜けた口調で言った。それによって険悪だった空気がほんの少し和らぐ。「……狡噛の位置情報を信じるとしてだな。せめて、どっちの方角に向かったかはわかるかい？　信号が妙な動きをしたりとかは？」

「妙な、っていえば……途中から、いきなりスーッと物凄《ものすご》い速さで真っ直ぐに……」

その異常な動きを思い出し、はたと気づく。「そうだ、乗り物に乗ったんだ……」

そして朱は六合塚に向かって言う。

「過去の地図情報を照会してください。このあたりに、南北に走る地下鉄路線がありませんか？」

「ちょっと待って」

六合塚はデータベースから過去の地図を呼び出し、現在のものに次々とレイヤーを重ねていく。

「……あるわね。都営地下鉄三田線。廃棄済み」

「そのトンネルを北に辿《たど》れば、きっと狡噛さんが見つかります」

4

工事用車両が轟然《ごうぜん》とトンネルを疾駆する。ゆきは、狡噛によってロープの縛《いまし》めから解放された。きつく縛られていた手首・足首は赤黒く腫《は》れ上がっていて、彼女はそこを痛そうにさすっている。

「じゃあ、常守朱にメールを送ったのは、あんたじゃないんだな？」

「知らないわよ！　何なのよこれ⁉　何であたしこんな所にいるのよ⁉」

「あんたを捕まえて、ここに連れてきたヤツがいる。何も覚えてないか？」

「わからない……昨夜は残業片付けて帰ったらベッドに直行で……目が覚めたらもう、ここにいたのよ。どういうこと⁉」

「あんたは常守捜査官を釣るための餌にされたらしい……いや」

狡噛はかぶりを振って、再び無線機のスイッチを入れる。

『……破棄された地下鉄路線です。車両を捜索してください……』

「あ、朱の声？」

「良くできてるが、サンプリングから合成した偽物だ。地下に入ってくるのは彼女じゃなくて、代理の誰かだと、最初から予想していやがった……」いよいよ敵の狙いが読めてきた。狡噛のてのひらにじっとりと嫌な汗が滲《にじ》む。「目当ての獲物は常守じゃない……俺なのか？」

「あ、あたしたち……これからどうなるの？」

「これを仕組んだ奴が誰であれ、俺たちを殺す気ならとっくにそうしてる。あんたはともかく、俺を誘拐したって一文の得にもなりゃしない。……こいつはおそらく、ゲームだな」

「……は？」

「ここまで手間暇かけた細工を用意して、ビジネスだとしたら割が合わない。だが娯楽が目的なら話は別だ。採算なんて考えないさ」

なんの前触れもなく工事用車両が減速を始めた。甲高いブレーキ音を立てて、停車する。

「停まった……の？」

「降りろ、って意味かな」

運転席から線路に降りる二人。狡噛は携帯端末のナビを起動するが、表示は「圏外」だ。

「ありえないって。いくら地下でも、圏外なんて……」

「電波妨害だな。どうあっても俺たちを孤立させたいらしい」

暗すぎる。狡噛は、腰の背中側につけているホルスターに手をやった。ドミネーターをさしこんでおくためのものだが、今回は許可が出なかった。それでも完全に空っぽというわけではなく、ホルスターのサイドにはフラッシュライトやスタンバトンを入れて持ち運ぶことができるようになっている。狡噛はフラッシュライトで周囲を照らす。すぐに、整備用通路に通じているらしいドアが大きな口を開けているのを見つける。

「ここに入れ、ってこと？」

「敵の言いなりってのも腹が立つが……いつ汚水が追いついてくるかわからないしな」

そのときだった。線路の向こうから、不気味な機械音が聞こえる。金属の関節の微《かす》かな軋《きし》み――踏み潰《つぶ》される昆虫の悲鳴のような音。

「まったく」狡噛は舌打ち。「……汚水よりヤバそうなのが先にきた」

狡噛は音がしたほうにライトを向ける。光の輪の中に浮かび上がったのは、イヌ科の動物を思わせる外観のドローンだった。全長二メートルほどで、鋭い牙《きば》や爪から違法改造品だとわかる。まるで猟犬だ。誰が見ても猟犬だと思うはずだ。

「どうやら、選択の余地はないらしい」

「ひっ……」

五つほど並んだ赤いカメラアイを光らせて、猟犬ドローンが猛然と襲いかかってくる。狡噛はゆきの手を引っ張って整備用通路に飛び込み、鉄製のドアを閉めてロックする。直後、外から猟犬ドローンがドアに体当たり。鉄製のドアが大きくへこむ。破られるのは時間の問題だ。急いで離れる狡噛とゆきは、そのまま通路を進むしかない。

「何なのよ！　これがゲームって、どういうこと⁉」

「何かが追ってきて、俺たちは逃げる。鬼ごっこか、それとも狐狩りか……」

走る二人の行く手に、出口らしきドアが見えてきた。そこを抜けると、広大な空間——狡噛は別世界に迷い込んだような錯覚を味わう。フラッシュライトではまったく光量が足りない。その広さはまるで小さな街だ。巨人の住居のように大きな柱が立ち並び、あちこちに排水用の溝が走っている。かつては地下の貯水槽だった場所に、衝立《ついたて》やバリケードを追加してジャングルじみた迷宮に改装されている。そして至る所に戦闘——殺人の痕跡《こんせき》。血痕や弾痕。狡噛は執行官の本能として弾痕に注目する。鉛の弾。しかも散弾だ。

「……何だ、ここは？」


ここは、泉宮寺の地下空間だ。法律さえなければ全世界の人間に自慢したい自作の帝国だった。再開発事業を進めながら、長い時間をかけて少しずつこの空間を作り上げていった。帝国、あるいは王の狩猟場と言ってもいい。工作用ドローンはすべて自社のもの。一番苦労したのは国土交通省のデータベースに間違った地図を上書きしていくこと。やり過ぎれば露見してしまう。焦らず、丁寧に、数十年にもおよぶ綱渡りだ。

国の重要人物である泉宮寺には、犯罪係数の定期測定が免除されている。体のほとんどを機械化しているので、街頭スキャナの色相チェックまでならごまかせる。――恐ろしいのは公安局のドミネーターくらいか。あの銃は、生きている脳と神経さえあれば瞬時に犯罪係数を叩《たた》きだす。泉宮寺も、ドミネーターからは逃れられない。

狡噛たちがいるのとほぼ反対側の、天井に近いキャットウォークから、泉宮寺と槙島が狩り場を見下ろしている。二人の傍らには、もう一台の猟犬ドローンが待機している。

「今回の猟犬は二匹ですか？」槙島が訊《たず》ねた。

「今から〈ラヴクラフト〉も出す。すぐに〈カフカ〉も追いつく。ここからが本番だ」

槙島の手には、暗視機能つきの双眼鏡。

そんなものは使わずとも、泉宮寺は最初から夜目がきく。

「ここまでは、予定通り。向こうも飲み込みが早いようだ。獲物が賢いほど狩りも楽しくなる」

「いいですね。客席からも観戦しがいのあるゲームになりそうだ」

「槙島君はいつも眺めているだけで退屈しないか？　たまには狩りに参加してみてはどうかね？」

「僕はここで起こる出来事そのものに興味があるので。第三者の視点で観察するのが一番です」

「さしずめ審判といったところかな」

「いい表現です。しっくりくる」


地下空間を用心深く先に進む狡噛とゆき。フラッシュライトを照らす先に、何かが映る。反射的にゆきは狡噛にしがみつく。

「大丈夫だ」狡噛が少し先をいって、見つけたものを手に取った。大きめのスポーツバッグだ。中にはペットボトルの水と、大量のスティック状の物体が入っている。

「……攻略アイテムか。ますますゲームじみてきた」

と、半透明のスティックを取り出す狡噛。

「それは？」

「ケミカルライト。たぶん、業務用だな。数時間発光する」

狡噛は手にしていたフラッシュライトを消し、代わりにケミカルライトを勢い良く折り曲げる。中でアンプルが割れて、薬品が化学的に発光する。点灯したライトを行く手の闇に向かって投じて、新たな光源を頼りに再び歩き出す。

「……普通のライトの方が良くない？」

「光源を手に持っていれば闇の中では格好の的だ。それに一度通った道の目印にもなる。こんな場所で迷子になったら命取りだからな」

　先に投げたケミカルライトの側まで来た所で、さらに狡噛は次の一本を点灯し、再び前方へと投げる。ライトが宙を飛ぶ間に一瞬だけ照らし出される周囲の状況を、注意深く観察してから、再び歩き出す。途中で狡噛は、もしも罠《わな》をしかけた敵がこの空間にいるとすれば絶対に暗視装置をつけているだろうな、と思う。だとすれば、いくら用心してライトを使っても無意味だ。――恐らく、無意味なのだろう。それでも、狡噛は警戒を緩めない。殺されてから後悔するのでは遅い。

「朱って……こんな危険な仕事をしてたんだ……」ゆきが小声で言った。

「ここ最近は特にひどいな」

「もっと、真剣にのってあげればよかった……」

「公安局の人間だ。仕事の詳細は民間人には話せない」

「……朱、職場では上手《うま》くやってるの？」

「あいつは……」初めて会った日に、狡噛は朱から撃たれたことを思い出す。「あいつは信念を持ってる。刑事ってのはどういう仕事なのか、魂で理解している。世の中に本当に必要なのは、ああいうタイプだと思う」

「……学生の頃から、不思議な子だったよ。成績は抜群なのに、自慢もしないし、人から妬《ねた》まれることもなかったし……」思い出がよみがえって、ゆきはやや表情を和らげる。「どんな揉《も》め事も、朱が間に入ると解決しちゃうの。サイコ＝パス色相がいっつも最高にクリアなのって、きっとああいう人間ばっかりなのかな」

ここで、あっと気づくゆき。

「もしかして……朱を振り回してる部下って、あなたのこと？」

狡噛は苦笑して、

「……俺のことをそういうふうに言ってたのか、あいつは」


新たなケミカルライトを投げ、その光を目で追ったところで、狡噛の目つきが鋭さを増した。片手でゆきの動きを制止する。

「……どうしたの？」

「罠だ」

フラッシュライトで数メートル先を照らす狡噛。そこに、刃物が付いた大型のネズミ取りのような仕掛け。ライトを消す。

「でも、カモフラージュしてない」

「じゃあ、怖くないじゃない」

「いや、逃げる相手を仕留めるための罠だな。焦って混乱していれば、ひっかかる」

罠を迂《う》回《かい》して先へ進む二人。

「あとは……カモフラージュしてない罠は、誘導用ってこともある」

すっと床に伏せる狡噛。戸惑う、ゆき。床面のすれすれをフラッシュライトで照らす。先に、盛り上がった箇所がある。狡噛は立ち上がって怪しい床の真上を照らす。十数メートルほど上に、数百キロはありそうな、無数のスパイクがついた吊《つ》り天井を見つける。

「罠までアナクロだな。いい趣味してるぜ……」

「あ、待って！」狡噛の手をつかんでライトの向きを変えるゆき。光の先に、新たなスポーツバッグが浮かび上がる。

「さっきと同じバッグだよ。きっと何か入ってる！」

ゆきが、バッグに向かって無防備に駆け出す。

「よせっ」という、狡噛の警告は間に合わなかった。ゆきがバッグを持ち上げた途端、下に仕掛けてあった警報ベルが騒音を立てる。もっと効率のいい仕掛けはいくらでも作れるはずなのに、まるでこちらを弄《もてあそ》んでいるかのようだ。その音を聞きつけ、闇の奥から突進してくる猟犬ドローン。さっきのとは違うやつだ、と狡噛は気づく。ドローンは最低でも二台。

5

狩りの楽しみを最大限まで引き出すために、猟犬ドローンの性能はあえて制限されている。だからこそ〈ラヴクラフト〉は、警報が鳴るまで獲物に気づかなかった。それでいい。ドローンが主役の狩りになってしまってはつまらない。猟銃を構えて待ち構えていた泉宮寺は、〈ラヴクラフト〉に追いたてられてやってきた獲物に狙いをつける。しかし発砲する直前、罠にはまった執行官——狡噛慎也——は、「餌役」の女を抱えて物陰に飛び込んだ。泉宮寺は発砲し、大粒の散弾が柱を抉《えぐ》るが、手応《てごた》えはない。

狡噛はゆきを抱えたまま物陰から物陰へ。さらに銃声が響いて、散弾が追いかけてくる。逃げる二人は、地下空間の排水用の溝に飛び込む。

「今……今、人がいた！」

「ああ。これでゲームの趣旨が見えた。奴ら、狐狩りを楽しむ気だ」

「か、狩り？」

「ドローンは猟犬役だ。怯《おび》えて逃げた獲物を、プレイヤーが仕留める……俺たちは憐《あわ》れなキツネ役ってわけさ」

「そ、そんな……」

「慌てるな。怖がるな。落ち着いて慎重に逃げ道を探すんだ。焦れば焦るほど敵の思う壺《つぼ》だ。さっき拾ったバッグは？」

「こ、これ」

狡噛は、ゆきから手渡されたスポーツバッグの中身を調べる。入っていたのは、てのひらサイズの電子機器がひとつだけ。

「……何これ？」

「携帯トランスポンダだな。軍用コードも使える強力なやつだ。このタイプならたぶん、電波妨害の中でも送信できる」

「助けが呼べるの？」

「残念ながら……」狡噛は、トランスポンダの背後にぽっかりと隙間があるのをゆきに見せる。「バッテリーと、それにアンテナ素子がない」

肩を落としてため息を吐き出しかけたゆきを、狡噛が軽くかばうようにして身を伏せる。一瞬、敵よりも狡噛の突然さに怯えるゆき。そんな二人が潜む排水溝のすぐ上を、二台の猟犬ドローンがゆっくりと通過していく。

「も、もう追いつかれてる……」

「……奴らの注意をそらす。あんたはここに隠れてろ。どうも、ドローンのセンサー類はゲームのルールにしたがって制限がかけられているようだ。じっとしてればそう簡単には見つからない」と、荷物をゆきに託す。

「ど、どうするつもり……？」

「猟犬が二匹じゃ勝ち目はない。せめて片方だけでも潰《つぶ》さないと、このまま囲まれてお終《しま》いだ」

言い残し、狡噛は排水溝から飛び出す。

暗視義眼で明瞭《めいりょう》な泉宮寺の視野を、フラッシュライトとスタンバトンを構えた獲物――公安局執行官――狡噛が猛然と駆け抜けていく。

「ほう？」

狡噛を追いかけていく猟犬ドローン・カフカ。

カフカの体当たりをかわす狡噛。その体当たりが壁にひびを入れる。

側面から回り込んで狡噛の進路をふさぐ泉宮寺と、猟犬ドローン・ラヴクラフト。遮蔽《しゃへい》物を利用したジグザグ移動で、狡噛は素早く泉宮寺に肉迫してくる。泉宮寺は猟銃を撃つが、当たらない。二発撃って、泉宮寺は排莢《はいきょう》と次弾装填《そうてん》をせねばならない。主人の弾込めの隙をフォローするために、ラヴクラフトが狡噛に向かって突っ込む。

泉宮寺の頭めがけて振り下ろされたスタンバトンは、猟犬の胴体によって防がれた。スタンバトンを表面の装甲にくらったくらいでは、猟犬ドローンはびくともしない。

次の瞬間反転し、狡噛はダッシュで逃げていく。追跡するラヴクラフト。やがて、もう一台のカフカも追いついてきて、狡噛を挟み撃ちにする。

「ふん……かかってこいよ、ポンコツ」

狡噛はカフカに向かって走る。やや斜め方向に走って、カフカの位置を調整する。二台の猟犬ドローンは、どちらも全速力で狡噛を目指す。

まずカフカに接近する狡噛。チェーンソーのように振動する牙《きば》で襲いかかるカフカ。その牙をかわしつつ、驚くべきことに狡噛はカフカの上に飛び乗る。人間離れした身体能力だ。狡噛はカフカの装甲の隙間を狙ってスタンバトンを突き込んで、派手に火花を散らす。


このとき狡噛は、猟犬ドローンの胴体下部に、携帯トランスポンダのバッテリーがガムテープではりつけられていることに気づく。狡噛を狙って、もう一台が飛びかかってくる。狡噛はスタンバトンを刺しっぱなしにして、ギリギリまで引きつけてから飛び降りる。二台の猟犬ドローンが激突。スタンバトンを刺したほうが、さっき狡噛が発見した罠《わな》のある床まで吹き飛ぶ。半分以上運任せだったが、一応は狡噛の計算通りだ。

猟犬ドローンが盛り上がった床を踏んで、吊り天井の罠が発動。ほんの一瞬の静寂のあとに――グシャッと破壊音。上から落ちてきた数百キロのスパイクに押し潰され、猟犬ドローンの一台が半壊した音だ。狡噛は瀕死《ひんし》の猟犬ドローンに駆け寄って（本物の猟犬のように痙攣《けいれん》していた）、バッテリーが無事であることを確認してほっとする。

戦闘能力に差がありすぎるから、吊り天井を使うのは仕方がなかったとはいえ、これを破壊していたら生存確率が大幅に減少するところだった。ガムテープを剝《は》がしてバッテリーをつかみ、即座に逃亡再開。弾丸の再装塡を終えたプレイヤーが撃ってくるが、狡噛が排水用の溝に飛び込んで身を隠すほうが早い。

狡噛はゆきの位置まで戻った。

「狡噛さん！」

「走れ！」

排水溝に沿って素早く移動し、敵から距離を稼ぐ。

「一台仕留めた。それに……」ゆきに預けていた荷物から携帯トランスポンダを手にとり、バッテリーを装着する狡噛。電源にスタンバイのランプが点《とも》る。「……あとは、アンテナだ」

さっきまで獲物が潜んでいた排水溝の周囲を探る泉宮寺とラヴクラフト。その傍らには槙島。

「まさかカフカがやられるとはな……とんでもないヤツだ」

「ただの獲物ではない……凶暴な野獣です。狼の眷属《けんぞく》かもしれない」

「あの男、さっきカフカの残骸《ざんがい》から何か回収していたように見えたが……槙島くん、今回のゲームについて、さては何か私の知らない趣向まで組み込んでいるのかね？」

悠然と笑い、はぐらかす槙島。

「人は恐怖と対面したとき、自らの魂を試される。何を求め、何を成すべくして生まれてきたか、その本性が明らかになる」

「私をからかっているつもりかね？」

「あの狡噛という男だけではない、あなたにも興味はありますよ。泉宮寺さん。不測の事態、予期せぬ展開を前にして、あなたもまた本当の自分と直面することになるでしょう。そんなスリルと興奮を、あなたは求めていたはずだ」

「……君のそういう、人を食ったところは嫌いではないよ」

微笑して、泉宮寺はラヴクラフトとともに追跡を再開する。

建築素材らしきものが積み重なって、比較的身を隠しやすそうな場所が形成されている。そこで休憩する狡噛とゆき。狡噛はまだ精神体力両面で余裕があるが、ゆきは消耗しきって荒い息をついている。

「もう……駄目……走れない……」

「しっかりしろ。すぐにも連中は追いついてくるぞ」

「……もう、嫌……逃げきれないよ……こんなの、無理……」

そこで狡噛は黙り込んでしまう。ゆきは、少し呆《あき》れたように笑う。

「……ねぇ？　慰めたり、励ましたりしてくれないの？　あんた、刑事なんでしょ？　そんな無愛想だと、もてないよ……」

「悪いが、考え事の最中だ」

「いいから、何か喋《しゃべ》って。あんたって……黙ってると、なんか怖いんだもん……」

「……考えていた。あんたを餌にして常守が釣られ、代わりに俺が捜しに行くことまで織り込み済みで、連中はこの狩りをセッティングした」

「……あいつらが遊びたいのは、あんたなんでしょ？　あたしはただの……クソッ……巻き添え食ってるだけなんでしょ！」

「その通りだ。あんたについては、廃ビルまでおびき寄せた時点で役目は終わっていたはずだ。なのにやつらは……どうしてあんたも地下鉄に乗せた？」

「それってさ……あんたが簡単に逃げられないようにするためじゃない？　だって…

…今もこうして、あたし、あんたの足を引っ張ってる。あたしがいなければあんた一人でもっと上手《うま》く逃げられるんでしょ？」ゆきは不貞腐《ふてくさ》れたように、あるいは自嘲気《じちょうぎ》味に微笑む。「……いいわよ。好きにしなさいよ。サイテー、あたしの人生、まさかこんな風に誰かの玩具《おもちゃ》にされるなんてね……」

「この狐狩り、ただのワンサイドゲームじゃない。敵は俺にも勝ち目があるとちらつかせてる」

アンテナのないトランスポンダを手に取り、考え込みながら呟《つぶや》く狡噛。

「つまり……俺は、試されてる。途中であんたを見捨てるか否か……きっとそいつも、勝敗を握る鍵《かぎ》のひとつなんだ……」

そこではたと閃《ひらめ》き、狡噛は顔を上げる。

「おい、服を脱げ」

「はぁ!?　な、何考えてんのよ、こんなとこで！」

「いいから、その寝巻きをよこせ。確かめたいことがある」

「あんた正気？　頭でもいかれたの!?」

「生き残りたければ言うとおりにしろ」

ゆきは怒り顔で、それでも渋々とネグリジェを脱ぐ。ブラとパンツだけの姿に。狡噛は点灯したフラッシュライトを口に咥《くわ》え、ゆきから乱暴に手渡されたネグリジェを、子細に観察する。

「こんなド変態が公安局の刑事だなんて……」

狡噛はネグリジェから目を上げ、次は半裸のゆきを凝視する。

「な、何見てんのよ！」

「あんた、寝るときは下着を揃えないのか？」

「え……？」

そう言われて初めて、ゆきは自分の下着の柄が上下で不揃いであることに気づいた。自分の記憶を掘り返してみる。

「これは、昨晩つけたブラじゃないよ。何で……」

「ブラをよこせ」

ゆきは顔を紅潮させて、

「あっち向いてなさいよ！」

狡噛が背を向けると、その頭に、ゆきが投げてよこしたブラが引っかかる。それを手にとって、狡噛はブラのワイヤー周辺を特に念入りに調べる。明らかに細工した縫合跡がある。

「……攻略アイテムの最後のひとつは、あんたが隠し場所だったんだ」

ゆきのブラを破り、ワイヤーを引き抜く。

「トランスポンダのアンテナ素子だ」

6

地上から、地下鉄の廃線を遡《さかのぼ》っていく朱たち——刑事課一係の面々。移動するドローンに腰掛けたままノートパソコンを操作し、六合塚が眉《まゆ》をひそめる。「……このあたり、局所的だけどかなり強力なジャミングがかかってますね。携帯端末だとやばいかも」

それを聞いて、宜野座が全員に「ここで止まれ」と告げる。

「妨害電波の発信源は？」朱は訊《たず》ねた。

「南西方向なんですけど……マップ上だとこの区画、何にもないはずです。昔あった貯水槽は再開発のとき耐震対策で埋めてますよ」

「本当は埋まってないんだろう、恐らく。やっぱり誰かがデータ改竄《かいざん》してるな」宜野座は心底苛立《いらだ》ったように舌打ちする。「……ここまで大がかりとなるとハッキングだけじゃ説明がつかん。国交省の中に記録をいじった奴がいるのか……どういうことだ、くそ。……とにかく、ここに中継基地を設営する。すべてのドローンはケーブル有線で稼働させろ」

縢はうなずき、

「それならドミネーターにも支障ないっすね」

「マップデータは信用するな。隙間という隙間を虱潰《しらみつぶ》しに調べろ。それと――」

宜野座は一度目を閉じて、表情を引き締め、

「狡噛慎也は見つけ次第、ドミネーターで撃て。警告は必要ない」


あまりにも冷たい言い方に、朱は色を失った。

「でも、まだ彼が脱走したと決まったわけじゃ」

「その判断はシビュラシステムが下す。狡噛にやましいところがなければ犯罪係数にも変化はない。パラライザーで決着はつく」

「まあ、たしかに」縢がそこはかとなくつまらなそうに言う。「……コウちゃんがマジに逃げる気だったんなら、容赦なくエリミネーターが起動しますよね」

「サイマティックスキャンは誤魔化せない。それで狡噛の本心もわかる」

「殺しても構わないっていうんですか？」朱は激昂《げっこう》。「宜野座さん、友達だったんでしょ！」

「これで狡噛が死ぬ羽目になれば、常守監視官、すべては君の監督責任だ」

刃物を突きつけるような宜野座の言葉。朱は返答に詰まる。

「君がちゃんと狡噛をコントロールしていれば、こんな事態にはならなかったんだ。……どうだ？　自らの無能で人が死ぬ気分は。これが君が前に言っていた『上手くやる』ということなのか？」

「…………」宜野座と話しているうちに、朱は自分がとんでもない悪事に加担したような気分になってきた。涙目になる。水滴が溢《あふ》れそうになっているのが自分でもわかる。それをこぼしてはいけない――朱は必死に耐えようとする。泣いても馬鹿にされるだけだ。

「なあ、監視官」いつの間にか近寄っていた征陸が、宜野座の襟首をつかんで持ちあげた。行儀の悪い猫をこらしめるようなその行為に、縢や六合塚も驚いて目を丸くする。征陸の怪力と眼光の鋭さに、宜野座は一瞬思考を停止する。

「それくらいにしとこうか。ちょっと陰険すぎるぜ」

それだけ言って、ぱっと手を離す。よろめいてドローンにもたれかかった宜野座に、征陸は爽《さわ》やかに笑いかける。一見爽やかだが、その実、乾ききっているような疲れた笑顔だ。宜野座はまだ、何が起きたか理解できずに呆然《ぼうぜん》としている。その襟元やネクタイが乱れている。

一番驚いたのは、朱だろう。これは――助けてくれたのだろうか？

気まずい空気を打ち破るかのように、全員の携帯情報端末が一斉に緊急事態を告げるアラーム音を発した。公安局のドローンを経由して、狡噛からの無線連絡が届く。

『こっちの位置は探知できるな!?　現在コード一〇八が進行中！　至急応援を！　繰り返す……』

朱も宜野座も我に返った。

コード一〇八。公安局の刑事に対して明確な殺意を持った犯人との遭遇を示すコード。

「現在位置を確認。八〇〇メートル離れた地下です」とノートパソコンを操作しつつ六合塚。

「ありったけのドローンを急行させろ！」宜野座が叫んだ。

「でも経路が――」

「手当たり次第に試せ！　一台でもいいから到着させるんだ！」

廃ビルや、封鎖されたはずの地下鉄出入り口から、次々と地下に突入していく大量の公安局ドローン。そのあとに、ドミネーターを手にした朱たちが続く。

第十一章　聖者の晩餐

1

廃棄された地下鉄の駅で、存在しないはずのトンネルを発見する公安局のドローン。その周囲に、朱と宜野座、そして征陸、六合塚、縢が集まる。ドローンは通信ケーブルを引きずり、さらに捜査官たちのドミネーターもドローンと有線接続されている。妨害電波対策だ。

「くそッ、完全に迷路だな」宜野座が苛立ちを隠さない声で言った。「ここをナビなしで進むのか？」

「データ上はあるはずのない空間です。狡噛の救難信号も方角だけしか」と六合塚。

「常守監視官、征陸を連れて狡噛を捜せ。俺と縢、六合塚は手分けして妨害電波の発信源を探し出し、潰す。それまで全員、通信はドローン経由で有線で行え」

「はい！」朱と征陸は、ドローンを連れて駆け出す。

「正直、なにがなんだかさっぱりだ」ギリ、と宜野座は歯軋《はぎし》りした。「強力なジャミングに、記録にない地下空間、狡噛からの応援要請……」

「タダゴトじゃないのは間違いないッスよ」縢が珍しく神妙な顔で言う。「コウちゃんのあんな声、初めて聞きました。マジで切羽詰まってた」

地下狩猟場——怯《おび》えながら排水溝に隠れているゆき。そこから少し離れた柱の陰に、狡噛。朱たちとの連絡に使った通信機を懐のポケットに放りこむ。

「何をこそこそやっている？」

男の声が聞こえた。次に銃声。狡噛は敵をゆきから引き離すために走りだす。猟犬ドローンが追いかけてくる。狡噛の周囲で散弾が弾《はじ》ける。

そのとき、フェンスを吹き飛ばして、かつての資材搬入口から公安局の装備運搬ドローンが飛び込んできた。宜野座が四方八方手当たり次第に飛ばしたうちの一台。間に合った！　と狡噛は歓声をあげそうになる。

ドローンはカメラアイで周囲の状況を確認し、狡噛を発見。全速力で向かっていく。疾走する装備運搬ドローンに、横から猟犬ドローンが体当たりをした。公安局のドローンはハイパワーだが、違法改造された猟犬ドローンはそれを上回っているようだ。

火花を散らして転倒する公安局ドローン。しかし、狡噛が滑りこんで、ひっくり返った公安局ドローンの荷台に手を突っ込む。ドローンは最後の力を振り絞るようにして執行官用携帯情報端末の接近を確認し、蓋《ふた》を開く。スライディングで通過する狡噛。次の瞬間、その手にはドミネーターが握られていた。

2

地下道の奥に、小型の発電機と妨害電波発生装置が設置してあるのを縢が見つけた。タワー型のパソコンとドーム状のアンテナを組みあわせたような外観。

「こいつか！」縢が、アンテナ部分を蹴《け》り飛ばす。パソコンと繋《つな》がっていたケーブルが火花を散らして千切れる。何度も踏みつけて、念入りに破壊しておく。

少し離れた場所を捜索していた宜野座の携帯情報端末に、縢からのクリアな音声通信が入る。

『妨害電波は潰したっす。すぐにそっちに戻ります』

宜野座は手元に目をやる。ドミネーターの「MOBILE SIGNAL」のランプが赤から緑に。

「……よし！」ドミネーターのグリップからドローンに繋がっていたケーブルを引き

抜く。「各自、引き続き狡噛の捜索に移れ。先行した常守たちを追うんだ！」

『ユーザー認証・狡噛慎也執行官』

倒れたままもがく公安局ドローンを踏みつけながら、猟犬ドローンが狡噛に迫る。高速振動する牙《きば》を、転がって避《よ》ける狡噛。手の中でドミネーターはデコンポーザーに変形する。

『対象の脅威判定が更新されました・執行モード・デストロイ……』

すかさず猟犬ドローンに向けて発砲する狡噛。

『……デコンポーザー・対象を完全排除します・ご注意ください』

猟犬ドローンの胴体が、丸くくり抜かれたように消失する。四本の脚部だけがガチガチと震えて、やがてひときわ盛大な火花をあげて完全に停止する。

しかし、猟犬ドローンを片付けても、その主人がまだ残っている。狡噛は側面をとられていることに気づいて、咄嗟《とっさ》に物陰へと飛び込む。銃声――立て続けに二発。そのとき狡噛は、発射炎で浮かび上がった敵の姿を視界の端に認めた。短い時間だったが、敵の姿には見覚えがあった。つい先日もテレビのニュースで見た顔――まさか。泉宮寺豊久？　しかし、どうしてあの男が？

回避は、完全には間に合わなかった。

散弾のうちの二粒——粒の直径およそ九ミリ——が狡噛の肩と脇腹にめり込んでいた。

出血。火箸《ひばし》をねじこまれたような激痛。

「くっ！」遮蔽物《しゃへい》に身を隠したまま、狡噛は歯を食いしばる。

「あの外観、二発ごとの空白、散弾……」

話し相手が近くにいるわけでもないが、あえて声に出して思考を整理する。

「敵の武器は、二連銃身の猟銃か」

泉宮寺も物陰に隠れた。排莢《はいきょう》し、新しい弾丸を装塡《そうてん》。その隣には、いつの間にか槙島がいる。

「残念ながら時間切れです。妨害電波が破られました。まもなく公安局の本隊がくるでしょう」

「……猟犬は殺された。撃たれて、壊されたんだ。奴はとうとう撃ち返してきた……」

泉宮寺は熱に浮かされたように言った。

「……泉宮寺さん？」

「……昔は、発展途上国のインフラ設備にかかわる工事が多くてね。危険な現場ほど金になった。紛争は突発的で、状況予測と危機管理には限界があった。現地でゲリラの襲撃に遭ったことがある。もう七、八〇年は前かな……」独り言と説明の中間の口調だった。「捕虜になって、私は同僚とロシアンルーレットをやらされたよ。映画の『ディア・ハンター』みたいにね。それまで泣いたり叫んだりしていた友人が、次の瞬間には肉の塊になっていた。私は飛び散った血飛沫《ちしぶき》を頭から浴びてね。彼の臭いが、全身にべっとりとこびりついて……」

「…………」

「勘違いしないで欲しいが、これは『いい思い出』の話だ」

猟銃の銃身をパチンと元に戻す。

「あのときほど、命を、生きているという実感を痛烈に感じたことはない。それを今、私は再び味わっている。この機械仕掛けの心臓に、熱い血の滾《たぎ》りが蘇《よみがえ》っている……ここで『逃げろ』だって？　それは残酷というものだよ」

「ここから先はゲームでは済みませんよ」

「その通りだ。これまでハンターとして多くの獲物を仕留めてきた。しかし今は決闘者《デュエリスト》としてあの男と対峙《たいじ》したい。……槙島くん、君とてまさか、ここで私が尻尾《しっぽ》を巻く様を見たくて妙な小細工を労したわけでもあるまい？」

槙島は静かに笑い、

「……仰せの通りです。あなたの命の輝き、最後まで見届けさせてもらいます」

3

狡噛はドミネーターのバッテリー残量を見た。エリミネーターの使用回数はフル充電時で四回。デコンポーザーを使用したために、すでに残量を示す目盛りは一つ減っている。

敵＝プレイヤー＝泉宮寺。

彼が、猟銃を構えて物陰から飛び出してくる。狡噛は遮蔽物の角から体を半分だけ出して、ドミネーターを撃つ。だが泉宮寺は排水溝の一つに身を伏せて、人体破壊のエネルギーは空を切る。溝の中を走って、ゆるい傾斜を駆け上がる泉宮寺。狡噛に向かって間合いを詰めながら、猟銃を発砲する。まずは一発。

すぐに狡噛は遮蔽物に身をひっこめる。角に散弾が一斉にめりこんで、破片が飛び散り、その一つが狡噛の頬をかすめて浅く裂く。血が滲《にじ》む。二発目を撃つ泉宮寺。角のコンクリートがさらに大きく抉《えぐ》られるが、弾切れ。これを好機と見て狡噛は飛び出す。

地下迷宮を実現するために構築されたバリケードの一つに飛び乗る狡噛。泉宮寺の上をとったので、角度のついた射線が開く。

「……っ⁉」ちょうど排莢と次弾装塡を終えた泉宮寺が、ドミネーターに狙われていることに気づいて、慌ててバックステップで逃げようとする。

発砲する狡噛。

かわしきれず、泉宮寺の体内を循環する人工血液が沸騰。その左腕が内側からめくれるように破裂する。人工筋肉と外装の破片が飛び散る。

「……く！」

それでも泉宮寺は、猟銃を右手だけで構えて撃ち返す。散弾が狡噛の間近を通過する。その際に、狡噛の腹部、右太腿《ふともも》に散弾が何粒か突き刺さる。

「がッ！」

バリケードの反対側へと転げ落ちる狡噛。

片腕を失った泉宮寺はバランスが取れず全力でのダッシュができない。よろめきながらも早足でバリケードを迂回《うかい》し、片手で猟銃を構える。――が、狡噛が落ちたあたりには血溜《ちだ》まりが残っているだけだ。泉宮寺は慎重に周囲の気配を探り、そのまま足音を殺して歩き始める。

暗視強化された義眼で物陰を一つ一つ観察しながら、泉宮寺は慎重に進んでいく。ここは王の狩猟場ではなく戦場になった。――何かが聞こえる。高性能な機械の耳に、ありえないはずの幻聴。遠い昔の戦場の喧噪《けんそう》、銃撃と怒号――そして過去に撃ち殺してきた獲物たちの悲鳴が、人工の頭蓋骨《ずがいこつ》内を反響しはじめる。

泉宮寺は恍惚《こうこつ》とした笑みを漏らす。

ふと足下を見ると、真新しい血に染まった狡噛の足跡が。

「……チェックメイトが近いぞ。執行官」

足跡を追跡する泉宮寺。

それは錆《さ》びた貯水タンクの陰に続いている。そこには、明らかに誰かがいる。緊張した荒い呼吸――なんだい、すっかり怯《おび》えているじゃないか。

泉宮寺は素早く回り込んで、呼吸音の主に銃を向けた。だが、そこにうずくまっていたのは、狡噛の靴を履き、狡噛のコートを羽織った「餌役」の女――船原ゆきである。

「……ん？」唖然《あぜん》とする泉宮寺。その強化された聴覚に――

『犯罪係数・三二八・執行対象です……』――そう微《かす》かに届くドミネーターの声。

貯水タンクの真下から転がり出る狡噛。

狙いを狡噛に切り替える泉宮寺。

次の瞬間、泉宮寺の背中から後頭部にかけてが破裂する。

義体のせいかバラバラにはならず、体の前半分は原形を留《とど》めたままだ。どこか酔い痴《し》れるような表情のまま、泉宮寺はゆっくりと倒れこむ。


「すごい……やったよ！　あたしたち勝ったよ！」

「すまん。無茶を、させた……」

仰向《あおむ》けでドミネーターを撃った狡噛は、そこから身を起こそうとするが、失血で意識が朦朧《もうろう》としている。手から力が抜けて、ドミネーターは床に落ちる。それを拾い上げようとする狡噛の手を、ゆきがそっと両手で包み込む。

「ここを出たら……すぐに、セラピーを受けろ……あんたに、見るべきじゃないモノを見せすぎちまった……」

「大丈夫だよ……狡噛さん素敵だったもん。本当に、本当にありがとう……」

「俺は執行官……潜在犯だ。聞いたことあるだろ？」

「じゃあ、あたしも潜在犯でいいよ」

馬鹿なことを——そう言いかけて、とうとう限界がきて狡噛は一瞬意識を失う。

数秒の暗闇——目が霞《かす》む——視界が揺れる——意識を取り戻す——まだ、気を抜くのは早い。何か騒がしい。争い——揉《も》め事の気配。

「やめて！　放して！」と抵抗するゆきの声が、遠くに聞こえる。ぼやけた視界に、何者かがゆきに手錠をかける光景が映る。人影——長身の若い男。どこかで見たことがある姿——佐々山の写真？　もしかしてこの男が「マキシマ」——。

「マキシマ」は緊縛したゆきを右手で引きずりながら、左手で泉宮寺の猟銃をつかむ。猟銃を左脇に抱え直して、器用に予備の弾薬ベルトも拾い上げる。

「……狡噛さん！」ゆきの悲鳴。

狡噛は必死に起き上がろうとするが、体が言うことを聞いてくれない。悪夢の中で、いくら足を動かしても前に進まない感覚にそっくりだ。

その男——「マキシマ」は狡噛に向かって微笑みかけた。

「いずれ、また」

——ふざけるな。行くな、待て——。

4

地下通路で、狡噛を認識した装備運搬ドローンを追跡する朱と征陸。しかし二人が見つけたのは、凄《すさ》まじい力で押し潰《つぶ》されたドローンと、足だけになった未登録ドローンの残骸《ざんがい》。どう見てもデコンポーザーの仕事。激しい戦闘があったことは疑いようがない。

「油断するな監視官。キナ臭いなんてもんじゃないぞ」

「あちこちに弾痕《だんこん》が……」

「散弾だな。火薬を使った銃なんて久しぶりだ……」

朱は携帯情報端末で、狡噛が持っていったはずのドミネーターの信号を拾う。

「狡噛さん……！」

そんな朱の耳に、遠くからこだまのような声が入ってくる。

——誰か助けて。手を放して。

「……ゆき⁉」

「今の声は？」

「行方がわからなくなってた、私の友人の声だと思います……！　そもそも、狡噛さんとは彼女を捜しにきたんです、それが、まさか、こんな……」

朱と征陸は走る。

とうとう床に倒れた狡噛を発見する。

「……狡噛さん⁉　狡噛さん！」

暗闇の中、遠目にも重傷だとわかる。朱は取り乱して狡噛に駆け寄る。ドローンに周囲をスキャンさせてから、そのまま朱と狡噛を守るように周囲を警戒する征陸。血を流しすぎて真っ青になっている狡噛を見て、朱も同じくらい青ざめる。

「…………」すでにまぶたを閉じていた狡噛の体が、朱の声を聞いてぴくりと動く。

朱は狡噛のそばで膝《ひざ》をついた。とりあえず近くに敵はいないことを確認して、征陸も狡噛の具合を確かめる。

「ひでえな……あちこちにもらってるじゃねぇか。お嬢ちゃん、応急処置は？」

「訓練だけは何度も……でも、実際にやったことはなくて……」

「なら俺に任せとけ」

征陸が立ち上がって、装備運搬ドローンを呼び寄せる。その貨物スペースから、応急処置キットを取り出す。征陸は上着を脱いでネクタイを外し、袖《そで》をまくる。

「…………」狡噛が唇を動かしている。声がか細い。

「……え？」朱が狡噛の唇に耳を近づけると、ようやく彼の声が聞こえるようになる。

「もう一人、いる……お前のダチを連れていった……」と狡噛は弱々しく、しかし最後の力を振り絞って奥を指差す。

「どいてろ、お嬢ちゃん。とにかく血ィ止めなきゃ」

朱は立ち上がって、狡噛が示した方向に駆け出した。

「何考えてるんだ！　監視官！」

「まだ事件が終わってないんです！」

朱を追いかけようとするが、瀕死《ひんし》の狡噛も気になる征陸。常守朱を追いかけて援護してやりたいが、このまま放置したら狡噛は死ぬだろう。ここにいるドローンは手術用ではない。このタイプにできるのは、包帯を巻くこと、輸血を手伝うこと、電気ショックと人工呼吸――そんなところか。止血と簡易縫合にはどう考えても人の手がいる。征陸は顔をしかめて思い悩んで――。

「くそ！」吐き捨てて、結局その場に残って応急処置を開始する。ドローンから、輸血用のチューブを引き伸ばす。手際よく処置を進めつつ、無線を使って連絡をとる征陸。

「こちらハウンド1。誰か、聞こえるか？」

妨害電波装置を破壊した縢は、宜野座、六合塚と合流。狡噛、そして朱たちのドミネーターの信号を追いかける。追いかけながら、ドローンに周囲をスキャンさせて証拠と情報を収集する。移動しつつその結果をモニタで確認して、六合塚が「なんだこれ……」と低くうめく。

「何か見つけたのか？」と宜野座。

「血液反応です」ドローンがライトを当てて赤外線を併用すると、モニタに血液が白く表示される。地下空間のあちこちにこびりついた大量の血痕《けっこん》。「……まるで戦場……

…三人や四人なんてもんじゃない……数十人……いや、下手したら一〇〇人近く死んでます」

宜野座は眉間《みけん》にシワを寄せ、

「ここに狡噛が誘い込まれた……？」

六合塚も険しい顔で、

「大量殺人……虐殺？　犯人の目的は？」

「ゲームじゃないですか」

滕の一言に、はっとする宜野座と六合塚。

「え、いや……この地下にやってきたときからずっと感じてたんスよ。コンバット系ゲームのステージみたいだな、って」

「ヴァーチャルならともかく……生きた人間を使って、ゲームだと？」

信じられない、と言いたげに宜野座。

「犯人がゲームのプレイヤーだとすれば、コウちゃんなんて、最高の対戦相手だと思いますがね」

そこへ全員の携帯情報端末に着信。征陸から。

『こちらハウンド1。誰か、聞こえるか？』

「こちらシェパード1。状況は？」

『ハウンド3を保護した。生きているのが不思議な有様だ。犯人は複数。一人を狡噛がエリミネーターで処分。しかしまた別に逃亡中のやつがいる。シェパード2が単独で追跡を続行している。急いでくれ！』

「くそッ……了解した。その場を動くな。すぐ救援に向かう！」通信を終える。

「ルート設定終了」と六合塚。「高速移動できます」

「全速力だ」

宜野座、縢、六合塚の三人は、装備運搬ドローンに飛び乗った。乗り心地はよくないが、このドローンはほんの数秒で時速六〇キロまで加速する。

「どうやらそのくそったれなゲームとやらは……まだ終わっていないらしいな」

――征陸のシャツやズボンが血まみれになっている。一息ついて、額の汗を拭《ぬぐ》う。額に狡噛の血がべっとりと付着して、なんのために拭ったのかよくわからなくなる。征陸は、外したネクタイまで止血帯に使っていた。狡噛は、ドローンに積んであったタンパク質止血包帯でミイラ男状態だった。ドローンから輸血を受けている。

応急処置の効果は上々で、狡噛がゆっくりと瞼《まぶた》を開けた。

「体が重い……自分の体じゃないみたいだ」

「弾はまだ抜いてねぇからな。俺がおっかなびっくりやって太い血管を傷つけたら本当に致命傷だ。搬送後、プロにやってもらえ」

「……常守監視官は。どこに？」

「こっちがききてぇよ。突っ走っていった」よっこらしょと立ち上がる征陸。「お前の応急処置が終わったから、俺も今すぐお嬢ちゃんを追いかける」

「俺も行く」

「お前はアホか」

「だが……」

体に何発も弾丸を埋めたまま、狡噛は這《は》ってでも朱を追いかけようとする。征陸は狡噛の体をまたぐと、狡噛の頭をがっちりとつかんで、強烈な頭突きを入れる。

「くあ！」激痛に身をよじる狡噛。よじったせいで銃の傷がさらなる痛みを生み出す。激痛の連鎖とでも言うべきか。

「悪いな……重傷だってのに。でもな、これ以上時間の無駄はイヤなんだよ。お前がこんなになるんだ。はっきり言って、お嬢ちゃんもかなりヤバい」

そして地下空間に響くドローンの走行音――ブレーキ音。宜野座、縢、六合塚が到着した。

「征陸執行官！」

「ちょうどよかった、監視官！　狡噛が動かないようにおさえつけといてくれ！」

そう言い残して、征陸はこの場から走り去る。

宜野座は、激痛の連鎖で苦悶《くもん》する狡噛を見下ろす。

六合塚が、ドローンのモニタで狡噛の体調をチェック。「さすが、出血はとりあえず止まってます。しばらく大丈夫そうですね」

「でも搬送しなきゃそのうち死ぬでしょ、これ」と縢。「うっわ、鉛の弾くらってるのなんて初めて見た……」

「しぶといもんだな、まったく……」そう言って、宜野座が安心したように大きく息を吐く。

そのとき、移動に使ったドローンが、床に散らばったサイボーグの部品を見つけてスキャン。

「なんだ？」

「コウちゃんが一人撃ったみたいですね。エリミネーターで」

ドローンが部品のデータを照合。すぐに、泉宮寺豊久の顔がモニタに表示される。

「泉宮寺豊久⁉」六合塚が驚きの声。

「なんだと……狡噛は泉宮寺と戦ってたのか⁉」

「……誰ですか、それ」一人だけきょとんとした顔の縢。

「厚生省の推薦ニュースも見てないの？」と六合塚。

「あんなもの、見てる人間がいたの!?」と滕。

5

地下空間、狩猟場のさらに奥に、途中でそのまま放置されたような工事現場があった。細い通路が、吊《つ》り橋のように高所で入り組んでいる。息を切らして駆ける朱。やがて一段高い通路に、もう一人の犯人とゆきを見つける。

「止まりなさい！」朱はドミネーターで狙いをつけ、携帯情報端末で身分証を提示。

「公安局です！　武器を捨てて投降しなさい！」

犯人の男は振り向き、ゆきを盾にした。

ドミネーターはゆきを捕捉《ほそく》して、トリガーにロックがかかる。

『犯罪係数・五九・執行対象ではありません・トリガーをロックします』

「あ、朱……」

「待ってて、ゆき！　いま助けるから！」

朱は、どうにか犯人とゆきにもっと近づけないか、さりげなく左右に視線を走らせる。しかし、このあたりの通路の構造は複雑で、どこからどういけば犯人がいる

「線」にのることができるのか瞬時には判断できない。

「ああ、君の顔は知っている。公安局の常守朱監視官、だね」

男が口を開いた。語るものをすべて物語にしていく、吟遊詩人の声だ。

「あなたがゆきを巻き込んだのね。よくも……」

「僕は槙島聖護。よろしく」

「なっ……まきしまッ⁉」

「……なるほど、そこで驚くのか。これまで後始末には気をつけてきたつもりだったんだが……。さすが公安局は有能だね。尻尾《しっぽ》ぐらいはつかまれていたというわけか」

芸術のような美貌《びぼう》、過剰なほど整った顔立ち。世界の果てを見てきた預言者のように深遠な目つき。しかし彼には、何かが足りない。朱は、異星人のようだと感じた。自分とは違う星で生まれて、まったく違うものを食べて、こちらの常識では考えられないような教育を受けてきた――だから、異星人。

「それとも、有能なのは狡噛慎也なのかな？」

「……あなたには複数の犯罪について重大な嫌疑がかかっています。市民憲章に基づいて同行を要請します」

「話があるならこの場で済まそう。お互い多忙な身の上だろう？」

「……逃げられると思ってるの？」

「君は応援が来るまでの時間稼ぎのためにも、ここで僕との会話を弾ませるべきじゃないかね？　熟練の刑事ならそう判断するはずだが……。あと、君が言う複数の犯罪とはどれのことだろう。御堂将剛？　それとも王陵璃華子？」

「やっぱり……」

「僕はね、人は自らの意思に基づいて行動したときのみ価値を持つと思っている。だから様々な人間に秘めたる意思を問い質《ただ》し、その行動を観察してきた」

「いい気にならないで。あなたはただの犯罪者よ！」

朱の怒声を、槙島は微笑で受け流す。

「そもそもこの社会で、何をもって犯罪と定義するんだ？　君が手にしたその銃、ドミネーターを操るシビュラシステムが決めるのか？」

槙島はゆきに猟銃の銃口を向けて、ゆっくりと彼女から身を離していく。すかさずドミネーターを両手で構え直す朱。だが――。

『犯罪係数・アンダー五〇・執行対象ではありません・トリガーをロックします』

「……えっ」

「サイマティックスキャンで読み取った生体場を解析し、人の心の在り方を解き明かす……科学の英知はついに魂の秘密を暴くに至り、この社会は激変した」ドミネーターが作動せず狼狽《ろうばい》する朱を、面白がるように眺めながら、槙島の語りは続く。「だがその判定には人の意思が介在しない。君たちは一体、何を基準に善と悪を選《え》り分けているんだろうね？」

「あなた、一体……」

「僕は人の魂の輝きが見たい。それが本当に尊いものだと確かめたい。だが己の意思を問うこともせず、ただシビュラの神託のままに生きる人間たちに、はたして価値はあるんだろうか？」

「え……？」

槙島は猟銃の銃口を下ろし、朱に向かって銃を投げる。朱の目の前に落ちてくる。

「折角だ。君にも問うてみるとしよう。刑事としての判断と行動を」

両手が空いた槙島は再びゆきを捕まえると、新たな手錠を取り出して、彼女の手首を通路の手摺《てす》りに繋《つな》ぎ止める。

「今からこの女、船原ゆきを殺してみせよう。君の目の前で」

「――ッ！」再びドミネーターを撃とうとする朱。

『犯罪係数・四八・執行対象ではありません・トリガーをロックします』

「止めたければ、そんな役に立たない鉄屑《てつくず》ではなく、今あげた銃を拾って使うといい。引き金を引けば弾は出る」

「で、できるわけ、ない……だって、あなたは……」

朱の声は震えていた。――あってはいけないことが、起きようとしている。今までの自分の常識を――いや、社会の常識を揺るがすような何かが――。

「善良な市民だから、かね？　シビュラがそう判定したから？」笑顔のまま、槙島は懐から古風なカミソリを取り出す。長さ二〇センチほどで、しかも刃がかなり分厚い。犬の首くらいなら、一撃で切断できそうだ。いきなり、ゆきの背中に切りつける。

「！」彼女の背中に、一直線の傷が開いて鮮血が溢《あふ》れる。ガラスが割れそうなほどの悲鳴。

朱は大量の汗を流し、喉《のど》がカラカラに渇いている。依然としてドミネーターは作動せず。

『犯罪係数・三二・執行対象ではありません・トリガーをロックします』

「ど、どうして……」

「何故かは僕にも解らない。子どもの頃から不思議だったよ。僕のサイコ＝パスはいつだって真っ白だった。ただの一度も曇ったことがない」

痛みに悶《もだ》えるゆきの髪を手に取り、弄《もてあそ》ぶ槙島。

「脳波、脈拍、この身体のありとあらゆる生体反応が、僕という人間を肯定しているんだろうね。これは健やかにして善なる人の行いだ、と」

穏やかに語りながら、槙島は手の中のゆきの髪をカミソリで梳《す》き切りにし始める。

「やめて……助けて……朱ェ……」

助けを求めて、ゆきは涙があふれた目で朱を見つめた。

――中学生のころ、最初に声をかけてきたのはゆきのほうだった。

「常守朱さんだっけ？　なんだかキノコみたいな髪型してるね」という、今思えばずいぶん失礼な彼女の物言いから二人の友人関係はスタートしていた。ゆきはよく「朱って変わってるねー」と言っていたが、それはむしろこっちのセリフだと思っていた。

高等教育課程でも縁は続いて、「狙ってる男子がいるのに、色相適性判定でなかなかいい結果が出ないよー！」という彼女の愚痴を聞くのは朱と佳織の役目だった。試合の経験データやホログラム動画を販売するプロのスポーツ選手を目指していたが、シビュラシステムの適性は出ず、結局トレーニングジムの身体セラピスト＝トレーナー職につくことになった。適性が出なかった日、夢を変更しないといけなかった日、ゆきは朱と佳織の前でいつまでも泣いていた。それでも、システムが選んでくれた職業はたしかにゆきにぴったりで、彼女は堅実な人生を歩み始めたところだった。

「……ゆき！」

「シビュラシステムでは僕の罪を計れない。僕を裁ける者がいるとしたら、それは――

—自らの意志で人殺しになれる者だけ、さ」

槙島が本気だと悟った朱は、たまらず足下の猟銃を拾う。右手にドミネーター、左手に猟銃を構えて、両方の銃口を槙島に向ける。

「い……今すぐゆきを解放しなさい！　さもないと……」

「さもなければ僕は殺される。君の判断、君の殺意によって僕は死ぬ。それはそれで尊い結末だ」

震える銃口を前にして、槙島は余裕の笑み。

「ほら、人差し指に命の重みを感じるだろう？　シビュラの傀儡《くぐつ》でいる限りは決して味わえない、それが決断と意志の重さだよ」

「……ッ」恐怖と重量で猟銃の構えが安定しない朱。

右手のドミネーターを手放すこともできない。

それを手放して犯人を殺すのは、監視官には認められていない。朱だって、ドミネーターの指示に反した殺しなんてまっぴらごめんだ。ドミネーターの利点は、たとえ人を殺しても、その責任を人間ではなく「システム」が背負ってくれること。

ドミネーターの殺しは、社会全体で殺すのと同義。

猟銃で殺したら、それは——。

自分で殺、い、殺したことになっ、て、い、て、しまう、。

『犯罪係数・アンダー二〇・執行対象ではありません・トリガーをロックします』

「デカルトは、決断ができない人間は、欲望が大きすぎるか悟性が足りないのだと言った。……どうした？　ちゃんと構えないと弾が外れるよ」

からかうように言ってから、槙島は真顔になり、冷たく朱を見据える。

「――さあ、殺す気で狙え。ドミネーターを捨てろ！」

「――ッ！」

朱は、思わず目を瞑《つむ》ってしまった。ドミネーターを捨てられないまま、不安定な片手だけで猟銃を発砲する。反動で銃口が跳ね上がったところで、もう一発。どちらも槙島には当たらない。散弾は見当違いの場所に着弾する。

「……あ……」朱は弾切れになった猟銃を取り落とす。

「あ、朱……？」ゆきはまったく状況を理解していない。恐怖のあまり思考力が鈍っている。

「……残念だ。とても残念だよ常守朱監視官」

槙島は本当に落胆した面持ちでゆきの頭髪をつかみ、無理やり上を向かせる。

ゆきの細い首。白い肌に薄く浮かび上がって見える血管。

ゆきの汗と涙。ハッハッハという荒い呼吸に合わせて激しく動く喉。

「いやぁ……助けて、朱……！」ゆきは必死に抵抗するが、槙島はびくともしない。

「君は僕を失望させた。だから罰を与えなくてはならない」

「やめて……お願い……」震えて、朱の奥歯が音を鳴らす。「なんでもするから」

「常守監視官。君に本当の正義について考えるチャンスをあげよう」

ゆきの喉にカミソリをあてがい、一気に切り裂く槙島。

『犯罪係数・ゼロ――』

「やめてぇッ！」

『――執行対象ではありません・トリガーをロックします』

喉を真横に切断して、ゆきの首が千切れそうになった。槙島は盛大な血飛沫《ちしぶき》をあげるゆきの体を高所の通路から捨てる。手錠によって、彼女の死体がぶら下がる。すぐに手首の関節が外れるが、すでに死んでいるので悲鳴もあがらない。

――数十分後。

狡噛は、ドローンが運搬する担架の上で目を覚ました。

「気がついたか」隣には、沈鬱《ちんうつ》な面持ちの宜野座がいる。

「……常守監視官、は……？」

狡噛の問いに、宜野座は救急車を顎《あご》で示す。毛布に身を包んで震えながら、搬送スペースの後端に腰掛けている朱。うわ言のように何かをつぶやき続けている。

狡噛は宜野座に「運んでくれ」と頼んだ。「…………」宜野座はうなずき、ドローンに命令。狡噛を乗せた担架が、救急車に運び込まれる。

「……私がゆきを見殺しにした……私がゆきを見殺しにした……私がゆきを見殺しにした……」

朱が何を言っていたのかわかった。

狡噛は傷ついた体に鞭打《むちう》って右腕を持ち上げ、朱の肩を軽くつかむ。朱はびくっと一際大きく震えたあと、つぶやくのをやめる。

「……何が、あった？」

「……あの男と、あいました」

狡噛の声を聞いて落ち着いたのか、すっかり焦点を失っていた朱の目が、徐々に理性の光を取り戻していく。

「あの男……」狡噛はうっと顔をしかめる。「マキシマか」

「名前は――槙島聖護。やつには……ドミネーターが、ききません」

――続く。

ボーナストラック　たまには色相の濁らない一日

滕秀星《しゅうせい》が潜在犯指定を受けたのは、五歳のとき。もう忘れたい記憶だが、今でも両親の悲痛な表情が瞼《まぶた》の裏に焼き付いている。それから施設に隔離されて、セラピーやらカウンセリングやらストレスケア薬剤治療やらを繰り返す日々。自分が実験動物にでもなった気分だった。もちろん治療の「効果」とやらは怪しいもので、滕の凶暴性はむしろ施設で「育てられた」。少なくとも滕はそう思っている。――卵が先か、鶏が先か。潜在犯だから凶暴になったのか、潜在犯にされたから凶暴になったのか。

あれは滕が一四歳のころだった。ニヤニヤとした中年男のカウンセラーが「潜在犯にもつける仕事はあるんですよ。代表的なものが執行官です。健康な市民を守るための大事な仕事です」と言ってきた。――健康な市民？　そいつらを実験動物扱いの潜在犯が身を盾にして守る？　あまりにも腹がたって、滕はデスクを飛び越えた。カウンセラーが持っていた電子カルテ用のボードを奪い取り、その角を顔面に叩《たた》きつけて鼻の骨をへし折ってやったのだ。執行官なんてものになるつもりはなかったし、なれるとも思わなかった。

＊

「相変わらず料理上手だよねー、縢くん」

公安局の執行官宿舎。縢の部屋に、また監視官の朱がやってきた。縢はキッチンで料理の準備中。今日のテーマは「甘いもの」。一係の全員分、レアチーズケーキを作ってみた。味付けして泡立ててゼラチンを加えたクリームチーズを、クッキーを敷いたケーキ型に流し込んで、とりあえず冷蔵庫に入れて一段落。

「前に、たっぷりごちそうになった私が言うのもナンだけどさ……」と朱。「自分の手で作るなんて、カロリー計算とか大変じゃない？」

「いいじゃないの」縢は意識して軽い口調で言う。「何を食っても人間は死ぬんだ。完璧《かんぺき》な食事、完璧な医療……どんなにあがいても、人はいつか死ぬ」

「…………」

「大事なのは過程なんだよ、朱ちゃん。死ぬまでの長旅を楽しむために、わざわざ手間かけて料理してるんだ。クッキングアイドルと呼んでくれ」

「呼ばないけど」

「で、なんのごようでしょ？　監視官どのがこんな猟犬の檻《おり》まで、わざわざ。今、うちの班は次の事件が入るまで休養のはずじゃ？」

「狡噛さんはどこかな、って」

「執行官の位置は監視官の携帯端末ですぐにわかるんじゃないの？」

「なんとなく……あの機能って仕事のときや急ぎのとき以外は、あんまり使いたくないんだよね。なんだか……」

「『なんだか』？」

「ううん、なんでもない」

朱はごまかした。縢には、彼女が何を言おうとしたのかわかる。――なんだか、監視してるみたいでさ。とかなんとか。そうだよ朱ちゃん。あんたは俺たち動物、犬畜生――猟犬を監視し、飼育しているんだ。でもそれをごまかそうとするあたりが、朱ちゃんの良識ってやつなのだろう。

縢は思う――朱は、今まで出会ったなかで一番「まとも」な「健康な市民」だ。

「トレーニングルームだよ。決まってる」

宜野座は、刑事課のオフィスで執行官たちの報告書を整理している。

「縢のやつめ……ゴミみたいな報告書だぞ……まったく」

滕の報告書はいつも拙《つたな》いが、今日は特にひどい。手抜きが目立つ。映像データばかりだ。監視カメラ映像と現場のホログラム写真データのつぎはぎ。圧倒的に文章が足りない。

報告書で重要なのは、誠意と説得力だ、と宜野座は思う。自分がどれだけ真面目にやっているのか、それだけ冷静に事件に対処できたか——相手を説得するように書くのが本当に美しい報告書というものだ。だからそこには多くの「言葉」がなければいけない。人間が苦労して手を動かした、という事実が重要なのだ。

そういえば滕は、宜野座のことを面と向かって「ガミガミメガネ」と呼んだことがある。

あのとき宜野座は、監視官には執行官を拷問する権利があればいいのに、と思った。

「…………」オフィスには、他には誰もいない。数日は二係と三係が都内の治安を守る。執行官たちはいわゆる休暇だ。そして朱はもう自分の仕事をすませて、あちこちぶらついているようだ。

「少しは先輩の仕事を手伝うとか……」ぶつくさ独りで文句を言いながら、宜野座はなんとなく携帯端末で執行官たちの位置をたしかめる。すぐに、狡噛が征陸と一緒にいることがわかる。——なんなんだあのバカは。宜野座は思わず眉間《みけん》にしわを寄せた。いちいちこちらをイラつかせる行動をとる。

「いかん、落ち着け、俺……」宜野座は仕事を中断し、デスクの引き出しを開けた。そこには、コインコレクション用のアルバムが入っている。宜野座も、我ながらアナクロな趣味だ、と思う。「ふぅ……」アルバムを開いて、もうほとんど使われなくなった硬貨を見ていると心が落ち着く。何十年も前に廃止された五〇〇円硬貨、記念イベント用の千円銀貨がずらりと並び、たまに古い紙幣も混ざっている。こんな不便なものを常に持ち歩いていた昔の人間は、一体何を感じていたのだろう？　どう考えても、硬貨や紙幣なんて観賞用以外の何物でもない。不便な生活に苦しむ過去の人間を妄想して宜野座は微笑む。

――狡噛と征陸は、トレーニングルームのスパーリングコースを使用していた。それは昔の警察署風に言うなら「武道場」である。畳はなく、全面に衝撃吸収マットが敷かれている。部屋には、ホログラム仮想戦闘シミュレータや、最先端のＡＩ制御筋肉トレーニングシステムなどが設置されている。

狡噛と征陸が取っ組みあっている。素手のスパーリングだ。二人とも総合格闘家風のトレーニングウェアで身を包んでいる。手にはオープンフィンガーグローブ。

二人は「ワキ」を差し合い、それから四つに組んで、征陸が足を払って投げようとする。狡噛は踏ん張る。

「元気だよな、トシのくせに」

「柔道三段なめるなよ」

「段、とか死語だろ。とっつぁん」

征陸は体勢を低くして、狡噛の懐に潜り込むようにしながら、勢い良く背負い――投げる。柔道着と違って「えり」がないので、レスリング風の背負い投げになっている。耐えようとするが、上手《うま》くいかない。

「くぅ！」狡噛は完全に投げられる。なんとか受け身をとるが、それが精一杯。

「まだやるか？」

「…………」狡噛は何も言わずに立ち上がって、征陸と再び組み合う。すかさず、奇襲技にうってでる狡噛。床に手をついて、小さく飛び上がり「カニばさみ」。両足で挟んで、一瞬で征陸を倒す。「！」

狡噛は体を反回転させて、征陸の足関節をとる。無駄のない動きで、アキレス腱《けん》を極《き》める。

「やっぱトシだぜ、油断してただろ？」

「くっそ！」

トレーニングルームには吹き抜けの二階がある。そこから縢と朱が、スパーリングに励む狡噛たちを見下ろす。結局、朱についてきてしまった。あとはケーキが冷えるのを待つだけだったし。汗をかいている狡噛を見物するのは嫌いではない。トレーニングウェア姿の狡噛を見ていて、縢は自分がまだ執行官になったばかりのころを思い出す。

＊

佐々山執行官が殺害され、狡噛が監視官から降格されたあと、隔離施設にいた縢は執行官に選抜された。――つまり、佐々山の穴埋めだった。穴埋めとはいえ誰でもよかったわけではなく、選抜には半年間もかかっていた。その期間中に、縢にはたしかにシビュラシステムによる適性判定が出たのだ。縢は施設での素行が悪かったので、担当の職員やカウンセラーたちはその事実に驚いていた。

縢には、「健康な市民」を「守る」という仕事がどうにもピンとこなかった。あいつらはろくでなしだ。自分たちの世界が、どんな人間によって――人間扱いされない人間に――支えられているのか、まったく知らない連中だ。

それでも縢は、執行官になった。ずいぶん長い間まともに外の空気を吸っていない。すぐに施設に戻ることになっても構わない。適当に、好き勝手にやるつもりだった。

縢が配属されたとき、監視官は宜野座一人だった。執行官は狡噛、六合塚、征陸。捜査の主軸は二係、三係。たまに助っ人《すけと》で、一係に他の係の監視官が参加した。

一目見て、一番厄介なのは狡噛だとわかった。征陸も厄介そうだったが、こちらからちょっかいを出さない限り余計な干渉をしてくるタイプではないと判断した。

「狡噛執行官、ちょっといいッスか」

「……なんだ？」

「スパーリング、付き合ってくれませんかね」

縢は、トレーニングルームに狡噛を呼び出した。二人とも動きやすいウェアに着替えて、グローブをつける。

「いえ、ごちゃごちゃ話すよりも、潜在犯同士なら、こうやってバチバチやんのが相互理解には手っ取り早いかなー、と」

「はっきり言えよ」狡噛は荒《すさ》んだ笑みを浮かべた。「縢秀星だっけか？　お前、俺をシメればこの刑事課一係で好き勝手にできるとふんだんだろう。悪い子だ」

「そこまでわかってんなら、話ははえぇや。あんたは先輩かもしんねーけど、どっちが上かここではっきりさせておきましょうよ」

縢は内心楽勝だと思っていた。相手——狡噛は、監視官から執行官に落ちた人間だと聞いている。今は潜在犯でも、長年エリートでやってきたお坊ちゃんだ。閉鎖環境で、自分を鍛え続けてきた縢とは違う。相手にならねぇだろ――。
――二〇分で、縢は意識を失う寸前だった。眠ったら気持ちいいだろうに、激痛の
せいで現実に引き戻される。
「ワリィな。腕を折っちまった」狡噛が、一休みのタバコをふかしながら言った。も
ちろん彼も無傷とはいかず、あちこちから出血し、肋骨《ろっこつ》も折れている。「……でもな、
ここには腕のいい医者もいるし、最先端のオペシステムもある。びっくりするくらい
早く治るぜ」
「なんなんだあんた……」縢は、折られた右腕を反対側の腕でかばいながら、なんと
か上体を起こした。「なんで、元エリートのくせにそんな強いんだよ」
「やることたくさんあるからだよ、新人くん」
狡噛は縢の隣に腰をおろした。
「強いな、お前」
「……どうも、狡噛執行官」
「施設のことは俺も知らないじゃない。執行官の仕事は楽しいぜ。縢」
「狡噛執行官は――」

「それ、ちょっとカタいな」

「はい？」

「もっと気軽に呼んでくれ。同僚だよ。俺は『元』エリートだ」

「じゃあ、コウちゃん」

「ったく、砕けすぎだろ」そう言って、狡噛は縢の肩を軽く叩《たた》いた。軽くでもその衝撃が折れた骨に伝わって、縢はたまらずのた打ち回る。

＊

狡噛に話しかけるために、朱がトレーニングルームに降りていった。ようやくガミガミメガネの他に素敵な監視官がやってきた。「健康な市民」の世界には相変わらず虫唾《むしず》が走るが、執行官の仕事は楽しんでいる。市民の盾ではなく、猟犬として。不自由は多くても、隔離施設と比べたら天国と地獄ほどの差がある。悪口を言うこともあるが宜野座のことも本気で嫌っているわけではない。六合塚を見ていると姉がいたらこんな感じかもしれないと思うし、征陸は頼り甲斐《がい》がある。ここが俺の居場所だ。

〈参考資料・引用文献〉

ジョージ・オーウェル著、高橋和久訳『一九八四年』ハヤカワepi文庫
ウィリアム・シェイクスピア著、小田島雄志訳
『タイタス・アンドロニカス』白水Uブックス
ウィリアム・シェイクスピア著、小津次郎訳『十二夜』岩波文庫

本書は、二〇一三年二月、マッグガーデンより刊行された『PSYCHO-PASS サイコパス 上』を加筆・修正し、文庫化したものです。

PSYCHO-PASS《サイコパス》 サイコパス 上

深《ふか》見《み》 真《まこと》

平成26年 8月25日 初版発行
令和7年 10月30日 19版発行

発行者●山下直久

発行●株式会社KADOKAWA
〒102-8177 東京都千代田区富士見2-13-3
電話 0570-002-301(ナビダイヤル)

角川文庫 18723

印刷所●株式会社KADOKAWA
製本所●株式会社KADOKAWA

表紙画●和田三造

●お問い合わせ
https://www.kadokawa.co.jp/ (「お問い合わせ」へお進みください)
※内容によっては、お答えできない場合があります。
※サポートは日本国内のみとさせていただきます。
※Japanese text only

ISBN978-4-04-102035-7 C0193

角川文庫発刊に際して

角川源義

第二次世界大戦の敗北は、軍事力の敗北であった以上に、私たちの若い文化力の敗退であった。私たちの文化が戦争に対して如何に無力であり、単なるあだ花に過ぎなかったかを、私たちは身を以て体験し痛感した。西洋近代文化の摂取にとって、明治以後八十年の歳月は決して短かすぎたとは言えない。にもかかわらず、近代文化の伝統を確立し、自由な批判と柔軟な良識に富む文化層として自らを形成することに私たちは失敗して来た。そしてこれは、各層への文化の普及滲透を任務とする出版人の責任でもあった。

一九四五年以来、私たちは再び振出しに戻り、第一歩から踏み出すことを余儀なくされた。これは大きな不幸ではあるが、反面、これまでの混沌・未熟・歪曲の中にあった我が国の文化に秩序と確たる基礎を齎らすためには絶好の機会でもある。角川書店は、このような祖国の文化的危機にあたり、微力をも顧みず再建の礎石たるべき抱負と決意とをもって出発したが、ここに創立以来の念願を果すべく角川文庫を発刊する。これまで刊行されたあらゆる全集叢書文庫類の長所と短所とを検討し、古今東西の不朽の典籍を、良心的編集のもとに、廉価に、そして書架にふさわしい美本として、多くのひとびとに提供しようとする。しかし私たちは徒らに百科全書的な知識のジレッタントを作ることを目的とせず、あくまで祖国の文化に秩序と再建への道を示し、この文庫を角川書店の栄ある事業として、今後永久に継続発展せしめ、学芸と教養との殿堂として大成せんことを期したい。多くの読書子の愛情ある忠言と支持とによって、この希望と抱負とを完遂せしめられんことを願う。

一九四九年五月三日

角川文庫ベストセラー

ばいばい、アース 全四巻　冲方丁

いまだかつてない世界を描くため、地球（アース）に降りてきた男、デビュー2作目にして最高到達点!! 世界で唯一の少女ベルは、〈唸る剣〉を抱き、闘いと探索の旅に出る——。

黒い季節　冲方丁

未来を望まぬ男と、未来の鍵となる少年。縁で結ばれた二組の男女。すべての役者が揃ったとき、世界はその様相を変え始める。衝撃のデビュー作！　——魂焦がすハードボイルド・ファンタジー!!

天地明察 (上)(下)　冲方丁

4代将軍家綱の治世、日本独自の暦を作る事業が立ち上がる。当時の暦は正確さを失いずれが生じ始めていた——。日本文化を変えた大計画を個の成長物語として瑞々しく重厚に描く時代小説！　第7回本屋大賞受賞作。

SP 警視庁警備部警護課第四係　金城一紀

幼い頃、テロの巻き添えで両親を亡くした井上薫は、トラウマから得た特殊能力を使い、続発する要人テロと、その背後にある巨大な陰謀に敢然と立ち向かっていく——。

書を捨てよ、町へ出よう　寺山修司

平均化された生活なんてくそ食らえ。本も捨て、町に飛び出そう。家出の方法、サッカー、ハイティーン詩集、競馬、ヤクザになる方法……、天才アジテーター・寺山修司の100%クールな挑発の書。

角川文庫ベストセラー

ポケットに名言を　寺山修司

世に名言・格言集の類は数多いけれど、これほど型破りな名言集はきっとない。歌謡曲から映画の名セリフ。思い出に過ぎない言葉が、ときに世界と釣り合うことさえあることを示す型破りな箴言集。

不思議図書館　寺山修司

けた外れの好奇心と独特の読書哲学をもった「不思議図書館」館長の寺山修司が、古本屋の片隅や古本市で見つけた不思議な本の数々。少女雑誌から吸血鬼の文献資料まで、奇書・珍書のコレクションを大公開！

戯曲　毛皮のマリー・血は立ったまま眠っている　寺山修司

美しい男娼マリーと美少年・欣也とのゆがんだ親子愛を描いた「毛皮のマリー」。１９６０年安保闘争を描く処女戯曲「血は立ったまま眠っている」など5作を収録。寺山演劇の萌芽が垣間見える初期の傑作戯曲集。

あゝ、荒野　寺山修司

60年代の新宿。家出してボクサーになった〃バリカン〃こと二木建二と、ライバル新宿新次との青春を軸に、セックス好きの曽根芳子ら多彩な人物で繰り広げられる、ネオンの荒野の人間模様。寺山唯一の長編小説。

BUNGO　文豪短篇傑作選　芥川龍之介・岡本かの子・梶井基次郎・坂口安吾・太宰　治・谷崎潤一郎・永井荷風・林　芙美子・宮沢賢治・森　鷗外・他

芥川、太宰、安吾、荷風……誰もがその名を知る11人の文豪たちの手による珠玉の12編をまとめたアンソロジー。文学の達人たちが紡ぎ上げた極上の短編をご堪能あれ。